Herstellung und Verlag: BoD - Books on Demand, Norderstedt

Alle Rechte vorbehalten
© Erich Reißig
ISBN 9783738619898

Ein Spaziergang in Dichters Garten

Roman

von
Erich Reißig

Das Buch ist ein Gedankenspiel. Handlung und Personen, wenn auch zuweilen der Wirklichkeit entnommen, folgen den Gesetzen der Fantasie.

Dank an Ania und Josi

Er war ihr erster Mann, die große Liebe. Es war gut, dass sie ihn verließ. Er verdiente sie nicht. Auch mit Vierzig ist man Revolutionär. Man bleibt es ein Leben lang. Es bedeutet nicht, dass man mit Steinen wirft oder Bomben zündet, wie sie sagen, sondern für das eintritt, was man als gerecht erkannt hat. Dass man dem Herzen folgt. Mörder sind nicht nur jene, die Waffen einsetzen, sondern auch jene, die sie herstellen, damit Geschäfte machen und damit Handel treiben. Handel, welch friedvolles Wort für schändliches Tun. Sie konnte die Typen nicht mehr sehen, die mit dem Bundesverdienstkreuz behängt wurden. Nein, sie lässt sich nicht einreden, dass der Aufstieg des Menschen mit der Waffe begann. Sie wird jeden verlassen, der so spricht, denkt oder handelt. Mörder sind alle, die ihre Träume verraten, vergessen und als Kinderkram abtun. Träume sind ebenso wichtig wie das, was die Augen sehen, die Sinne ertasten. Sie begleiten uns ein Leben lang. Träume sind Geschichten der Seele, die Seele ist wirklich wie der Leib. Ihre Verletzung gleichermaßen tödlich. Viele, denen der Leib nur zur Last gegeben worden ist, können ihr Dasein ertragen, weil die Seele sie am Leben erhält und Augenblicke des Glücks alle Schmerzen vergessen lassen. Regina braucht ihr Wissen, damit sie es aushalten kann auf dieser Welt, auf diesem Planeten, der ihr so grausam scheint.

Der Weg vom Hafen hinauf zur Ebene an brüllenden Büschen vorbei. Kraut. Erde. Zehntausend Vögel in ihrem Laubversteck. Mächtig, betörend fiel ihr Gesang über ihn her. Er lief durch ihr Lied, durch den Geruch dampfenden Grüns zur Sonne empor. Ein paar Häuser im Tau zwischen den Hecken. Unten am Meer war noch Nacht. Hier der Morgen prall. Über wie viel Rosen gehst du hinweg? Der entsetzliche Lärm eines Austin huschte an ihm vorbei. Tief im Dunkel der Scheiben blitzte neugierig ein helles Gesicht, das er zuvor auf der Fähre gesehen hatte, schlafend auf einer der Bänke, auf denen auch andere lagen. Leise gezupfte Saiten einer Gitarre strichen über sie hin. Die Band hatte auf dem Festland getourt. Müde und froh kehrten sie heim. Dylan Thomas und Joyce. Das irische Tagebuch. Wölfe, die Muscheln zerreißen, bevor sie sich von der Steilküste hinabstürzen ins aufschäumende Meer. Er suchte nach Leben im Grün. Von fern zu ihm her drang ein Hammerschlag. So lebten sie noch immer verborgen in ihrer Welt, wie seit Jahrhunderten. Rätselhaft blieb dieses Volk. Die tiefe Angst vor dem Hunger. Die Wehmut beim Trinken. Die großen Augen der Frauen, wenn sie die Männer in den Kampf ziehen ließen. Die Inbrunst, mit der sie gegen die Gebote aufbegehrten. Und doch hatten sie einst Missionare in die Tiefen des Kontinentes geschickt, damit sie die Heiden zum rechten Glauben führten. Geteert strebte der Weg über Schlaglöcher hinweg um die nächste Ecke aus unbehauenem Stein. Kiesel lagen in dem schmalen Zwischenraum zwischen Asphalt und Gras. Die überwucherten Mauern folgten der Straße, liefen quer und nicht endend über Weide und Feld durchs Hügelland. Überall soll es sie geben. Eine Handvoll Steine für einen Löffel Suppe. Die Sprache der Herren. Ihnen gehörten das Recht und das Leben. Sie waren die letzte Instanz.

Roman kämpfte, ob er sich ein Gläschen genehmigen sollte. Lydia hatte ihn nicht angeschaut am Morgen, hatte Teetasse und Teller in die Spüle geräumt und war grußlos zur Arbeit gegangen. Seine Erklärung am Abend, dass am Tscheremosch ein Ufo gelandet sei und Wodka verteilt habe, hing noch im Raum. Im Bett hatte sie nach ihm geschlagen als er ihren Leib berühren wollte und sich weggedreht. Grübelnd war er wach gelegen, hatte auf ihr Atmen gelauscht. Auch sie schlief lange nicht ein. Natürlich wusste er, dass es kein Ufo gewesen war, aber was hätte er ihr erzählen sollen? Sie würde auch nicht geglaubt haben, dass ein blauer VW-Bus am Bänkchen gehalten hatte, auf dem sie saßen und nachdachten, wo sich noch ein Fläschchen auftreiben lasse. Aus dem Bus sprangen vier Männer. Während drei zur Hängebrücke rannten und sie sich anschauten, holte der vierte Kamera und Stativ aus dem Heck des Wagens und schleppte die Gerätschaften zu den anderen. Roman und seine Kumpel betrachteten verwundert den jähen Einbruch in ihre Nachmittagsstille. Offensichtlich waren die vier nicht recht zufrieden mit dem, was sie sahen. Ein weißhaariger Dicker und ein Vollbärtiger diskutierten lautstark, während die beiden anderen wartend neben ihnen standen. Schließlich redete der Weißhaarige auf den Jüngsten der Gruppe ein, der sich gerade eine Zigarette anzünden wollte, und schickte ihn zu ihnen her. Der junge Mann, vermutlich ein Student aus Kiew, erklärte den Bauerntölpeln, sie würden hier einen Dokumentarfilm drehen und wollten die Hängebrücke fotografieren, aber ohne Menschen, die darüber liefen, bringe das nichts. Ob sie vielleicht einmal hin und her gehen könnten? Roman schaute die anderen an und zuckte fragend mit den Schultern. Keiner hatte Lust sich von der Bank zu erheben. Sollten sie selber drüber laufen. Was würde Lydia sagen, wenn sie ihn zufällig in einem Film sähe? Er war nicht passend angezogen um die Region oder sogar sein Land zu repräsentieren. Das waren Ausländer, er erkannte dies an den Schriftzügen auf ihrem blauen Bus. Lydia nahm dergleichen sehr genau. Sie nahm alles sehr genau. Er hatte noch ihre spitzen Kommentare zu der entblößten Rocksängerin im Ohr, die beim Eurovision Song Contest für die Ukraine aufgetreten war. Die hatte sich durchaus und drastisch von den Frauen unterschieden, die sie kannte. Lydia war hübsch. So würde sie sich nie zeigen. Das gehört sich nicht. Allerdings stellte der junge Mann ein kleines Honorar in Aussicht, das änderte die Sachlage, so dass sie sich schließlich aufrafften und auf Kommando des Weißhaarigen einmal die schmale Brücke hin und her liefen. Selbst Hund schloss sich ihnen an, der sonst jeden Fremden kläffend umwetzte. Er trottete still hinter ihnen her und kroch dann in den Schatten der Bank zurück, auf der sie sich nach dem Marsch erschöpft niederließen. Der Weißhaarige schien mit ihnen zufrieden zu sein. Er trug seine Kamera zum Bus zurück. Der Bärtige kramte in einer Tasche auf der Rückbank und kam mit drei Flaschen Wodka zu ihnen her. Er verbeugte sich sogar, während er diese ihnen überreichte. Dann knallten die Autotüren und der blaue Bus brauste davon. Rund zehn Minuten hatte alles gedauert. Was war da anderes zu erzählen, als dass ein Ufo am Tscheremosch gelandet war und sie mit Wodka versorgt hatte, den sie an diesem heißen Nachmittag bitter nötig hatten. Nach einem kleinen Schläfchen hatten sie sich dann am Abend vergnügt auf den Heimweg gemacht.

Je länger er auf der Insel unterwegs war, desto mehr wurde ihm klar, dass verwehte Träume nicht mehr aufzufinden sind. Als Student war er vor fast vierzig Jahren ein paar Mal in Irland gewesen, und später, als er Dokumentarfilme machte, wollte er immer auch hier einmal drehen. Es gelang nicht. Nach England und Schottland war er gekommen, nie auf die grüne Insel. Vielleicht deshalb hatte sie sich so eingefressen in sein Denken, dass er sich einzubilden begann, er könne auf ihr seinen Lebensabend verbringen. So wurde die Insel das erste Ziel, als er nach einer Bleibe zu suchen anfing. Von Rosslare über Wexford bis Cork hatte er

nichts gefunden, was Dauer versprach. Lebensabend, wie das klang? Er fühlte sich jung, viel zu jung für einen Abend mit Goldrand. Zu früh war der große Schriftsteller der erwachenden Bundesrepublik verstorben. Er hatte seine ersten Bücher von Stahlberg, dann Fischer als Schüler von seinem Taschengeld erstanden, sie wie seine Augapfel gehütet und aufgeregt gewartet, bis ein neues Taschenbuch angekündigt wurde. „Seelandschaft mit Pocahontas", wer außer ihm ersann solche Titel in dieser Zeit? Auch „Zettels Traum" hatte er sich beschafft. Rund 500 Mark, viel Geld, weswegen er zunächst die billigere, geleimte Ausgabe in den neun Bändchen erwarb, die er aber schon am nächsten Tag zu seinem Buchhändler zurück brachte um stattdessen den gebundenen Koloss zu kaufen. Das Buch wartete in seiner Bibliothek, er hatte es immer noch nicht ganz gelesen. Er wollte es allein schaffen, ohne die Erläuterungen und Kommentare, die inzwischen erschienen waren. Verdienstvoll mochte die Haffmansausgabe sein, doch für ihn hatte sie keine Aura mehr. Einmal in Warschau, als es das DDR-Kulturinstitut in der Innenstadt noch gab, mit der großen Buchhandlung im Erdgeschoss, hatte er dort im Regal die dreibändige Berliner Ausgabe entdeckt. Noch einmal versank er in der Zeichen- und Buchstabenwelt des Wortmetz, und die Tage mit ihren Pflichten hielten geboten Distanz. Unvergessen auch, wie er den Fouque während der seinerzeit üblichen Berlinfahrt in der vorletzten Oberschulklasse in einem Buchladen im Europacenter fand. Den ganzen Abend lang hatte er einem Mädchen, das er in einem Café angeredet hatte, von diesen und anderen Büchern vorgeschwärmt. Er hörte damit auch nicht auf, als sie später am Kudamm saßen, Rücken an Rücken mit Rex Gildo, der ihm wie ein drahtig winziger Zwerg erschien, und nicht als der Superstar, den er aus dem Fernsehen und aus der Bravo kannte. Petra war hübsch und hundert Jahre älter als er. Sie wusste und verstand was er wollte, ihr aber nicht zu sagen traute. Sie ließ sich irgendwann zur U-Bahn bringen und verschwand, während er die Stufen hinauf zur Straße lief und den langen Weg in sein Hotel zurück. Doch hatte er den Fouque in der Tasche und die Erinnerung. Auf der langen Zugfahrt nach München las er in dem Band und schaute ab und an aus dem Abteilfenster auf das vorbeiziehende Land.
In Wexford, als die Männer im Pub zu singen anfingen, blitze Früheres auf, wie vorher schon, wenn er die gewundenen Straßen

entlang wanderte und Landschaft und Himmel in sich aufnahm und das wunderbare Licht, das keiner vergisst, der einmal auf der Insel war. Doch dann röchelte ein Lkw vorbei oder ein schwarzes Suvmonster zwang ihn an den Straßenrand. Schönheit tritt ein ohne zu fragen, hatte der Pole Cyprian Norwid geschrieben, sie kehrt schweigend ins Dunkel zurück. Sie sangen wie seinerzeit. Rauchten, tranken, gestikulierten und redeten aufeinander ein, bis zum letzten Pint geläutet wurde. Auch damals war er ein Fremder und doch fühlte er sich aufgenommen. Diesmal fand er die Schwelle nicht, die es zu queren galt. Er betrachtete den Priester, der mit seinem Glas in der Hand in der Menge stand, und dachte an die zahlreichen Kinder, die missbraucht worden waren, und wie die katholische Kirche sich wand und weigerte, diese dunkle Seite ihrer Geschichte wahrzunehmen. Vor ein paar Wochen hatte er von den jungen Frauen gelesen. Die Magdalenerinnen waren in Frauenklöster weggesperrt worden und mussten Sklavinnen gleich in Wäschereien arbeiten. Ihre unehelich geborenen Kinder wurden ihnen genommen und in fremde Familien gegeben. Erst 1996 hatte die letzte solcher Anstalten ihre Tore geschlossen. Ähnliches war in allen europäischen Ländern geschehen. Viel blieb im Dunkel, weil die Betroffenen aus Scham schwiegen oder gewaltsam am Reden gehindert wurden. Auch die Verdingkinder der Schweiz fanden lange kein Gehör.

Er betrachtete die rotglänzenden Gesichter der Männer und sah sie daheim betrunken über Frau und Kinder herfallen. Auch dies geschah nicht nur hier auf der Insel. Es fand in den Höfen der Eifel statt, in Schwedens Norden, wo zur Winterszeit die Sonne kaum über die Baumwipfel stieg, und in den Blockhütten des amerikanischen Westens, wohin so viele aufgebrochen waren, ein besseres Leben zu finden. Vergangene, verschwiegene Geschichten, die keine Frage des Standes waren, sondern sich in allen Schichten der Gesellschaft vollzogen. Seinerzeit nach der Wende, als die Sachsen August den Starken wieder aus der Schublade hervorkramten, wollte er einen Dokumentarfilm über diesen König drehen, der bedenkenlos die eigene Tochter nahm. Doch, was wog das Leid des Kindes gegen die prachtvollen Bauten des Elbflorenz? Den Tourismusstrategen und den anderen, die diesen König vergötterten, nichts. Nur, wer erbaute das siebentorige Theben? Machtbesessen trat der Sachsenaugust zum Katholizismus über, damit er die polnische Krone erhielt. Er fraß, soff und kopulierte und willfährige Günstlinge und Chronisten nannten ihn den Starken.

Das alte Cork auf gab es nicht mehr. In den vierzig Jahren und nachdem Irland entschieden hatte, alle internationalen Steuerbetrüger einzuladen, hatte sich auch diese Stadt verändert. Den Lyriker, den er seinerzeit besucht hatte, weil er ein paar Monate an seiner Oberschule Englisch lehrte, wohnte nicht mehr unter seiner alten Anschrift. Vielleicht war er auch Unternehmensberater geworden wie Jerry Rubin, der einst „Do it! - Scenarios of the Revolution" geschrieben hatte, oder er war vom Dichter zum Softwareexperten mutiert. Er brach seine Irlandreise ab und lief zum Hafen um sich über die nächste Fähre zum europäischen Festland zu erkundigen. Ein Schiff nach Frankreich ging am Abend. Er buchte eine Kabine. Bye, bye grüne Insel, kein Lebensraum für ihn!

Eines Abends, als ich heimkam, hing ein Transparent an der Front des Mietshauses, in dem wir seit rund 30 Jahren wohnten. Vertrieb und irgendwas von hochfeldstrasse.de. Oben schauten wir im Internet nach. Erst nach drei Tagen stand dort zu lesen, dass unser Haus den Besitzer gewechselt hatte und die Wohnungen in Eigentumswohnungen umgewandelt und verkauft werden sollten. Nach hundert Jahren hatte damit das Haus seine einstige Bestimmung verloren und war zum Spekulationsobjekt geworden. Obszön flatterte das Transparent im Sommerwind und gab unsere Privatheit der Straße preis. Bald lag auch ein Booklet im Briefkasten. Darin wurde das Objekt mit raffinierten Bildern angepriesen. Beispiel der Veränderungen der Fotografie, die in der Nazizeit durch den Wechsel der Perspektive ihre Unschuld verlor und sich emanzipierte, was im Totentanz von „Triumph des Willens" kulminierte und im Booklet fernen Widerhall fand. Fassade, Eingang, Treppenhaus und selbst der Hof mit seiner kümmerlichen Spielplatzecke gaukelten Herrschaftlichkeit vor, die mit großen Worten beschrieben wurde. Rund 500 000 sollten die Wohnungen kosten. Wir rieben uns die Augen, hatten wir in den vergangenen Jahren doch gar nicht wahrgenommen, in welcher Pretiose wir wohnten. Vergangenheitstreu rechnete ich aus, dass jede Wohnung den Wert von einer Million Mark besaß und machte mir klar, dass in den zehn Jahren seit Einführung des Euro die Teuerung offensichtlich Purzelbäume schlug. Zwei Wochen vergingen mit

Sonne, Regen und Wind. Ein Münchner Sommer ohne Beständigkeit. Schließlich meldete sich ein Vertreter des neuen Eigentümers. Ein Cowboy im dunklen Businessanzug. Jeans und Sporen hatte er im Auto gelassen. Forsch durchschritt er den langen Gang und nahm im Wohnzimmer Platz. Anstelle des Colts zog er Papiere aus seinem Diplomatenkoffer und fing zu reden an. Offensichtlich war er davon ausgegangen, dass wir aufgrund der neuen Besitzverhältnisse und der beabsichtigten Umwandlung postwendend aus dem Fenster sprängen und in die Weiten der Prärie davonrannten. Das machten wir nicht, konnten es auch nicht. Wie auch, wenn man im vierten Stock wohnt? So begann er uns seine Pläne für das Haus und insbesondere unsere Wohnung herablassend kurz zu erläutern. Ein Fahrstuhl sollte ins Haus, ein langer Balkon über zwei Zimmer gezogen der Wohnung zugefügt werden. Keine Ahnung mehr, was noch. Meine Frau ärgerte sich über Benehmen und Tonfall und meinte, die Balkonzimmer hätten jeweils schon zwei Türen und eine weitere am Fenster würde gar keine Möbel mehr erlauben. Tatsächlich zeigte der Aufriss eher Puppenmöbel, denn solche mit denen Menschen wohnen. Ihren Einwand nahm er nicht zur Kenntnis und sagte nur, wir könnten in die Paulanerstraße gehen, auch dort hätten sie ein Haus umgebaut und uns anschauen, wie wunderbar dies nun dastehe. Das werde auch hier gelingen, der Umbau werde sofort beginnen. Nun wusste ich, dass so rasch weder eine Umbaugenehmigung – das Haus stand unter Denkmalschutz – noch Handwerker zu bekommen waren und erlaubte mir um die Situation zu entspannen die scherzhafte Bemerkung, wenn sich alles vielleicht doch verzögere, hätten wir den Umbau ungern in der Weihnachtswoche und eine Hotelunterkunft während der Arbeiten empfänden wir als angemessen. Er stutzte, grinste verwirrt, stopfte seine Pläne in den Koffer und verabschiedete sich rasch. Den Duft von Boss Rasierwasser ließ er zurück. Höchst seltsam! Er würde doch nicht gleich die Hotelzimmer reservieren? Wir schalteten den Fernseher ein, obgleich wir wussten, dass dort meistens nur noch Schrott zu sehen war. Nach zwei Wochen polterte eine Um- und Ausbauankündigung ins Haus. Geschätzte Mieterhöhung für uns rund 600 Euro. Als Termin für die Arbeiten in unserer Wohnung war die Weihnachtswoche angegeben. Der Irre hatte meine Anregung missverstanden.

Wir gingen zum Anwalt, organisierten eine Mieterversammlung, zu der fast alle erschienen, und Vertrieb erhielt eine vielstimmige Antwort. Wieder zog Stille ein. Nur manchmal huschten Leute durchs Haus, die etwas begutachteten, vermaßen oder einfach geschäftig und fremd herumliefen. Eines Tages läutete es an der Tür. Ein junger Mann stand dort und fragte, ob er rasch die Räume ansehen könnte. Meine Frau war gerade einkaufen, also ließ ich ihn herein. Er sagte er sei Architekt und dies sei sein erster großer Auftrag. Ich wollte seiner Karriere nicht im Wege stehen, schließlich wusste ich, dass auch in seinem Gewerbe nicht alles so einfach war. Jüngst hatte ich davon gehört, dass sein berühmter Kollege Liebeskind in Warschau ein Hochhaus neben den Kulturpalast, den die Polen partout nicht abreißen lassen wollten, gestellt hatte, das keine Mieter noch Käufer fand, weil alles zu teuer war und seitdem leer und verlassen in den Himmel ragte. Der junge Mann schritt rasch durch die Räume, machte sich ein paar Notizen in ein schwarzes Heft und verabschiedete sich freundlich. Ich kehrte an meinen Schreibtisch zurück und schrieb weiter an meiner Verbesserung der Welt. Der Termin des Beginns der Umbauarbeiten verstrich, war ja klar, wir hatten inzwischen herausgefunden, dass weder Bauamt noch Denkmalbehörde Anträge vorliegen hatten.
Anfang November fuhr ich in den Hof und sah den jungen Architekten wieder. Auf Anweisung eines älteren Mannes vermaß er die Fenstergröße der Lagerräume im Rückgebäude, die zu Freds Laden gehörten. Diensteifrig hielt der Architekt den Zollstock an jede Stelle, die ihm der andere wies. Ich schaute eine Zeit lang zu, doch weil es leicht regnete und weil sie ihr schwarzes Monster quer vor meiner Garage geparkt hatten, rief ich ihnen zu, dass sie Platz machen sollten. Keine Reaktion, so dass ich mich gezwungen sah, nun etwas lauter zu werden. Der Ältere drehte sich um und blaffte ob ich nicht sähe, dass sie beschäftigt seien und ich nicht solange warten könne. Wollte ich aber nicht, also stieg ich aus und sagte noch etwas lauter, sie möchten sich mit ihrer Rostlaube unverzüglich schleichen, schließlich hätte ich die Garage gemietet. Ich schaute die beiden böse an. Offensichtlich wollte der Ältere keinen Streit, er hieß den Architekten einsteigen, setzte sich selbst ans Steuer, wendete und fuhr an mir vorbei, aus der Einfahrt und draußen mit quietschenden Reifen davon. Ging doch! Fred hatte alles mitbekommen und sagte zu mir, das sei der neue Hausbesitzer

gewesen. Ob ich das nicht wisse? Wusste ich nicht, war mir auch egal. Ich öffnete die Garagentür und fuhr meinen Daimler hinein. Der Regen war stärker geworden.

Der Präsident sitzt an seinem Schreibtisch, der ordentlich und aufgeräumt ist, so wie er es mag. Die Fotos von Frau und Kindern. Ein Stift vor leerem Papier. Spät in der Nacht, wenn Stille einkehrt, liebt er das Zimmer. Der Blick geht hinüber zur Wand. Eine Kopie der Auszeichnung hängt dort. Wunderbar gerahmt. Als er sie erhielt, wollte er daran glauben, dass er seinem Land und der Welt Frieden schenken könnte. Ein verwehter Traum. Er lächelt, weiß, dass er keine Ruhe mehr finden wird und schenkt sich ein Glas Wasser ein. Trinkt. Ohnmacht und Selbstzweifel lassen sich nicht fortspülen.

Der November verging, auch der Dezember. Die Anwälte schrieben einander Briefe. Wir zechten im Wirtshaus an der Ecke und feierten unsere neue Hausgemeinschaft. Es wurde ein Münchner Winter mit wenig Schnee. Ein paar Mal fuhr ich zum Langlaufen nach Dietramszell. Daheim tropfte die Ungewissheit von den Wänden. Eine neue Umwandlungsankündigung trudelte ein mit anderen Terminen, denen wir zustimmen sollten. Diesmal sollten die Arbeiten im Februar beginnen und sich bis Ostern hinziehen. Janin, die unter dem Dach wohnte, hatte die Osterwochenkarte gezogen. Als gute Katholikin legte sie sofort Widerspruch ein. Wussten die Pfeifen nicht, dass Ostern ein höherer Feiertag war als Weihnachten? Was war los im katholischen Bayern? Dass die Bauern dem Krummstab mit Misstrauen begegneten und verstockt und allerorten am Heidentum hingen, war mir bekannt. Doch die Oberklasse? Hatte die sich nicht so eine lieblich christliche Partei geformt? Trug die etwa den Glauben nur noch als hübsches Kleid, das man abstreifte, wenn es aus lauter Raffgier zerschlissen war? Auch wir lehnten auf Anraten unseres Anwalts ab, so lange unsere Einwände und Nachfragen nicht berücksichtigt wurden.
Ein Makler polterte mit Kunden durchs Haus, aber niemand wollte kaufen, weil die besichtigten Wohnungen wohl zu teuer waren und auch nicht recht einladend wirkten, nachdem jahrelang nichts renoviert worden war. Einmal hörte ich ihn, wie er sich vor unserer Wohnungstür bei den Interessenten bitterlich darüber beklagte, dass die Mieter alle Verbesserungen hintertrieben und ausziehen wolle auch keiner. War eine glatte Lüge, denn zwei Wohnungen

standen leer. Ein junges Paar war ins Oberland gezogen, ein anderes hatte in Leipzig Arbeit und eine große Wohnung in der Altstadt gefunden, deren Miete zu bezahlen war, was in München, nachdem die alten Hausbesitzer allmählich wegstarben und Erben und einheimische oder internationale Gesellschaften das Regiment auf dem Wohnungsmarkt übernahmen, nicht mehr der Fall war. Wenn wir abends zuweilen durchs Viertel schlenderten, nahmen wir manches mit anderen Augen wahr, als noch vor einem Jahr. Baugerüste, Container mit Schutt, Paletten voller Dämmstoffe und anderem, die hier und da auf dem Bürgersteig standen, wirkten bedrohlich, und wir redeten darüber, dass den Bewohnern dieser Gebäude vermutlich Ähnliches widerfuhr wie uns. Natürlich waren Renovierungen notwendig um den Erhalt eines Hauses zu sichern und meine Frau hatte sich auch schon bei der Hausverwaltung darüber beschwert, dass Fenster nicht dicht seien, die Eingangstür spaltbreit offen stünde, dass nur mit einem Vorhang im Winter die Wärme zu halten sei und die Stufen im Treppenhaus knarrten gotterbärmlich und seien ausgetreten. Nur die notwendigsten Reparaturen wurden ausgeführt, für mehr sei kein Geld da. Das wunderte mich nicht, wurden Immobilien doch als Kapitalanlage gesehen, die möglichst hohe Rendite abwerfen sollten, und Rücklagen für den Unterhalt gekürzt. War ein Objekt heruntergewirtschaftet, wurde es verkauft oder in Eigentumswohnungen umgewandelt.

Im Nachbarhaus hatte dieser Prozess drei Jahre gedauert. Begonnen hatte es damit, dass der Besitzer ankündigte, das Haus werde modernisiert. Als erstes sollten die alten Ölöfen verschwinden, das Gebäude werde an das städtische Fernheizungsnetz angeschlossen. Die Mieter wurden angewiesen, die Öfen insbesondere aber die zum Teil noch gefüllten Tanks im Keller auf ihre Kosten zu entsorgen. Das machten sie brav. Doch die neuen Heizkörper ließen auf sich warten. Der Herbst kam, ihm folgte der Winter, und nichts geschah. Der Hausbesitzer ließ verlauten, dies läge an fehlerhafter städtischer Planung. Irgendwer brachte das Gerücht auf, dass die Wohnungen später als Eigentumswohnungen verkauft werden sollten, sobald die Renovierung abgeschlossen sei. Ende Januar setzte sehr scharfer Frost ein und die Mieter behalfen sich mit Radiatoren und saßen in der Küche ihrer sonst kalten Wohnungen. Sie protestierten nicht, wie die alte Hausmeisterin meiner Frau

erzählte, minderten nicht einmal die Miete. Alle hofften, dass der Hausbesitzer von seinen Plänen ablasse und sie in ihren vier Wänden bleiben dürften, wenn sie sich ruhig verhielten. Viele waren ältere Leute, langjährige Mieter, die aus dem Viertel nicht weg wollten, kein Geld für einen Umzug hatten, noch Geld für gewiss höhere Mieten anderswo. Fast dreißig Grad minus zeigte das Thermometer in manchen Nächten. Dann wich der Frost, es wurde wieder wärmer. Der Frühling kam und dann der Sommer. Ins Haus strömten Handwerker. Türen und Fester wurden ausgetauscht und die neuen Heizkörper gesetzt. Das Treppenhaus erhielt einen neuen Anstrich. Der Anschluss an die Fernheizung freilich erfolgte nicht und ein weiterer Radiatorenherbst zog ins Land. Irgendwann im Januar tuckerte eine mobile Heizung auf dem Parkstreifen. Sie lieferte notdürftig Wärme ins geschundene Haus. Im folgenden Sommer endlich wurden Straße und Bürgersteig aufgerissen und das Gebäude wurde an die Fernheizung angeschlossen. Handwerker arbeiteten wie besessen. Bald stand der erste Umzugswagen vor der Tür. Die alten Mieter zogen aus, neue besetzten ihren Platz. Die Hausmeisterin war im Frühjahr verstorben. Im Nachbarhaus herrschte Stille. Die Wohnungsbesitzer bevorzugten die Anonymität der Münchnerstadt.
Wir im Haus ließen uns nichts einreden noch gefallen und siehe da, als draußen die Bäume zu blühen begannen, verschwand nächtens klammheimlich das Vertriebstransparent von der Fassade. Im Internet wurden die Wohnungen nicht mehr angeboten, dort stand jetzt das ganze Haus zum Verkauf. Anarchie ist machbar, Herr Nachbar!

Halb Zehn. Roman verließ die Wohnung. Die Post lag schon im Briefkasten. Sie hatten ihn angenommen! Die Arbeit sollte in einer Woche beginnen. Er wollte gleich Lydia anrufen, hatte aber sein Mobil oben liegen lassen. Umso besser, dann konnte er sie mit der Nachricht überraschen, wenn sie heim kam. Im Büro war sie eh nicht ansprechbar. Drei Monate lang hatte er auf diese Nachricht gewartet, nachdem er im Winter das Studium hingeworfen hatte, das heißt, sein Studienleiter hatte es ihm nahegelegt. Er sei nicht geeignet für diesen Beruf, wenn er nicht schwindelfrei sei, Restauratoren müssten oft auf dem Gerüst arbeiten und nicht bloß vor dem Computer hocken. Seine theoretischen Kenntnisse ließen nichts zu wünschen übrig, an der Praxis hapere es. Vielleicht könne er zur Kunstgeschichte wechseln, aber in seinem Institut sei kein Platz mehr für ihn. Roman hatte ihn nur wütend angestarrt. Bloß weil er nach ähnlichen Wochenenden wie dem eben vergangenen am Montag nur mühsam aufs Gerüst gekrochen war und schon auf der zweiten Etage von Panikattacken geschüttelt sich hingesetzt hatte, einmal mussten ihm seine Kollegen sogar hinabhelfen, als er sich gar nicht mehr regen hatte können, brauchte der Herr Professor keinen Aufstand zu veranstalten. Dergleichen Ängste hatte er früher überhaupt nicht gekannt. Er erinnerte sich, wie sie sich als Halbwüchsige in der alten Klostergasse von Zinne zu Zinne gehangelt hatten, den Schauspielern des Musketierfilms nachzueifern, der dort gedreht worden war. Und an manchen Tagen ging es ja auch, da konnte er die Angst halbwegs kontrollieren. Außerdem würde er ja einmal Chef sein und brauchte nicht selber Hand anlegen, sondern konnte seinen Leuten sagen, was und wo sie etwas zu machen hätten. Aber der Typ war unerbittlich. Theorie und Praxis gehörten zusammen. Dabei war der Fettsack selber nicht schwindelfrei, obwohl, das stimmte nicht ganz, denn sooft er sich auf dem Gerüst blicken ließ, turnte er derart herum, dass man sich eher um die Balken Sorgen machen musste, denn um den Herrn Professor. Doch wolle er ihm die Zukunft nicht ganz verbauen, meinte er, als Roman davonstürzen wollte. Er habe gute Kontakte zu der Grabungsfirma, die den Lemberger Untergrund erforsche, da könne er ihn unterbringen, bis er sich etwas Anderes überlegt habe. Roman wusste, dass dies ein Prestigeprojekt der Stadtväter, insbesondere der Tourismusleute war. Nicht nur der Fluss, der dem Styx gleich unterirdisch Lemberg durchquerte, sollte begehbar gemacht werden, auch die uralten Keller, die vielgeschossig unter der Altstadt lagen, sollten erkundet und zu Touristenrouten verbunden werden.

Eigentlich hatte Romans Vater den Anstoß zu diesem Projekt gegeben, als er in den neunziger Jahren seine Kunstaktion „Nicht zu den Sternen sollt ihr greifen, geht in den Untergrund" durchgeführt hatte. Im gesamten Altstadtbereich hatte er in diversen Kellern Bilder, Graphiken und Plastiken versteckt, die am 1. Jahrestag der neuen Selbstständigkeit der Ukraine von Kunstliebhabern gesucht und behalten werden konnten. Dazu hatte er am Theaterplatz ein Zelt aufgestellt, in dem für ein paar Griwna ein Plan mit den geöffneten Eingängen zu den Kellern verteilt wurde, der zugleich

Ausweis war und den Ordnern vorgezeigt werden musste. Rund hundert Kunstbegeisterte machten sich pünktlich um zehn auf die Suche und hofften bis sechzehn Uhr ihren Schatz zu finden. Schon um halb Elf kehrte freudestrahlend eine junge Frau ins Zelt zurück und präsentierte eine Plastik, die sie nun heimtragen durfte. Doch dann trafen Meldungen in der Zentrale ein, dass nicht alles mit rechten Dingen zugehe und schließlich brach Chaos aus. Diverse Kleinkriminelle und neugierige Passanten hatten von der Aktion Wind bekommen. Sie nutzten die Gelegenheit der offenen Zugänge, stürmten mit kopierten Plänen einfach so in den Lemberger Untergrund und durchstöberten die Keller nicht nur nach Kunst, sondern nach allem, was brauchbar schien und sich verkaufen ließ. Weder Ordner noch Hausmeister, die zum Teil gar nicht wussten, welche Räume und Schätze sich in ihrem vielgeschossigen und verwinkelten Kellergeflecht verbargen, konnten ihrer Herr werden, allzumal einige gar nicht erst in den Keller hinabstiegen, sondern gleich die Treppen zu den Speichern hinaufkletterten, weil sie sich dort bessere Beute versprachen, so dass schließlich die Miliz gerufen werden musste. Die fuhr mit zwei Mannschaftswagen und quietschenden Reifen auf den Theaterplatz, verhaftete erst einmal den Vater und seine drei Mitorganisatoren und schwärmte dann aus die Ordnung in ihrer Stadt wieder herzustellen. Am nächsten Tag kehrte der Vater aus dem Gefängnis nach Hause zurück und präsentierte aufgeräumt die zahlreichen Zeitungsberichte. Sogar Kiewer Blätter hatten seine Kunstaktion zur Kenntnis genommen und Radio und Fernsehen warteten auf ein Gespräch mit dem Initiator. Im Nachhall dieses Erfolges sammelte er alle Dokumente, publizierte ein Bildband und mietete einen Keller an, in dem er seine Untergrundgalerie aufmachte, der er den Namen „Sternenstaub" gab.
Jüngst nun hatte ein findiger Jungunternehmen damit begonnen in einigen Kellern Kneipen und Cafés einzurichten. Das beliebteste Café wurde bald der „Partisan". Durch einen unscheinbaren Hauseingang, um mehrere Ecken, treppauf und treppab, gelangten die Gäste in einen Vorraum, in dem unter Tarnnetzen zwei Bewaffnete saßen und jedem ein Glas Wodka einschenkten. War dies nach dem Ruf „Tod allen Russen" geleert, durften sie passieren und kamen in weitläufige Gewölbe, die als Partisanenunterstand ausgebaut waren, in dem an einfach gezimmerten Tischen auf Bän-

ken und Stühlen unter einer Glocke von Hard Rock getrunken und gegessen wurde.

„Dort unten brauchen Sie sich nicht vor Schwindelgefühlen zu fürchten. höchstens vor den Geistern der Vergangenheit und unter Beklemmung leiden Sie ja nicht. Einige Örtlichkeiten sind Ihnen bestens vertraut, wenn ich mich nicht täusche, sind Sie ein eifriger Besucher der Cafés, die sich in den Kellern breit gemacht haben."
Die Spitze hätte der Sack sich sparen können, denn beim letztjährigen Semesterfest mussten sie den Herrn Studienleiter wieder an die Oberfläche schleppen, weil er allein die verwinkelten Treppen in seinem Zustand nicht hinaufkrabbeln konnte. Erschwerend kam hinzu, dass er meinte auf jeder Treppenstufe einen Vortrag über spezielle Restaurationstechniken zu halten und über alles, was er offensichtlich glaubte während seiner Vorlesungen vergessen zu haben und jetzt unbedingt noch an den Mann bringen wollte. Roman verkniff sich eine entsprechende Bemerkung, außerdem war die Arbeit gut bezahlt. Der Typ wollte ihn also tatsächlich loswerden. Mit diesem Angebot konnte er Lydia beschwichtigen, sie würde ihn umbringen, wenn er ihr sagte, dass er das Studium geschmissen habe, respektive gefeuert worden war. Tatsächlich hatte sie seine Erklärung recht gelassen aufgenommen, lediglich als er ihr von der guten Bezahlung vorgeschwärmt hatte, bemerkte er eine gewisse Skepsis in ihren Mundwinkeln. Sie sollte Recht behalten, denn bald hörte er und es gab sogar eine kleine Notiz in der Zeitung, dass das Geld für die Ausgrabung verschwunden sei. An sich nichts Besonderes oder Aufregendes. In der Ukraine verschwand immer Geld, das war normal, ihn ärgerte nur, dass es sein Geld war. Das Geld musste gesucht werden oder neues aufgetrieben, dabei saß Julia doch im Knast, konnte es also diesmal nicht gewesen sein. Aber es gab ja noch andere. „Das ganze Land ist voller Langfinger", hatte er der Mutter lautstark erklärt: „Und der Gipfel ist, dass die schlimmsten von Ihnen im Parlament sitzen." Eigentlich hatte sie sich nach seinem Studium erkundigt, aber weil er davon nicht reden wollte, hatte er von dem Projekt erzählt und sich in Rage geredet: „Es gibt keine Demokratie in der Ukraine. Das ist eine Oligarchie. Die Menschen werden an der Nase herumgeführt. Das ist schlimmer, als es in der Sowjetunion war." Sie blickte von ihrer Stickerei auf und sagte: „Was weißt du von dieser Zeit." „Genug! In Russland nennt man solche Leute „Diebe nach dem

Gesetz", und bei uns sind sie Gesetzgeber." Nun mischte sich der Vater ein, der in der Ecke gelesen hatte. Er legte sein Buch beiseite und sagte; „Mein Sohn!" Roman wusste, was die Stunde geschlagen hatte: „Aber das ist doch wahr" zischte er in seine Richtung: „Die scheren sich doch keinen Deut um Recht und Gesetz. Die gehören alle ins Gefängnis oder glaubst du, dass nur eure Freiheitsikone Julia sich hemmungslos bereichert hat?" „Mein Sohn!" wiederholte der Vater nun schärfer: „Du magst zwar verheiratet sein und hast eine wohlverdienende Frau, aber du bist nach wie vor ein Kindskopf." Er stand auf und lief aufgebracht im Zimmer herum: „Die Frau war für mich niemals ein Vorbild. Ich wusste immer, wie das Spiel gespielt wird und was von ihr zu halten ist. Sie hat raffiniert mitgemacht, bis sie zu übermütig wurde und verlor. Das ist der Lauf der Welt. Was jetzt im Land geschieht, ist höchst einfach: Die Oligarchen brauchen Gesetze und eine Ordnung, denn sie wollen ihren Reichtum, den sie im Chaos zusammengestohlen haben, nicht verlieren." Und diese Ordnung stellen sie jetzt her? „Mehr oder weniger." „Und wir, du, ich?" „Wir sind das Volk und schauen zu." „Dann ist es ja gut und ich kann gehen." Roman wollte wütend aufstehen. Der Vater legte versöhnend die Hand auf seine Schulter und sagte: „Du kannst auch noch bleiben und deinen Tee austrinken. Wir wissen nämlich schon längst, dass du dein Studium, wie soll ich sagen, unterbrochen hast. Lemberg ist eine kleine Stadt, mein Sohn."
Die Suche nach dem verschwundenen Geld hatte sich monatelang hingezogen. Ohne Ergebnis. Nun war offensichtlich neues aufgetrieben worden, und Roman beschloss rasch am Büro vorbeizugehen, bevor auch dieses wieder verschwand. In den Räumen herrschte emsiges Treiben. Endlich konnten sie loslegen. Er ging auf den zufriedenen Grabungsleiter zu. Der umarmte ihn und sagte: „Montag um acht und dann kein freier Tag mehr bis Weihnachten. Gehen Sie gleich und holen sich ihr Geld ab für Kleidung, Schuhe usw. Die Arbeitsgeräte werden am Freitag im Depot zusammengestellt und verteilt. Sie sind schon geliefert worden." Nach einer halben Stunde war Roman wieder draußen mit ein paar tausend Griwna in der Tasche. Die waren zwar abzurechnen, doch erst nach der ersten Arbeitsphase. Ein Wunder war geschehen, anders war das alles nicht zu erklären. Lydia würde kein Wort glauben. Sie hatte ihm ja schon die Geschichte mit dem Ufo nicht abgenommen. Er musste sich etwas Besonderes ausdenken, ihr etwas schenken. Sie

hasste Blumen seit, sie bei Oscar Wilde gelesen hatte, dass die Natur blöde und langweilig sei oder so ähnlich. Zuerst einmal wollte er ein Gläschen trinken. Das hatte er sich verdient. Er machte sich auf den Weg zum Markt.

Als die Fähre ablegte, lehnte er an der Reling und schaute auf Cork zurück. Die Stadt ruhte im weichen Frühabendlicht und er fragte sich, ob es richtig war, die Reise abzubrechen. Er fühlte eine seltsame Wehmut, ahnte, dass er wohl kaum wieder in dieses Land zurückkehren würde. In seinem Alter! Wieso fraß sich solches Denken in sein Hirn hinein? Zu den wunderbaren Erfahrungen seines Lebens gehörte, dass er das Altern nicht als Last wahrnam, und eigentlich erst dann einmal kurz darüber nachgedacht hatte, als die neue Redakteurin seiner Stammredaktion bei seiner Frage nach einem neuen Auftrag ihn anblaffte, dass er ihr sein Alter verschwiegen habe. Es gäbe eine Anweisung des Hörfunkdirektors, kurz, er wunderte sich, dass sie oder wer auch immer nach seinen mehr als vierzig Jahren in diesem Haus und mehr als ein Jahr und vier Sendungen später, festgestellt hatte, dass er älter und offensichtlich für die wichtigen Aufgaben eben zu alt geworden war. Und darauf hatte er nicht selber hingewiesen, also wirklich! Offensichtlich hatte der kollektive Schwachsinn jetzt auch das Radio erreicht, beim Fernsehen war er schon länger festzustellen gewesen. Er legte den Hörer auf die Gabel und freute sich, die hehre Schwelle klammheimlich überschritten zu haben.
Neben ihm standen nur ein paar Passagiere auf dem Oberdeck, die meisten waren noch mit Einchecken beschäftigt. Die Fähre war nicht ausgebucht. Viele Lkw, Wohnwagen, wenige Pkw. Die Businessmen und -ladies bevorzugten die Airlines. Zeit ist Geld und billiger war Fliegen auch. Zu schnell für die Seele. Er musste den Wechsel der Umgebung spüren, wollte nicht von einem Ort in den nächsten hineingeworfen werden. Eine dunkle Gestalt in einem Kapuzenmantel starrte ein paar Meter von ihm entfernt statuenhaft auf die Insel. Als spüre sie seinen Blick, drehte die Frau den Kopf und musterte ihn ein paar Sekunden lang, bevor sie sich unwirsch wieder dem Ufer zudrehte. Er liebte die Atmosphäre auf den unterschiedlichen Linien, mit deren Schiffen er in den vergangenen Jahren unterwegs gewesen war, und auch diesmal wollte er zunächst einmal durch die Decks schlendern. Am Empfang schimpften zwei Ehepaare Deutsch und Englisch auf einen armen

Angestellten ein, weil die Reederei, aber gewiss nicht sie selbst, einen Fehler bei der Belegung der Kabinen gemacht hatte, und er drückte sich verschämt an ihnen vorbei. Auf keinen Fall wollte er als Landsmann erkannt werden.

Einmal als er mit seinem Team im polnischen Stalowa Wola übernachtete, sah er nach dem Dreh den Kameraassistenten, der dem Mädchen am Empfang wütend zwei Handtücher hinknallte, die offensichtlich nicht ausgewechselt worden waren, große flauschige Tücher, die, soweit er erkennen konnte, kaum benutzt waren. Das Mädchen, amüsiert vom Ausbruch des jungen Mannes, ging zum Telefon, redete ein paar Worte, sagte dann, dass er gleich neue Handtücher aufs Zimmer gelegt bekomme und kümmerte sich nicht weiter um den Schnösel, der sich umdrehte und zum Fahrstuhl rannte, wo er wütend auf die Knöpfe drosch. Auf dem Weg zum Restaurant überlegte er, wie oft sein Kollege wohl daheim seine Handtücher wechselte und kam zu dem Schluss, einmal im Vierteljahr wahrscheinlich, soweit kannte er ihn inzwischen. Während der Reise hatten sie eigentlich stets in hübschen Hotels gewohnt, darauf hatte er bei der Recherche geachtet, schließlich hatte er schon lange verstanden, dass in den Augen der meisten Fernsehteams die Recherche nicht dazu diente gute Drehmotive zu suchen, sondern erstklassige Hotels, was 1992, nach den tollen Aussagen, die daheim in München die Runde machten, in Polen kaum möglich sein sollte. Es war ihm dennoch gelungen, auch in der Arbeiterstadt Stalowa Wola, in der sie große, saubere und freundliche Zimmer, eben für Westgäste, wie man damals noch unterschied, beziehen konnten, die hier, wie auch an den anderen Orten weit unter dem Spesensatz lagen, weswegen auch keiner über Rechnung abrechnen würde, sondern eben pauschal. Die Reise sollte sich lohnen. Kein Wunder, dass er lieber und lange schon Radio machte, weil er da allein unterwegs sein konnte. Als er später beim Bier dem Kameramann erzählte, was er beim Radio an einer Sendung verdiene, hatte dieser nur gemeint, dafür würde er nicht aufstehen. Seitdem hatten sich Honorare und Arbeitsbedingungen vor allen Dingen für die jungen Kollegen, die sogenannten Freien, nicht verbessert, im Gegenteil, die Sender mussten sparen und die festangestellten Redakteure erfüllten brav alle Vorgaben, die Ihnen der Herrgott empfahl; vielleicht war es gut, dass er aufhören musste, durfte, konnte, was auch immer.

Die Bar hatte bereits geöffnet und er überlegte, ob er sich in einen der Sessel am Fenster setzen sollte und ein Bier trinken. Zu früh. Erst nach dem Abendbrot, das in einer Stunde stattfinden würde. Ein paar Trucker standen an den Spielautomaten. Müde Gesichter in buntblinkendem Licht und ratternd quäkenden Melodien. Er lief in den Duty-free-Shop hinein. Frauen belagerten die Parfümabteilung. Alles da, was das Herz begehrt und auch nicht billiger als an Land. Er besorgte sich ein Sixpack Guinness, Zigaretten und stiefelte die Treppe zu seiner Kabine hinab. Die Deutschen kämpften immer noch am Empfang um ihr Recht.

Eine Stunde danach wurde er von einer uniformierten Dame an einen Tisch geführt. Obgleich das Schiff nur halb ausgebucht war, wurden die Restaurantplätze zugewiesen. Die Frau von der Reling löffelte bereits ihre Suppe. Na toll! Er grüßte, legte sein Buch auf den Tisch und machte sich auf zum Büffet. Er hatte Hunger und kehrte mit vollbeladenem Teller und zwei Gläsern Saft an seinen Platz zurück. Eigentlich spottete er über Gäste, die bei all-inklusive sich vollfraßen und soffen, bis sie unter den Tisch fielen, doch hatte er selbst diese Neigung. Der Mensch ist unvollkommen, und heute wollte er sich das erlauben, es war ja noch nicht einmal Sieben und die Nacht in der Kabine war lang. Sie grinste und sagte: „Ich hole mir noch ein paar Melonenscheiben mit Schinken" und ging. So konnte er auf dem Teller unbeobachtet ein wenig Ordnung schaffen. Ordnung war das halbe Leben, dabei musste ihm niemand zusehen. Als sie zurückkehrte, die Melonen waren wohl ausgegangen oder Nachschub ließ auf sich warten, obgleich unzählige dienstbare Geister in der Küche und an den Tischen herumwuselten, war er bereit für eine zweite Portion und erhob sich, während sie sich setzte. „Sie verlassen mich bereits?" „Ich brauche noch was." „Na dann." Nun wählte er leichtere Speisen und bestellte ein Bier. Draußen ging die Sonne unter. „Draußen geht die Sonne unter", sagte er, als er zum Tisch zurückkehrte. Sie blickte auf: „Jetzt schon?" „Naja, sieht so aus", er zeigte in Richtung des Fensters und widmete sich seiner Nachspeise. „Sie trauen sich aber auch gar nichts", sagte sie dann, weil er beharrlich schwieg. „Ihre Schönheit macht mich sprachlos." „Dann ist es ja gut", erhielt er zur Antwort. Er blickte vom Essen auf: „Ich weiß, die meisten Männer verlieren beim Anblick hübscher Frauen den Verstand. Ich verliere die Sprache und verwandle mich in einen stummen Fisch." Sie lächelte

„Dabei wüssten Sie sicherlich viel zu sagen." „Aber das fällt mir stets erst hinterher ein." „Das ist schade." Er nickte: „Als Student kam ich mal am Rosenmontag in Ludwigshafen in eine Kneipe und setzte mich an die Bar. Drei Stunden lang saß ich versteinert dort, während um mich herum gelacht, getanzt und gesungen wurde und die anderen alles Mögliche versuchten mich in ihre Feier einzubinden. Mag sein, dass ich am Anfang mein Glas hob, wenn sie mir zuprosteten, doch bald reagierte ich nicht mehr. Ob es einen Anlass für diese Stimmung gegeben hatte, weiß ich nicht mehr. Ich weiß nur, dass ich sie nicht brechen konnte. Ich ging dann blicklos zurück in mein Hotel und schlief traumlos und schwer in dieser Nacht." Sie schaute ihn nachdenklich an. Schob dann ihren Stuhl zurück und erhob sich. „Ich muss noch ein paar Mails anschauen. Man sieht sich vielleicht nachher ", sagte sie und ging an dem Stewart vorbei, der ihm das Bier brachte. Stella Artois, es schmeckte grauenhaft. Als nächstes würde er sich ein Guinness bestellen, koste es, was es wolle. Er hatte gute Laune. Das war doch schon mal ein Anfang für diesen angebrochenen Abend.

Zwei Stunden später saß er in der Lounge. Während er zusah, wie die Musikanten ihren ersten Auftritt auf der kleinen Bühne vorbereiteten, tauchte sie wieder auf und kam zielstrebig an seinen Tisch. Sie trug ein langes blaues Kleid, um die Vierzig mochte sie sein. Das Alter von jemandem schätzen konnte er nie. Er hatte sich schon zum Einduseln einrichten wollen und setzte sich jetzt wieder aufrecht hin. Zur Ruhe kommt der Baum des Menschen nie. „Was trinken Sie denn?" „Na Bier", das sah sie doch. „Gibt es hier auch Wein?" Er reichte ihr die Getränkekarte: „Wir reisen nach Frankreich, da wird es auch Wein geben. Darf ich sie einladen?" „Sie dürfen." Als der Kellner kam, verhandelte sie mit ihm und er zeigte auf sein leeres Glas. Viel würde er nicht mehr trinken können. Er musste es wohl, denn sie strahlte ihn an: „Normalerweise setze ich mich nicht zu fremden Männern an den Tisch, aber ich habe gelesen, dass sie Balladen im Programm haben und die liebe ich" und zeigte auf die drei Musikanten, die endlich soweit waren. Sie begannen mit einem Stück der Rolling Stones „Blinded by rainbows" und verblüfften ihre Zuhörerschaft und auch ihn, denn er hatte geglaubt, dass dieses Lied längst vergessen sei. Er saß und betrachtete seine Nachbarin, lauschte den Musikanten und wachte am nächsten Morgen auf, als die Tür zu seiner Kabine ins Schloss fiel. Vielleicht war es ein Traum. Der Abschied von der grünen Insel. Als er zum Frühstück kam, fand er sie nicht. Auch nirgendwo sonst in den endlos schmalen Gängen der unterschiedlichen Decks. Die Fähre legte an und er wartete, verließ als Letzter das Schiff. Er kannte noch nicht einmal ihren Namen und machte sich zum Bahnhof auf. Er war noch müde und wollte nur heim.

Leider war unser Sieg nur von kurzer Dauer. Den Bankern, Tradern und Brokern wuchsen die Kosten für Alkohol, Drogen und Sex derart über den Kopf, dass sie immer tollwütiger spekulierten und mit steigender Raffgier ihre Banken und bald ganze Staaten an und in den Abgrund rissen. Jene Mitmenschen, die noch ein wenig Kapital besaßen, wollten dieses verzweifelt retten und ließen sich einreden, Immobilien seien eine sichere Geldanlage. Vertrieb witterte Morgenluft, bot unsere Wohnungen erneut an und die Leute kauften. Auch durch unsere Wohnung stolperten ein paar Interessierte. Doch als sie die rund fünftausend Bücher im langen Flur sahen und auch noch hörten, dass wir wohnen bleiben wollten, trotteten sie davon. Bald rissen Bauarbeiter in anderen Etagen Wände ein, setzten neue und Handwerker hämmerten, sägten, schliffen, bohrten, tapezierten und weißelten, wohin man nur blickte, denn die neuen Wohnungsbesitzer hatten nicht bloß die, im Vergleich zum Anfang zwar geringeren, aber immer noch hohen Preise bezahlt, sondern es auch übernommen ihre Räume auf eigene Kosten zu renovieren. Sehr vernünftig schien mir dies, so wussten sie wenigstens, wo ihr Geld blieb.

Wir erhielten neue Nachbarn, einen Dichter mit seinem Lebensgefährten. Bald stellte sich heraus, dass die beiden offenbar die einzigen vernünftigen und auch freundlichen Leute waren. Außerdem hatte der Dichter ein sehr gutes und lesenswertes Buch geschrieben, wie ich mich überzeugen konnte. Die anderen Wohnungsbesitzer hielten sich eher bedeckt. Die Bürde des Besitzes und die Last der Kredite ließen sie verstohlen über die Treppenstufen huschen und hinter die Türen ihrer Festung aus geborgtem Geld sich verbarrikadieren. Keiner auch bedankte sich bei mir oder den anderen fünf verbliebenen Mietern, dass unser wackerer Kampf gegen Vertrieb ihnen zwar nicht zu billigen aber immerhin billigeren Wohnungen verholfen hatte. Die Welt war einfach ungerecht und töricht waren ihre Bewohner. Aber vielleicht platzte

bald auch in unserem Land die Immobilienblase und alles renkte sich wieder ein.
Eigentlich hatte ich nie recht verstanden, wie man sich eine Eigentumswohnung auf Kredit kaufen konnte. Ein Haus ja. Auch eine Insel, wenn man die unbedingt brauchte, doch eine Wohnung? Nein! Jahrzehntelang saß man in einer Schuldenfalle, war gefesselt an einen Ort und gezwungen mit Nachbarn auszukommen und deren Launen zu ertragen. Es mochte noch angehen, wenn die Kaufsumme zu überblicken war, doch die Beträge, die inzwischen in den Ballungszentren der Städte verlangt wurden, waren dies nicht. Kein Wunder, dass unsere neuen Nachbarn erschreckt und eingeschüchtert durch die Tage gingen und nicht wahrnahmen, wie kalt und unfreundlich das Klima im Haus geworden war. Der Gang ins Dschungelcamp erschien ihnen erstrebenswerter als jener zum Nachbarn. „Schau nicht hinter die Fassaden der Isarstadt. Lerne dich mit ihrer Schönheit zu begnügen und vergiss das Elend, das sie verbergen", hatte mir ein Schriftstellerfreund schon in meiner frühen Münchenzeit einmal gesagt. In meinem jugendlichen Zorn auf die Welt wollte ich mich seinerzeit damit nicht begnügen, wollte es nie, doch nachdem ich jüngst die Werbung für ein Computerspiel im Fernsehen gesehen hatte, in dem es hieß: „Ihr könnt die Welt verändern. Ruhmreiche Taten vollbringen und zu Legenden werden. Seid ihr bereit?", leuchtete mir allmählich ein, wovon er gesprochen hatte. Die späten sechziger Jahre waren eine gute Zeit gewesen. Einmal schafften wir an einem Vormittag, der ein Nachmittag wurde, an die zwanzig Weißbier, weil wir den vier Bauarbeitern am Nebentisch zeigen wollten, dass sie nicht allein waren auf dieser Welt.
Nachdem noch ein paar potentielle Käufer bei uns hereingeschneit waren, die meisten blieben im Bücherflur stehen und wagten sich erst gar nicht in die anderen Räume, in denen weitere Bücher in der Regalen steckten, tauchte eines Nachmittags ein forscher Fünfzigjähriger auf, der sogar sprechen konnte. Wir unterhielten uns, ich zeigte ihm alle Mängel, erzählte, was ich so wusste nach dreißig Jahren in diesem Haus und schärfte ihm ein, bloß nicht den Preis zu zahlen, den der Vertrieb verlangte. „Die müssen verkaufen, weil sie Geld brauchen."
Zwei Wochen später las ich den Kaufvertrag. Er hatte gut verhandelt, gleich noch ein paar Wohnungen dazu gekauft und auch

Freds Laden im Erdgeschoss. Bei der Wohnungsübergabe tauchte der Cowboy wieder auf. Leise, freundlich und wohlerzogen setzte er sich in unsere gute Stube. Allerdings konnte er es sich nicht verkneifen herumzunörgeln, dass wir durch unser Verhalten eine Wohnwertsteigerung verhindert hätten. Leute wie er hatten einen Tunnelblick und nahmen nichts anderes wahr. Ob je Licht am Ende eines solchen Tunnels aufscheinen würde? Ich hätte ihm den „Tunnel" von Dürrenmatt geben können, von dem zwei Exemplare in meinem Regal standen. Doch wozu? Bildung wird nicht von jedermann gleichermaßen geschätzt. Seit ich jüngst eine Abiturientin beim Baden am See sich bei ihren Freundinnen bitterlich hatte beklagen hören, dass sie in diesem Jahr mit ihren Eltern in Spanien und zwar in Bologna Urlaub machen müsse um dort durch die Museen zu laufen, wurde mir alles klar.

Unser neuer Wohnungsbesitzer schien mir ein vernünftiger Mann zu sein, und weil er weder von Umbau noch Mieterhöhung sprach, wollte ich an eine mögliche Zukunft in dem Haus glauben. Meine Frau traute dem Frieden nicht und spottete über meine Leichtgläubigkeit: „Er wird schon seinen Vorteil suchen und auch finden." Ich stutzte, sie hatte Recht, tatsächlich neigte ich dazu Güte und Freundlichkeit zu sehen, wo nur Maske war und vermutete Wohlwollen dort, wo Skepsis angebracht war.

Ein paar Tage später träumte ich, ich liefe über eine weite Hochebene auf ein Schloss zu, das in der Ferne auf einem Bergrücken lag. Staub und Hitzeflimmern ließen den vielzinnigen Bau in immer weitere Ferne rücken, desto näher ich zu kommen glaubte. Doch ich musste dorthin, denn unser Haus drohte einzustürzen. Immer breitere Risse zeigten sich an den Wänden und der Besitzer, der in jenem Schloss wohnte, musste unterrichtet werden, damit er Handwerker schicke. Endlich war ich am Fuße des Berges angelangt. Ein breiter, geschwungener Weg führte hinauf zu einem hohen Tor, an dessen Seiten zwei steinerne Schlangen aufgereckt standen. Ihre Köpfe schaukelten im Wind. Ich hörte Flötentöne und erkannte, dass die Ungetüme lebendig waren und mit geöffnetem Maul, in denen Zungen hin- und hersprangen, und glühenden Augen auf mein Näherkommen warteten. Plötzlich hob sich rasselnd das eiserne Tor. Aus dem dunklen Abgrund dahinter brach ein Gefährt hervor. Eine Kutsche von sieben Hunden gezogen. Auf dem Bock stand ein Zwerg. Er schwang eine lange Rute und peitschte die heulenden

Bestien an mir vorbei. Die tollwütige Gestalt lachte mich höhnisch an. Ich meinte meinen Hausherrn zu erkennen, war freilich nicht sicher, weil die wilde Jagd rasch in einer Wolke aus rotem Staub in der Ebene verschwand. Als ich mich zurückdrehte, war das Schloss verschwunden. An seiner Stelle befand sich ein von Rosen, Efeu und Wein überwuchertes Gartenhaus. Friedlich und schön. Auf der Bank vor der angelehnten Tür saß ein junger Mann in einem weißen Anzug aus Seide an einem schmalen Tisch. Er winkte mir zu, reichte mir ein Pergament und einen Griffel. Dann zog er ein langstieliges Messer aus der Scheide, die er quer über der Brust trug. Er streifte den Ärmel zurück, zeigte auf seinen linken Arm und die lange Schnittwunde dort und sagte: „Wenn Sie auch mit ihrem Blut unterzeichnen, dann wird alles gut."

Lena hatte ein wunderbares Plätzchen geschaffen. Im Zentrum des Marktes standen neben ihrem Kiosk Bänke und Tische im Schatten zweier buschiger Birken. Sie servierte Suppen, Piroggen, Schaschlik und andere Köstlichkeiten. Die Getränke waren billig und Zeitungen lagen auf der Ablage für jedermanns Gebrauch. Freilich bedurfte es dieser kaum, denn die Gäste, die ab fünf Uhr morgens herumsaßen und ihren ersten Tee tranken, waren eine bessere Nachrichtenbörse als die Journalisten der Stadt, die ja doch nur das schrieben, was den Besitzern ihrer Blätter genehm war. Roman holte sich ein Bier und ein großes Gläschen und suchte sich einen Sitzplatz. Jetzt gegen Elf, waren die meisten Geschäfte längst getätigt und es war voll, aber man rückte zusammen und jeder fand Platz. Rasch war er mit dem neuesten Stadtklatsch vertraut. Die Gespräche heute kreisten um das schwere Schicksal von Jurij, dem Dieb, der in der Nacht in einen Laden in der Nachbarschaft eingestiegen war, weil er unbedingt noch ein Fläschchen trinken wollte. Er hatte sich gleich am Regal bedient und war erschöpft eingeschlafen. Als am Morgen die beiden Verkäuferinnen kamen, fanden sie ihn friedlich schlummernd auf dem Boden, zwei leere Flaschen neben sich. Und weil er nicht aufwachen wollte, packten sie ihn und lieferten ihn bei seiner Ehefrau ab, die sich bereits beträchtliche Sorgen gemacht hatte, denn so lange war er nie auf Beutezug unterwegs. Das schien ihnen vernünftiger, als eine Anzeige bei der Polizei, die hier wie überall nur einen begrenzten Blick auf das Leben hatte. Lydia mochte den Markt nicht sonderlich. Seitdem sie jeden Morgen adrett gekleidet in ihre Bank abzog, mäkelte sie über Schmutz und Unordnung. Sie zwängte sich rasch an den Rentnerinnen und Rentnern vorbei, die in langen Reihen die Zugänge umstanden, gebrauchte Kleider, Geschirr, Tomaten oder Gurken aus ihren kleinen Gärten feilboten und schimpfte über die aufdringlichen Zigeunerweiber, die wahrsagen wollten, und deren Männer, die falsche Goldketten und Teppiche loswerden wollten. Nur einmal hatte sie bei Lena einen Schaschlik probiert, ansonsten an den Gemüseständen rasch ihre Einkäufe erledigt und war heim gelaufen. Neulich hatte sie ihn in das neue Einkaufszentrum an der Straße nach Kiew geschleppt. Hinterher war er froh, dass sie kein Auto besaßen, weil sie sich mit den vielen Tüten kaum in den Bus hineinquetschen konnten. Er fand die Waren nicht besser oder billiger als an den Ständen vom Markt, nur gewitzter angepriesen. Die Tomaten aus Holland schmeckten nach gar nichts, und dass sie dort Kartoffeln aus Ägypten verkauften, fand er komplett irrsinnig.

Roman war in der Nähe des Marktes groß geworden. Er sah in ihm einen orientalischen Basar voller Gewürze, Früchte und Leckereien, ein Zauberreich bevölkert von wunderbaren Menschen mit ihren Geschichten. Hätten ihn die Eltern nicht durch die Schule gezwungen, wäre er vielleicht hier gelandet, wie manche seiner Spielkameraden. Einige hatten auf dem Markt ihr Glück gemacht. Adam war einer der ersten, der Musikcassetten und bald auch Videos kopierte und verkaufte. Als die CDs aufkamen und die Computer, verlegte er sich auf Software und auf Spiele. Der Umstieg hatte sich als Glücksgriff erwiesen, erst recht, nachdem Lemberg ein Zentrum der Softwareentwicklung wurde. Selbst Teile von Vista wurden hier geschrieben. Kein Ruhmesblatt, was aber weniger an den Entwicklern lag, wie sie sagten, sondern an den Vorgaben von Microsoft. Immerhin konnte man Vista in Lemberg schon erwerben, bevor es in Amerika auf den Markt kam. So oder ähnlich lief es mit fast allen anderen Programmen, und was die Lemberger Freaks nicht knackten, das schafften ihre russischen Kollegen, so dass hier wie anderswo im weiten Osten die Leute die Cyberwelt durchstreiften, während die armen Westeuropäer noch fleißig sparen mussten um teilnehmen zu können, und die Herren Gates und Co sich eine goldene Nase verdienten. Inzwischen betrieb Adam zwei Läden in der Altstadt. Diese wurden von Angestellten geführt, er selbst verbrachte seine Tage nach wie vor auf dem Markt, in einem der beiden Kioske, die in den letzten Monaten auch für Roman ein

Zufluchtsort geworden waren, wenn ihm in der Wohnung zuweilen die Decke auf den Kopf fiel.

Genau, das wars! Die Wohnung war zu leer! Er würde Lydia ein Hündchen kaufen! Dann hatte sie Gesellschaft, die ganze Zeit und auch, wenn er wieder einmal mit den Kollegen in die Berge fuhr. Und selbst er war nicht mehr so allein, wenn sie zur Arbeit ging. Er holte sich rasch noch ein Gläschen, denn es galt zu überlegen, wie er es anstellen konnte, ein geeignetes Tier zu finden. Erst neulich hatte er einen Huzulen gesehen, der Hündchen in seinem Auto hatte. Roman war zufrieden mit Gott und der Welt. Arbeit war in Aussicht und eine Überraschung für Lydia hatte er auch parat. Der Huzule war nicht da, zumindest nicht dort, wo er ihn gesehen hatte. Dafür saß ein Kobsar auf der Stufe der Treppe zum oberen Eingang. Vor ihm war eine Kamera aufgebaut und der Weißhaarige und der Bärtige wuselten um ihn herum. Der Dolmetscher stand ein paar Meter entfernt, weil der Sänger wohl Deutsch verstand. Roman wusste, dass er von der Krim stammte und in den Sommermonaten durch die Städte des Nordens zog. Normalerweise war er am Lemberger Theaterplatz zu finden, wo sie ein paar Mal miteinander geredet hatten. Roman liebte seine Lieder, die er mit der Bandura begleitete. Er schien uralt zu sein und sein Aussehen hatte sich in den letzten Jahren kaum verändert. In seiner Kindheit hatte er vermutlich das deutsche Volkslied gehört, das er für die Deutschen anstimmte.

Bis nach dem Zweiten Weltkrieg hatten deutschsprachige Siedler auf der Krim gewohnt und waren dann nach Kasachstan und in andere Republiken der Sowjetunion deportiert worden. Wie auch die Tataren, denen die Kremlherren Kollaboration mit den Deutschen vorwarfen, was wohl auch stimmte. In den letzten Jahrzehnten waren viele von ihnen auf die Krim heimgekehrt und forderten eine tatarische Republik und Autonomie, weil sie sich als die eigentlichen Herren der Halbinsel betrachteten. Ihre Ansprüche nahmen sich in seinen Augen weltfremd aus, wenn er bedachte, dass die Krim nach wie vor ein Zankapfel zwischen der Ukraine und Russland war. Auch wenn sich die Lage inzwischen ein wenig entspannt hatte, war den ukrainischen Nationalisten der russische Militärhafen Sewastopol ein arger Dorn im Auge. Während der Schulzeit war Roman einmal in der Nähe von Sewastopol im Ferienlager gewesen und der Geschichtslehrer, der in der Stadt geboren war, hatte von den deutschen U-Booten erzählt, die während des Weltkrieges in Sewastopol eine ihrer Basen hatten. Weil das Mittelmeer gesperrt war, schleppten die Irren fünf oder sogar zehn Boote von Kiel aus über Land zur Elbe und dann donauabwärts zum Schwarzen Meer. Sie operierten rund anderthalb Jahre in diesem Frontgebiet. Schön verrückt das alles.

Eine Zeit lang wollte er Geschichte studieren. Aber er erkannte rasch, dass er sich damit auf ein Minenfeld begeben würde: die Lemberger Rechthaber kramten ihre Waräger hervor, Handelskrieger, die aus dem südskandinavischem Raum kamen und die Flüsse hinab bis zum Schwarzen Meer fuhren. Die Westukrainer hassten alles Russische und behaupteten, dass sie von den ostgermanischen Rugiern abstammten, die von der Insel Rügen hierher gekommen waren, während ihr russischer Widerpart im Osten des Landes von heilig russischer Erde raunte. Schon in der Oberschule hatte er erbitterte Streitgespräche mit seinen Klassenkameraden geführt, weil keiner sehen wollte, dass ganz unterschiedliche Völker im ukrainischen Raum gewohnt und ihn geprägt hatten: Ukrainer, Russen, Polen, Juden, Kosaken, Tataren, Deutsche, Habsburger, Armenier, Griechen. Deren Weiber hatten den Schoß geöffnet und Männer hatten ihren Samen gespendet. Er erinnerte noch gut den erstaunten Blick seiner Lehrerin, als er die Formulierung in die verpickelten Gesichter seiner Klasse warf. Vermutlich würde es noch hundert Jahre dauern, bis Vernunft einkehrte, wenn überhaupt. Wahrscheinlich hatte dann diese eiserne Kanzlerin ihr Reich wieder bis zur Krim ausgedehnt. Die EU befand sich schon unter ihrer Knute. Wenigstens schien sie nicht so korrupt zu sein wie die blonde Julia. Lydia widersprach heftig, wenn er so laut und leichtfertig daher redete, und meinte dass er keine Ahnung habe, die Korruption im Westen sei viel toller als in Osteuropa. Sie sei einfach besser organisiert und legalisiert. Sie musste es wissen, arbeitete sie doch bei einer Bank mit internationalen Beziehungen. Das Fernsehteam schien keine Eroberungspläne noch sonst was zu hegen. Es lauschte verzückt dem Lied des Sängers.

Heimatlos war er geworden, ein Nomade wie so viele Menschen der Gegenwart, nur dass er ein wenig Geld besaß und den Pass des richtigen Staates, so dass er nicht wie die anderen herumgestoßen wurde, die durch die Länder irrten, auf der Suche nach dem bisschen Glück, nach dem jeder Mensch auf diesem rauen Planeten

strebt. Während der Arbeitsjahre hatte er dies nicht wahrgenommen, erst jetzt im Ruhestand fiel es ihm auf und machte ihn rastlos. Die Reise nach Irland war ein Fehlschlag geworden. Das Paradies der Jugend existierte nicht mehr. Die Geier waren über die grüne Insel hergefallen. Gier und Geld und die traurigen Augen der Trinker, wie Deane einer war, der in seinem wunderbaren Roman Wölfe sich über die Klippen ins Meer stürzen ließ. Er fand nicht zu ihnen und verstand, dass er woanders seinen Platz suchen musste. Vielleicht sollte er sich doch irgendwo im Osten niederlassen. Ricarda Huch wollte in den zwanziger Jahren des letzten Jahrhunderts mit Freunden eine Kolonie an der Wolga gründen. Damals explodierten die Träume, es waren aufregende Jahre, auch für die Literaten, nur Nachhall die Stimmen der Gegenwart. Vielleicht haben jene recht, die sagten, dass nach diesem verfluchten Hitler kein Gedicht mehr möglich sei. „Wo ist das Wort? Das Wort ist fort" hatte Uli auf ein Bild geschrieben. Der Maler, der aus Kaschuben kam, in Berlin und München in Werkstätten und Wirtshäusern saß und jeden Tag andere Worte auf seinem Telefonbeantworter hinterließ.
Nach ein paar Tagen hatte er sich wieder an seine Ladenwohnung gewöhnt und an den Alltagstrott. Der Ausbruch lag in weiter Ferne und die Erinnerung an diese Frau verblasste. Er saß zwischen seinen Büchern und starrte deren Rücken an. Seine Welt. Sein Universum, das ihn umschloss und beschützte. Einem Freund hatte er einmal gesagt, dass er den Alltag nicht brauche, solange er immer noch ein Buch auf dem Tisch liegen habe, das noch nicht gelesen war. Rund 10 000 Bände füllten inzwischen die Räume. Eine ungeheure Last. Unmöglich in eine Wohnung zu ziehen, in der nur ein paar hundert in Regalen Platz fänden. Die Insel mit den fünf Büchern gab es für ihn nicht. So what? Er wusste es nicht. Kaum etwas in seinem Leben, das er tatsächlich wusste. In dem Haus, in dem er früher wohnte, hatte eine Frau sich einmal von ihren Büchern befreit und ihre gesamte Bibliothek auf die Fensterbank des Treppenhauses geräumt, damit die Mitbewohner sich nehmen konnten, was immer sie wollten. Er hatte in Taschen und Tüten verpackt, was da stand, selbst solche Bücher, die er in seinen Regalen vermutete. War sogar in der Nacht noch einmal ins Treppenhaus geschlichen um den Rest einzupacken. und schämte sich seiner Gier, allzumal er lange schon wusste, dass er nicht alles

lesen konnte oder würde, was er besaß. Bücher bedeuteten ihm Leben. Sie erzählten ihm mehr Wirklichkeit als die Leute, denen er begegnete, und allemal mehr als Zeitungen, Journale, Fernsehen und seit ein paar Jahren das Internet. In ihnen konnte er die eigene Wahrnehmung prüfen, behalten oder revidieren. Manchmal war es nur ein Satz, der wichtig wurde, den er behielt, wie in der Autobiografie von Curt Jürgens, der den Vorwurf, dass er neben den großen Rollen auch in Filmen mitgespielt habe, die wenig taugten, damit entkräftete, dass er so Länder und Orte in Südostasien erleben konnte, als diese noch unbedenklich zu bereisen waren.
Bücher haben ihre Zeit. Während die Strudlhofstiege leicht zu lesen war, strich er jahrelang um die Dämonen herum, bis er das Buch in einem Ostseesommer in einem Zuge durchlas. Auch die letzten Tage der Menschheit von Karl Kraus standen lange im Bücherschrank. Fürs Radio wurde eine Vielstundenfassung produziert von der er einige Bänder anhörte, sie regten nicht zu weiterer Lektüre an. Die schöne Köselausgabe von 1957 blieb an ihrem Platz, neben den Dünndruckbänden von dtv. Als die Bücher reduziert werden sollten, weil eine neue, kleinere Wohnung anstand, überlegte er lange, welche Ausgabe er behalten wollte. Es mochte ein früher Nachmittag gewesen sein, als er grübelnd vor dem Regal stand. Schließlich nahm er die Köselausgabe in die Hand, blätterte sie auf, setzte sich in seinen Sessel und las von dem großen Krieg, in dem die Saat des elenden 19. Jahrhunderts aufging und die nationalistisch verhetzten Völker übereinander herfielen. Zu Lande, zu Wasser und in der Luft.
Bis spät in die Nacht saß er, blickte immer wieder auf und dachte darüber nach, wie dünn die Decke war, die das Grauen verbarg und wie leicht sich die Fessel abstreifen ließ, mit der man nach dem zweiten noch schrecklicheren Krieg das Monster bändigen wollte. Jetzt nach fast hundert Jahren erhob es wieder sein Haupt. Seine Anhänger und Profiteure boten es verführerisch als Lösung für die Probleme der Gegenwart an und die törichten Kinder der Gegenwart glaubten, dass mit den neuen Waffensystemen, Krieg nur ein chirurgischer Eingriff sei, der das Böse aus der Welt herausschneide, ohne Folgen für das eigene Leben. Folgenlos auch für jene Teile des Gegners, die dem Bösen nicht anheim gefallen waren, denn schließlich wollte man mit ihnen eine bessere Zukunft aufbauen. Trügerisch schien ihm diese Hoffnung und schon damals falsch, als

Kraus seine Texte sammelte und kommentierte. Während in den Frontberichten die Luftkämpfe der Flieger herausgestellt wurden, die Zivilbevölkerung ihre Heldentaten bewunderte, die Buben ihre Matrosenanzüge abstreiften und fortan Kampfflieger sein wollten, erörterten ein Optimist und ein Nörgler die andere Seite der Eroberung der Luft. Der Nörgler wies auf die unschuldigen Opfer ihrer Bombenabwürfe hin, die später in der Folge der großen Bombenkriege und bis in die Gegenwart hinein von den Militärs beschwichtigend und frech als Kollateralschaden bezeichnet wurden. Als der Optimist aufgebracht fragte: „Sie werden doch nicht behaupten, dass dergleichen absichtlich geschieht?" ließ Kraus den Nörgler antworten: „Nein, mehr zufällig! Man kann nichts dafür, dass es geschieht, aber es geschieht wissentlich. Mit Bedauern und dennoch. Eine ziemlich reiche Erfahrung auf diesem Gebiete könnte es jenen, die den Luftmord anschaffen und jenen, die mit der Durchführung betraut sind, endlich zum Bewusstsein gebracht haben, dass sie in der Absicht, ein Arsenal zu treffen, unbedingt statt dessen ein Schlafzimmer treffen müssen, und statt einer Munitionsfabrik eine Mädchenschule. Durch Wiederholung sollten sie wissen, dass dies der Erfolg jener Angriffe ist, deren sie nachträglich in der rühmenden Feststellung gedenken, dass sie einen Punkt erfolgreich mit Bomben belegt haben." Optimist: „Es ist ein erlaubtes Kriegsmittel, und da die Luft einmal erobert ist..." Der Nörgler: „...so benützt der Schurke Mensch gleich die Gelegenheit, auch die Erde unsicher zu machen. Lesen Sie die Beschreibung von dem Aufstieg einer Montgolfiere in Jean Pauls Kampanertal. Diese fünf Seiten können heute nicht mehr geschrieben werden, weil der Gast der Lüfte nicht mehr die Ehrfurcht vor dem näheren Himmel mitbringt und bewahrt, sondern als Einbrecher der Luft die sichere Entfernung von der Erde zu einem Attentat auf diese selbst benützt. Der Mensch wird keines Fortschritts teilhaft, ohne sich dafür zu rächen. Sie wenden sofort eben das gegen das Leben an, was ihnen aufhelfen sollte. Sie machen sichs eben mit dem, was es erleichtern sollte, schwer. Der Aufstieg der Montgolfiere ist eine Andacht, der Aufstieg eines Aeroplans eine Gefahr für jene, die ihn nicht mitmachen." Optimist: „Aber doch auch für den bombenabwerfenden Flieger selbst." Der Nörgler: „Jawohl, aber nicht die Gefahr, von jenen, die er töten wird, getötet zu werden, und er entgeht den Maschinengewehren, die auf ihn lauern, leichter, als ihm die Wehrlosen.

Leichter auch dem ehrlichen Kampf zwischen zwei gleichbewehrten Mördern, ehrlich, soweit die Schändung des Elements, in dem er sich abspielt, diese Wertung zulässt. Immer aber bedeutet, mag auch der „Kühne" sie handhaben, die Luftbombe die Armierung der Feigheit, ruchlos wie das Unterseeboot, welches das Prinzip der armierten Tücke vorstellt, jener Tücke, die den Zwerg über den bewaffneten Riesen triumphieren lässt. Die Säuglinge aber, die der Flieger tötet, sind nicht bewaffnet, und wären sie es, sie würden den Flieger kaum so sicher erreichen können wie er sie. Es ist von allen Schanden des Krieges die größte, dass jene einzige Erfindung, die die Menschheit den Sternen näher brachte, lediglich dazu gedient hat, ihre irdische Erbärmlichkeit, als hätte sie auf Erden nicht genügend Spielraum, noch in den Lüften zu bewähren."
„Das Wort entschlief, als jene Welt erwachte", schrieb Karl Krauss 1933, als die Nationalsozialisten an die Macht kamen. Er starb 1936 und erlebte das Grauen, das sie anrichteten, nicht mehr.

Der Präsident steht auf und geht leise zum Fenster. Starrt in die Nacht. Die Wachen sind auf ihrem Posten. Sie behüten sein Leben und das seiner Familie. Auf der Fensterbank liegt das Buch eines seiner Vorgänger. Ein Roman aus der amerikanischen Geschichte, in dem er am Morgen geblättert und den er hier abgelegt hat. Auch seine ehemalige Außenministerin hat ein Buch geschrieben. Einen Bestseller. Was sonst? Wenn sich die verstörte Henne doch endlich einmal ordentlich anziehen wollte! Alle schreiben Bücher. Bloß sein direkter Vorgänger nicht. Wahrscheinlich säuft der wieder. Er ist zufrieden, dass es nur wenige Termine gibt, bei denen sie gemeinsam auftreten müssen. Es ist spät geworden, wie jeden Tag. Er sollte schlafen gehen.

Er blickte an einem Föhntag vom Gipfel des Olympiaberges auf seine Stadt vor den Bergen. Schnee war gefallen, nicht viel, aber genug, dass sein Weiß die Gebäude scharf aus dem Grau des Wintertages hervortreten ließ. Rauch quoll aus den Kaminen mancher Häuser und umzüngelte den Qualm, der aus den hohen Schornsteinen der Kraftwerke stieg. Plötzlich tauchten über ihm riesige Flugmaschinen auf und schoben sich über den Himmel. Als er gänzlich bedeckt war, verharrten sie lautlos. Stille trat ein. Auch die Geräusche des Autoverkehrs waren verstummt. Nichts regte sich mehr. Gefroren hing der Rauch über dem Häusermeer unter der schrecklichen Decke aus

Stahl. Verstört wachte er auf. Kraus' Buch lag auf dem Boden neben dem Bett im Schein der brennenden Nachttischlampe. Zum ersten Mal hatte er diesen Traum, der fortan immer wiederkehren sollte.
Die Mutter hatte ihm von den Bombengeschwadern erzählt, die lange vor seiner Geburt über sein Heimatdorf geflogen waren. Den großen Städten zu. Sobald die Warnungen im stets eingeschalteten Volksempfänger ertönten und bald darauf die Sirenen zu heulen begannen, habe sie bang in der Stube gesessen und gewartet. Als das Dröhnen einsetzte, habe sie die Hände auf die Ohren gepresst und die Augen geschlossen. Der Vater sei manchmal vor die Tür gegangen und habe zu den Bombern geschaut, die das Tal überquerten. Wenn sie ihre Fracht über der nahen Industriestadt abluden, sei der nordwestliche Horizont in Flammen gestanden. Dann habe das Dröhnen wieder begonnen und sie wusste, dass sie nun abflogen. Einmal aber habe sie ein Rauschen gehört und gleich danach eine fürchterliche Detonation, die das ganze Haus erzittern ließ und sie glauben machte, dass ihr Ende nun gekommen sei. Am nächsten Morgen habe sie der Vater zu dem noch qualmenden Trichter geführt und ihr erklärt, dass der von einer über dem Ziel nicht ausgeklinkten Bombe stamme, die der Pilot nicht zur Basis zurückbringen konnte, wie er vermute. Das kleine Haus am Waldrand sei kaum ein lohnendes Ziel.
Gefangen in Grübeleien wälzte er sich im Bett herum. Der aberwitzige Gedanke, er sei an der Entwicklung der Drohnen schuld, rumorte in seinem Kopf herum, denn Anfang der Neunziger, als er sich wieder einmal kräftig über seine Kollegen geärgert hatte, kündigte er ihnen an, ein System zu erfinden, bei dem die Kamera an eine Flugmaschine gekoppelt sei, die er hinschicken könne, wo immer er wolle, und dann könnten sie gleich im Sender bleiben, ihre Ausrüstung putzen und in die Röhre schauen. Sie grinsten nur und freuten sich, dass sie einen freien Mitarbeiter zur Weißglut gebracht hatten. Jahrzehnte später war er im Herbst in Polen gewesen, und weil in Warschau gerade das neue Nationalstadion für das Publikum geöffnet wurde um die neue Dachkonstruktion vorzuführen, ging er hin und siehe da, dort wurden Aufnahmen einer kleinen Hubschrauberkamera in guter Qualität auf eine Riesenleinwand projiziert, und er dachte, na toll, das gibt's also jetzt! Zu spät, denn er war gerade in die Rente geschickt worden und durfte keine Filme mehr machen, weil der Fernsehdirektor verfügt hatte, dass die Jungen zu

beschäftigen seien. Die waren billiger und folgsamer auch. Es gab Ausnahmen. Er hatte von ein paar Verträgen gehört, die jeder Beschreibung spotteten, doch darüber wurde nur unter vorgehaltener Hand gesprochen, wenn überhaupt. Die Bewegung der Whistleblower hatte in den öffentlich rechtlichen Anstalten noch nicht Fuß gefasst. Schade eigentlich, dachte er beim Betrachten des Fluggerätes und malte sich die Möglichkeiten aus, wie das System bei Landschaftsaufnahmen eingesetzt werden konnte. Es schien ihm sogar der Tag vorstellbar, an dem er daheim am Computer sitzen und die Kamera alleine losschicken konnte. Wenn es gelang den Antrieb leise zu kriegen und die Rotorengeräusche herauszufiltern, waren selbst Interviews möglich. Auch in der aktuellen Berichterstattung wäre das System dann einsetzbar. Er sah Präsidenten und Staatsoberhäupter aus dem Flugzeug steigen von Kameras wie von Bienen umschwärmt und nicht mehr von einer Reportermeute umdrängt. Allerdings würden dann die hübschen jungen Journalistinnen fehlen, denen man abends in den Hotelzimmern die persönliche Sicht auf die Weltlage erläutern konnte. Jede Entwicklung hat zwei Seiten, eine positive und eine andere, doch auch für die Sexnöte betagter Politiker ließ sich gewiss eine Lösung finden.

Schon bei seinen ersten Überlegungen zu fliegenden Kameras, die noch kaum Drohnen genannt werden konnten, war ihm klar, dass es lange Jahre dauern würde, bis sie im Film auftauchen würden, und er vergaß seinen Traum. Doch der Gedanke, einmal in der Welt, nistete sich bei den Waffentechnikern ein. Sie begannen unbemannte Flugmaschinen zu entwickeln, zu bauen und das Militär setzte diese zunächst bei der Aufklärung ein. War es der perverse Einfall eines Ingenieurs, eines Strategen, sie mit Raketen zu bestücken? Wohl eher die normative Kraft des Faktischen, denn nach dem verlorenen Vietnamkrieg, von dem Fernsehbilder in jedem Wohnzimmer flimmerten und allen klar machten, dass nicht nur Feinde sondern auch eigene Soldaten ihr Leben ließen, schien es folgerichtig Kampfroboter zu entwickeln. Eigene Gefallene machten sich schlecht in den Nachrichten der neuen Mediengesellschaft, aber kein Mensch würde sich darum kümmern, wenn eine Drohne vom Himmel fiel. So kam es, dass staatliches Töten einen Quantensprung erfuhr und die fliegenden Kampfmaschinen ein neues Zeitalter einläuteten. Ausbund der Hölle, mit dem die Boys von Army und

Navy nun von daheim Krieg spielen konnten. Zwei Stunden am Computer, dann fort zu Frau und Kindern und Barbecue.
Und die Entwicklung ging weiter, denn Drohnen wurden nicht nur in Kriegen eingesetzt, sondern auch bei taktischen Operationen gegenüber Gruppen oder Einzelpersonen, die als verdächtig galten. Staatlicher Mord wurde erlaubt und Mord nannte er es, solange kein Gericht über die Opfer ein Urteil verhängt hatte. Er wurde als unvermeidlich dargestellt, denn sobald der Feind von der Drohne entdeckt worden war, blieb für eine Gerichtsverhandlung keine Zeit, während der ein Gegner eventuell auf die Drohne und ihre mörderischen Absichten aufmerksam werden konnte und verschwand. Folglich musste er sofort umgebracht werden und erst hinterher konnte man urteilen, was aber unterblieb. Die Militärs begnügten sich in der Regel mit einem kurzen Statement, dass die Aktion erfolgreich verlief und rechtens, weil der Ermordete Chef oder Mitchef einer Terrorgruppe war. Das reichte ihnen. Immer wieder hatte er die Medien nach Stimmen durchsucht, die diese Praxis verurteilen. Er fand keine. Offensichtlich gefiel sie ihnen, auch den Politikern und dem einfältigen Volk sowieso.
Endlich dämmerte draußen der Morgen. Ein neuer Tag zog herauf. Er wischte die quälenden Gedanken weg und erhob sich mühsam, kochte Kaffee. Fort wollte er, in den Süden ans Meer, Wolken und Wellen betrachten, den Fischern zuschauen, die ihre Netze flicken, bei Kaffee und Wein die Sonne zum Horizont gleiten lassen bis das kehlige Lied warmer Nacht begann.

Er hielt still und schaute sich das Hündchen genau an. Winzig, braun, drollig dick mit lustigen großen Augen. „Kann ich ihn mal in die Hand nehmen?" Der Bauer nickte. „Nur zu!" Das Tier schmiegte sich in seine Hand. Der oder keiner! „Dreihundert Griwna." „Achthundert." „Ich überleg mirs noch." Er legte den Hund in den Korb zurück. Der leckte an seiner Hand. Der Bauer beachtete ihn nicht mehr, machte auch kein neues Angebot, sondern zündete sich eine Zigarette an und schaute in die Menge, als sähe er dort einen anderen Käufer. Roman schlenderte davon. Es wurden noch mehr Hunde auf dem Markt feilgeboten. Die gefielen ihm nicht. Er lief wieder zu Lena hin und hockte sich zu Adam, der einen Kleintransporter besaß. Früher hatte er die Märkte im ganzen Land beliefert. Nach seiner Heirat war er sesshaft geworden und übernahm meist nur noch Touren im Stadtbereich. Er wohnte in einem

Neubaublock Richtung Vinnitsa. Roman hatte ihn einmal besucht und auch seine Frau kennen gelernt, die gerade ein Kind erwartete. Er erzählte ihm, dass er ein Hündchen kaufen wolle und Adam schaute ihn belustigt an. „Du? Du verstehst doch gar nichts von Haustieren." „Wieso, was gibt es da zu verstehen?" „Sehr viel, mein Freund. Manch einer hat schon eine böse Überraschung erlebt. Was glaubst du, warum hunderttausend herrenlose Hunde die Ukraine verbellen? Die wurden von Leuten wie dir gekauft." Roman trank seine hundert Gramm und spülte mit Bier nach. Er wurde wütend. „Ich weiß, was ich mache." „Ein Tier kostet Geld." „Alles kostet Geld." „Es braucht Aufmerksamkeit, von Pflege will ich gar nicht sprechen." „Alles klar. Sonst noch Ratschläge?" „Ich brachte neulich mal wieder eine Fuhre nach Kamenez und habe dort übernachtet. Da gibt es mehr herrenlose Hunde als Einwohner. Du kriegst nachts kein Auge. Ihr Geheul ist schlimmer als das der Tataren, die seinerzeit die Stadt belagerten. Wenn ich wieder hinkomme, bring ich dir einen mit. Einer weniger, der da rumläuft." „Ich will aber keinen Hund aus Kamenez, ich habe mir hier schon einen ausgesucht, der mir gefällt." „Und was soll der kosten?" „Achthundert." „Viel zu teuer, meiner ist umsonst. Du brauchst nicht einmal für den Transport aufkommen." „Dreihundert habe ich geboten." „Das ist korrekt. Und du weißt, dass es ein Hund ist?" „Hunde und Heuschrecken kann ich unterscheiden." Adam stand auf, sich ein neues Bier zu holen. „Willst du auch eins?" Roman nickte. Als er wiederkam, tranken sie erst einmal ein Schlückchen. „Bist du noch mit Lydia zusammen?" „Warum fragst du?" „Ich war letzte Woche in der Zetbank. Sie kennt einen nicht mehr." „Vielleicht hat sie dich nicht bemerkt." „Sie wollte mich nicht bemerken." „Das ist ein junges Team, die ham viel zu tun." „Eine Scheißbank ist das, ich habe mein Konto aufgelöst." „Was hat das mit Lydia zu tun?" „Nichts, aber ich mag die Leute dort nicht." Roman trank sein Bier leer. „Ich geh jetzt." Adam hielt ihn fest. „Ich meine ja nur. Aber sag mal, hast du die Geschichte wirklich nicht mitbekommen?" „Welche Geschichte? Lydia hat keine Geschichte." „Es stand sogar in der Zeitung und da steht normalerweise gar nichts drinnen. Auf dem Markt haben sie einen Bären als Hund verkauft. Wo lebst du eigentlich? Wir haben uns tagelang krummgelacht." „Einen Bären? Du spinnst!" „Wenn ichs sag. Das war sogar bei mir in der Siedlung." Roman setzte sich wieder: „Erzähl!" „Ich sag dir, einen jungen Hund zu kaufen, ist nicht so einfach."

„Blödsinn, jeder kann einen Bären von einem Hund unterscheiden."
„Die beiden jedenfalls nicht und die waren auch nicht von gestern. Die haben einfach ein putzig dickes, kleines Hündchen gesehen und sind damit heim gelaufen. Eine Zeit lang ging ja auch alles gut, bis das Tier größer wurde und sich aufgerichtet hat." „Wie aufgerichtet?" „Na, auf zwei Beinen ging." „Das ist doch bescheuert!" „Wieso bescheuert? Als sie kapiert hatten, dass es kein Hund war, wussten sie nicht, was sie machen sollten. Schließlich haben sie das Tier in ihr Badezimmer gesperrt und versucht es loszuwerden. Aber keiner kauft einen Bären. Was würdest du dann machen?" „Na dem Zoo abgeben." „Die wollten ihn aber nicht, die hatten schon eigene. Keiner wollte ihn und eines Tages hat der Bär die Badezimmertür eingeschlagen, es war ihm wahrscheinlich zu eng da drinnen." „Ja und dann?" „Was sollten sie auch machen, sie haben einen Jäger geholt und den Bären aufgegessen." „Das gibt's doch nicht." „Wieso? Bei den Beduinen gelten Kamelaugen als Delikatesse und in China fressen die Leute alles, was sich bewegt. Warum sollen wir in der Ukraine kein Bärengulasch essen?" „Weil wir Europäer sind."
„Vergiss es, die Europäer sind auch nicht besser. Kurz nach der Orangenen Revolution wollte ich nach Belgien, ich hatte schon mein Visum in der Tasche und dann habe ich gelesen, dass die in Brüssel oder in Gent ein Feinschmeckerrestaurant aufgemacht haben, in dem sie Ratten servieren." „Ratten?" „Genau! Da bin ich lieber daheim geblieben." „Davon habe ich nie gehört." „Weil du keinen Blick dafür hast, was in der Welt los ist. Inzwischen haben sie sich einen Dackel zugelegt. Also sei vorsichtig mit deinem Hündchen. Ich muss jetzt los."
Adam stand auf, wechselte noch ein paar Worte mit Lena und verschwand in der Menge. Roman blieb hocken, dachte nach. Kein Wort glaubte er, andererseits, war Adam nicht jemand, der dergleichen Geschichten einfach erfand. Schließlich raffte er sich auf, nahm noch ein Schlückchen am Schalter und ging zu dem Bauer zurück. Wenn er in diesem Zustand ohne Hund daheim auftauchte, hatte er schlechte Karten. Für Sechshundert erhielt er das Hündchen und auch den Korb dazu, denn es brauchte ja seinen eigenen Platz in der Wohnung. Lydia war noch nicht da. Zeit also, die Überraschung entsprechend zu platzieren und sich selbst noch ein wenig auszuruhen. Es war ein ereignisreicher Tag gewesen.

Er setzte sich auf das Sofa und erwachte von einem spitzen Schrei. Lydia stand im Zimmer und zeigte mit empörten Fingern auf ihn und auf das Hündchen, das auf seinem Schoß Platz genommen hatte, sich räkelte und sie mit großen Augen anschaute. „Was ist das?" „Das ist Hund, wir können ihn natürlich auch anders taufen. Den habe ich für dich gekauft." „Für mich?" Fassungsloser konnte man niemanden anstarren, als Lydia jetzt ihn. „Einen Hund?" „Ja sicher, weißt du, ich fange nächste Woche zu arbeiten an und da dachte ich, da hast du ein wenig Gesellschaft, wenn ich fort bin." Sie stellte sich vor ihn hin. „Und was machst du? Nachtportier oder was?" „Natürlich nicht, die Ausgrabung ist endlich finanziert." „Und wann arbeitest du dann?" „Na tagsüber." „Und was mach ich tagsüber?" „Du bist in der Bank." „Und das Tier?" Jetzt dämmerte ihm, was sie meinte. Das stimmte. Da hatte sie Recht. Er überlegte. „Naja, vielleicht kann ich ihn auch mitnehmen." Lydia setzte sich in den Sessel. Das Hündchen gähnte ausgiebig und sprang auf den Boden. Es näherte sich Lydia vorsichtig und strich an ihren Schuhen entlang. Sie hatte sie gar nicht abgestreift, wie üblich, wenn sie in die Wohnung kam. „Du bist betrunken?" „Ein Gläschen auf den Kauf mit dem Bauern, mehr nicht." Sie streichelte den Kopf des Kleinen. „Ich hasse Hunde." „Das hast du mir nie gesagt." „Und wo soll er schlafen? Bei dir im Bett? Schläfst du jetzt mit ihm?" „Er hat ein eigenes Körbchen, das habe ich auch besorgt." Roman zeigte in die Ecke neben den Fernseher. Der Hund leckte an ihrer Hand, sie zog sie unwirsch weg und lehnte sich zurück. „Ich will nicht, dass so einer an mir rummacht." „Er ist jung, gerade ein paar Wochen alt." „Und wächst sich bald zum Monster aus." „Nein, da habe ich nachgefragt, er wird nicht sonderlich groß. Ich wollte dich überraschen." „Das ist dir gelungen." Sie schnippte mit den Fingern, der kleine Hund trollte sich schmollend in sein Körbchen und rollte sich zusammen. „Und was machen wir jetzt? Hast du was zum Essen eingekauft?" Das hatte er vergessen. Roman überschlug rasch, was ihm von seinem Vorschuss geblieben war. „Wir gehen Pizza essen zur Feier des Tages." „Und was machen wir mit dem Monster?" „Das nehmen wir mit." Er schaute zu ihr, dann zu dem Hündchen, dessen Augen fast so groß waren wie jene von Lydia, wenn sie ihn liebte.

An einem Sonntag setzten wir uns in den Zug und fuhren nach Tegernsee. Wir wollten dort über den Wallberg hinüber nach Schliersee wandern. Eine gute Tour, die wir nicht zum ersten Mal machten. Es war noch früh, kaum Acht und die Abteile ziemlich voll. Uns gegenüber saß ein junger Mann und las in einem Magazin, ein zweites hatte er auf dem Fenstersitz abgelegt. Mir war das recht, so konnte ich mein Beine ausstrecken. Beim nächsten Halt stiegen weitere Fahrgäste zu, unter anderem ein junger Schwarzer in Jeans, T-Shirt und großen weißen Turnschuhen. Er steuerte auf den freien Platz zu und fragte, ob er sich setzen dürfe. Ich zog meine Füße zurück und setzte mich aufrecht hin. Der junge Mann reagierte nicht, woraufhin der Schwarze noch einmal fragte, ob der Platz frei sei. Kein Blick, kein Wort, nichts. Ich schaute zu dem Schwarzen, zuckte mit der Schulter. Er blickte von mir zu dem Lesenden, zögerte, wusste nicht, ob er sich einfach vorbeidrängen sollte. Schließlich wandte er sich ab, ging die Reihen entlang sich einen anderen Sitzplatz zu suchen. Ich blickte zu meiner Frau. Sie schüttelte den Kopf, als sie merkte, dass ich aufbrausen wollte. So starrte ich den jungen Mann nur an, zügelte meine Wut, blieb aufrecht sitzen und sah zum Fenster hinaus. Der Platz war noch leer als wir in Tegernsee ankamen. Draußen auf dem Bahnsteig platzten ein paar scharfe Worte aus mir heraus. Meine Frau streifte meine Schulter mit ihrer Hand. „Du hättest dir keinen Gefallen getan", sagte sie. „Der hat genau gesehen, dass es ein Farbiger war." „Und wenn schon, vergiss den Flegel einfach!" Sie hatte recht. Nachdem wir die letzten Häuser verlassen hatten und der steile Aufstieg begann, verrauchte mein Zorn.
Jedes Mal, wenn wir in den Bergen ankamen, fragten wir uns, warum wir uns so selten zu solchen Ausflügen aufrafften und stattdessen in der Stadt hocken blieben. Luft, Wiesen und Wald besänftigten die Seele und ließen den Alltag vergessen. Oben beim Wallberghaus waren schon die meisten Tische besetzt. Zu früh für eine Rast und Wasser hatten wir dabei, so zogen wir weiter. Wir drehten uns noch einmal um, schauten über das Tal und tief ins Gebirge hinein. Das Wetter würde halten. Noch lagen ein paar Stunden Wegs vor uns. Es ging nun eben dahin. Viele Bergwanderer nutzen das schöne Wetter. Die meisten schritten forsch an uns vorüber. Manche grüßten, andere schauten verwundert auf, wenn wir „Grüß Gott" sagten. Ich hing meinen Gedanken nach. Jüngst

hatten wir uns darüber unterhalten, vielleicht in eine andere Stadt zu ziehen. Eigentlich kam nur Berlin in Frage, das wir kannten und liebten. Aber es war etwas anderes ein paar Ferientage dort zu verbringen, als ständig in der Hauptstadt zu wohnen. Eine Freundin hatte uns erzählt, dass sie ihren nächsten Urlaub dort verbringen werde, Probe wohnen, denn sie wolle sich irgendwo an Spree und Havel niederlassen, sobald sie in die Rente gehe. Probe wohnen, davon hatte ich noch nie gehört. Zwar wäre es zur Ostsee näher, doch wusste ich nicht, ob ich in der Tiefebene leben konnte. Ich brauchte die Berge, die schmalen Stiege im Fels, die Bäche, deren Wasser über Steine und Wurzelwerk dem Tale zu rann.
Vor ein paar Jahren suchten wir einmal Pilze hier oben und hatten abseits der Wanderstrecke ein heimeliges Plätzchen entdeckt. Wir verließen den Waldweg und liefen ein paar hundert Meter den Hang hinauf zur Kuppe. Die kleine Lichtung war schmaler geworden, der Wald hatte Teile der Fläche zurückerobert, doch bot sie noch immer ausreichend Platz zum Hinsetzen und einen herrlichen Blick übers Tal auf die gegenüberliegenden Hänge. „Du bist schweigsam heute." „Ich weiß." „Denkst du noch immer an diesen Typen?" „Der soll mir gestohlen bleiben. Nein. Ich denke über unser Zuhause nach. Das gefällt mir alles nicht." „Was gibt es da zu denken? Wir werden uns eine neue Wohnung suchen müssen. Das sage ich doch schon lange." „Ich will nicht fort aus dem Viertel und an den Rand der Stadt ziehe ich erst recht nicht." „Da ist es auch nicht preiswerter." „Also in eine andere Stadt. Weg von den Bergen will ich nicht." „Vor Jahren wäre es noch einfacher gewesen. Ich habe mich schon lange nicht mehr wohl gefühlt in der Hochfeldstraße." Ich schaute zu ihr. Wusste, dass ich immer abgelenkt hatte, wenn sie damit anfing. Hoffte bei allem, dass es sich von selber regele. Nun stand ich missmutig vor dem Berg, den es zu erklimmen galt. Sie legte die Hand auf meinen Arm: „Wir werden das schaffen. Wär doch gelacht." Wir blieben noch eine Weile an dem schönen Ort. Erinnerten uns an frohere Aufenthalte, die wir zuweilen im Moos verbrachten, und rafften uns dann zum Weitergehen auf. Tatsächlich war mir nun leichter ums Herz. Zurück auf dem Weg hielten wir uns an der Hand, bis wir zu dem Berggasthof kamen, auf dessen Terrasse wir Platz für einen Imbiss fanden.

Theoretisch kann er sich auf jede Kamera der Welt schalten lassen. Leider findet er nur selten Zeit für dieses Vergnügen. Er beneidet die Mitarbeiter der Medienzentrale im Keller des Weißen Hauses. Jederzeit können sie von Alaska bis Brisbane alles in Augenschein nehmen, unbemerkt von den Objekten ihrer Begierde. „Name it, we have it", hieß es früher. „Name it, we show it", heißt es heute. Doch der Stolz mit dem die Kaufleute diese Aussage machten, will sich bei den Informatikern nicht einstellen. Sie ahnen, dass sie das Verbot nicht achtend die Büchse der Pandora geöffnet haben. Seinerzeit, als sie sich alle versammelten um die Tötung Bin Ladens per Videoübertragung live mitzuerleben, empfand er Miteinander und Stolz, Präsident dieses wunderbaren Landes zu sein, dem dieses Unterfangen gelang. Dass es nur ein Spiel war, eine Inszenierung zur Täuschung der Welt, erhöhte den Reiz. Später, nachdem die anderen gegangen waren, und er noch ein paar Augenblicke allein vor den erloschenen Monitoren saß, kroch Scham in den Raum. Sie nistete sich in sein Denken und haftet seitdem dort. Ein kleiner Rest Menschlichkeit, der ihm geblieben ist.

Er fühlte sich hundeelend und lief die Straße entlang. Sein ganzes Leben war eingestürzt, an die Wand gefahren. Zuviel Bier in den letzten Tagen. Zu viele Grübeleien. Vor ein paar Jahren hatte er einen Onlinehandel mit Büchern begonnen und vergeudete mit diesem nichtnutzen Tun sein Leben. Seine Träume. Seine Existenz. Das Wetter war dementsprechend. Seit Astrid ihn verlassen hatte, brachte er nichts mehr auf die Reihe. Dabei war er fortgegangen. Das zählte nicht. Nichts zählte mehr. Er wollte vergessen. Wollte zu dem nächsten Glas hetzen und in verlogene Geborgenheit. Da hielt er sich nun für einen intelligenten Menschen und taumelte sinnlos und ohne Verstand durch die Welt. Beneidete den Bäcker an der Ecke und den Frisör im Nachbarladen. Seit Jahrzehnten, es schienen ihm Jahrhunderte zu sein, erschien er morgens gegen Acht und verließ sein Geschäft gegen Sechs am Abend. Wann immer er ihm begegnete, erweckte er einen zufriedenen Eindruck. Er hatte ihm von seinen Busreisen erzählt, die er an den Urlaubstagen mit der Frau unternahm. Von den Fahrradtouren am Wochenende. Die Frau war in einer Bank angestellt. Am Rande der Stadt hatten sie sich ein Haus erbaut, das sie nun gegen eine Eigentumswohnung eintauschen wollten, weil ihnen vielleicht im Alter die Treppe zum ersten Stock zu schwer fallen könnte. Und er? Er hatte nichts, was er sein

eigen nennen konnte, außer den Büchern, die an ihm klebten, ihn anschrien in der Nacht wie kleine Kinder, denen keine Aufmerksamkeit geschenkt wurde. Er lief an dem Griechenladen vorüber, in dem ein paar Gäste beim Frühstück saßen. Junge Frauen kamen ihn entgegen auf dem Weg zu ihren Kursen in der Industrie- und Handelskammer, Frauen mit Kinderwägen, drei Burschen, in Schlabberhosen und mit Beuteln behängt stiefelten sie zum Unterricht in das Privatgymnasium, das jüngst hier aufgemacht hatte.
Als er vor vierzig Jahren in diese Stadt gekommen war, fanden sich zahlreiche Stehausschänke in allen Vorstadtstraßen, die meisten waren verschwunden, ebenso die alten Wirtshäuser, die Spezialitätenrestaurants Platz gemacht hatten. Kaum ein Ort war geblieben an den er seine Trauer hintragen konnte. König David hängte seine Harfe in die Weiden des Nil. Hübsch wirkte alles und die Bürgerhäuser drängten sich auf die Liste zum Fassadenpreis. Pauls Eck hatte überlebt, auch wenn sich die Raucher auf den Bürgersteig hatten verziehen müssen. Seit in Bayern ein strenges Rauchverbot herrschte, veränderte sich das Land. In den Raucherecken der Firmen und Betriebe trafen einander die Leute aus unterschiedlichen Abteilungen und lernten miteinander zu reden. Nicht die moderne Kommunikation von E-Mail, Twitter und You Tube, wie die Plattformen der sogenannten Social Media hießen, sondern das Rauchverbot brachte sie einander näher. Vorsichtig tastend fielen die Worte zunächst, bis immer mehr Interna angesprochen und öffentlich gemacht wurden. Vertrauliches und Geheimnis streiften ihre Fesseln ab und manch einer und eine erfuhren seitdem mehr über ihr Haus als in den Jahren davor. Verrat sprang höhnend aufs Dach. Er wurde zur Waffe im Kampf um die Seele, die durch die Veränderungen der Arbeitswelt in den letzten Jahren schlimm gebeutelt worden war. Die Raucherclubs des 18. Jahrhunderts mit ihrem aufklärerischen Impetus feierten ihre Wiederkehr. An zugiger Ecke vor dem Lokal erhielten Worte Gewicht. Auch die Münchner Ämter wurden belagert. Rauch stieg in die Luft, ließ die Augen tränen bis in die umliegenden Gassen. Kao-tai, Rosendorfers Reisender aus der chinesischen Vergangenheit mochte, falls er hier vorbeigekommen wäre, vermuten, dass hier ein Aufruhr stattfand, Bürgerkrieg in dem schönen Land vor den Bergen. So war es nicht, denn in Bayern verhielten sich der Bürger und die Bürgerin loyal

zur Obrigkeit. Zwar wurde in den Wirtshäusern bei steigendem Alkoholpegel und wachsendem Zorn zuweilen der Aufstand erwogen, doch am nächsten Morgen, wenn sich der Bierdampf verzogen hatte und die Einsicht zurückgekehrt war, dass gegen die Batzis nichts auszurichten war, kehrte auch gewohnter Untertanengeist zurück, gepaart mit leiser Sympathie für die Inhaber der Macht, die selbst in engen Zeiten einander mit „Saludos Amigos" begrüßten und weiter machten, wie ihr Gesetz es befahl. Töricht erschien es allen dagegen aufzubegehren.

Belagert wurden Ämter und Büros von Rauchern, die vom Nikotin nicht ablassen wollten oder konnten. Legendär waren die Wochen, als die Münchner Staatsanwaltschaft umgebaut und eine metallene Behelfstreppe installiert wurde, schmal und in Kehren zum Eingang führend. Dort standen die Unverbesserlichen so eng beieinander, dass Besucher und dort Hinbestellte das Spalier durchschreiten mussten, was zwar der einen Hälfte nichts ausmachte, weil sie nichts wahrnahm, da sie andere und größere Sorgen plagten, und die zweite nur in ihrem Wissen bestärkte, was von dieser Institution zu halten sei. Prekär war die Lage auch vor dem Eingang von Haus 1 des Bayerischen Fernsehens, zu dem er hin musste, wenn es galt einen Film zu schneiden. Die Treppe zur Glastür säumten aufmüpfige Mitarbeiter, die den Aussagen der eigenen Sendungen nicht trauten und räucherten alle ein, die dort auf die Stufen stiegen. Er überlegte manchmal, wenn er selber dort stand, ob es für alle und vor allen Dingen für die jungen hübschen Mädchen, die in manchen Redaktionen notwendig geworden waren, durch den Rauch hindurch zu kommen eine Einstellungsvoraussetzung war ebenso wie die zahlreichen anderen, die man schon überprüft hatte oder noch wollte. Schließlich war im Sender seit einiger Zeit die Parole ausgegeben worden, man müsse sich verjüngen. Denn insbesondere die Zuschauerzahlen deuteten auf wachsende Überalterung hin, und wie war die Veränderung geschickter zu bewerkstelligen, als mit jungen Mitarbeiterinnen, die den Redakteuren und den überhaupt anders Verantwortlichen viel besser gefielen als die alten Weiber, die sich überall mehr auskannten als sie selbst, und fortwährend die eigenen Schwächen bloßlegten und Fehler korrigierten und merkwürdig zu grinsen anfingen, wenn man sich selber ein jugendliches Aussehen verlieh. Allerdings hatten auch die Jungen lässliche Angewohnheiten. Besaßen die meisten doch ein Smartphone, und die

Bilder, in vergnüglichen Augenblicken der netten Erinnerung wegen aufgenommen, wurden einem unter die Nase gerieben, wenn man die Gunst anders verteilen wollte. Unfair war dies und führte zu erheblichen organisatorischen Problemen, weil sie partout ihre Stelle behalten wollten, wenn sich schon die Stellung verändert hatte.

Auch vor Pauls Stehausschank lungerten die Raucher auf dem Bürgersteig herum und wurden von gesundheitsbewussten Passanten weitläufig umgangen. Eigentlich sollte dies den städtischen Ordnungshütern ein arger Dorn im Auge sein und er überlegte schon lange, wie sie das Ärgernis abschaffen wollten. Verbieten ließ sich das Rauchen schlecht, weil der Bürgersteig irgendwie zum Haus gehörte. Zwar war es gelungen, den Hausbesitzern das Schneeräumen aufzubürden, wenn es denn einmal schneite, doch konnte man von ihnen kaum verlangen, die Raucher vor ihrem Haus zu verscheuchen. Sollten sie sich dennoch dafür hergeben, und einige zeigten Neigung dazu, dann würden die Raucher sich eben vor das Nachbarhaus stellen und so weiter und so fort. Außerdem konnten auch unbeteiligte, zufällig Vorbeilaufende sich eine Zigarette oder Pfeife anzünden. Wie sollte man mit denen verfahren? Da hätte nur ein generelles Rauchverbot geholfen und so weit wollte man selbst in Bayern nicht gehen, schließlich ging es auch um beträchtliche Steuereinnahmen. Eine Ausweitung der Luftsteuer, die von jedem Ladenbesitzer bezahlt werden musste, der Markisen hatte anbringen lassen, war auch keine Lösung. Nun war allerdings eine Wirtschaft in einer langen Straße nicht das größte Problem, dies bestand aber, wenn in einer kurzen ein Wirtshaus neben dem anderen existierte und dies nicht nur auf einer Seite, sondern auf beiden. Solch eine Straße war für manche Leute praktisch unpassierbar geworden. Also was tun?

Die Sache ging den Ordnungshütern gewiss mächtig auf die Nerven, das war ihm klar, und von seiner anarchistischen Grundstimmung zum Leben, freute er sich über diesen Umstand. Nun hatte er jüngst bei seinem Frisör, als er ein wenig Ordnung, wenn schon nicht in sein Leben, so doch zumindest in seine Haare, bringen wollte, ein höchst absonderliches Gespräch belauscht, dass ihm zeigte, wie verbissen sie nach einer Lösung suchten. Ein junger Radiokollege, der von seinen Honoraren nicht leben konnte und deshalb Taxi fuhr, erzählte dem Meister, dass am Ostbahnhof ein Kunde zugestiegen

sei, der gerade von einer dreitägigen Kommunalkonferenz gekommen sei, bei der Vertreter der bayerischen Großstädte sich des vermaledeiten Bürgersteigrauchens, wie er es nannte, angenommen hätten. „Der war voll zu. Redete die ganze Zeit und fing sogar zu singen an, und als ich mir das verbat, schaute er mich an, rülpste laut und ausgiebig und meinte: „Junger Mann, was verstehen Sie von Kommunalpolitik? Nichts! Genau so wenig wie unsere Amtsleiter! Die haben tatsächlich zwei Unternehmensberater zu dieser Tagung eingeladen, um uns auf die Sprünge zu helfen. Und was? Was, frage ich Sie." Als er mit der Schulter zuckte, habe der andere frohlockend berichtet, dass eben jene beiden gar nicht auftreten konnten, weil sie in eine der am Ostbahnhof regelmäßig stattfindenden Drogenrazzien gestolpert und festgenommen worden seien, wie er selber beobachten konnte, als er mit zwei Kollegen in einer Rauchpause vor dem Amt gestanden habe. „Als wenn wir von solchen Leuten Ratschläge bräuchten. Wirklich nicht!"
Es gehe hier um das Wohl und die Gesundheit der Bürger, die seien oberstes Ziel der Kommunalpolitik und jahrelange Basisarbeit an Herz und Ohr des Bürgers zähle mehr, als selbst das beste theoretische, in Seminaren erworbene Wissen. Wissen brauche Lebenserfahrung und die besitze man nicht, wenn man gerade mal die Uni abgeschlossen habe. Da könne man vielleicht einen Computer bedienen, allerhand Unheil damit anrichten und meinen, man sei der Mittelpunkt der Welt, doch vernünftig verbessern könne man sie nicht. Das sei Kärrnerarbeit und dafür brauche es gestandene Frauen und Männer. Zugegeben, die Angelegenheit habe ihre Tücken, das sei ihm im Laufe der Tagung klar geworden. Deshalb habe er eine Studienreise nach Amerika vorgeschlagen um von den Erfahrungen anderer Länder zu profitieren, denn im Marlboroland sei man weiter als im transusigen Europa. „Genau Utah!" habe daraufhin ein dusseliger Kollege aus Franken gekräht, der vorgab einen Reisebericht eines passionierten Rauchers gelesen zu haben, der sich in Amerika und speziell in Utah regelrecht verfolgt gefühlt hatte. „Das Buch kenne ich. Ist nicht schlecht geschrieben. Der Autor kommt aus der ehemaligen DDR. Er wollte die große Freiheit erkunden und scheiterte kläglich, weil er nirgendwo rauchen durfte", lachte der junge Mann und wollte sich zu Meister Keckeis umdrehen. „Halten Sie still!" sagte dieser, Kamm und Schere zurückziehend: „Sonst schneide ich Ihnen ein Ohr ab." Der andere

beruhigte sich wieder und fuhr fort: „Mein Fahrgast meinte, dass wegen dieses Einwurfs des Nürnbergers die Amerikafahrt an Glanz verlor. Keiner wollte nach Utah." Aber da habe er blitzschnell reagiert und gesagt, von Utah könne keine Rede sein, er denke an Hawaii. „Hawaii? Nicht schlecht! Da wollte ich auch schon immer mal hin." Nun war es der Meister, der innehielt und wild mit der Schere herumfuchtelte: „Doch soviel Geld habe ich nicht." „Ich noch weniger." Aber diese Klippe habe sein Fahrgast umschifft und den Kollegen erklärt, dass für Bayern einzig Hawaii das natürliche Ziel in Amerika sein könne. Die Gemeinsamkeiten lägen auf der Hand. Hawaii sei als letztes Land zu den Vereinigten Staaten gekommen, auch Bayern habe sich dem Reich lange verweigert, wie jeder wisse. Hawaii sei Touristenmagnet, ebenso wie Bayern. „Die überwältigende Natur, die Berge, naja das Meer, aber dafür haben wir den Chiemsee, den Tegernsee und all die anderen Kleinode und nicht zu vergessen unsere Gastlichkeit und die heitere Lebensart." Kurz, es sei ihm gelungen alle zu überzeugen. Einwände wegen der Kosten ließen sich leicht zurückweisen, denn wäre das Erscheinen der beiden Unternehmensberater nicht gottlob, durch für sie freilich unglückliche Umstände, verhindert worden, würden deren Vorschlage gewiss und erst recht ihre Honorare erheblich mehr Geld verschlungen haben als solche eine Reise. Zufrieden habe er nach dem Bericht einen Flachmann aus seiner Jackentasche gezogen, einen kräftigen Schluck getrunken und den Rest der Fahrt nach Waldperlach geschwiegen.
Meister Keckeis beendete seine Arbeit und nachdem der andere gegangen war, lud er ihn ein am Friseurtisch Platz zu nehmen. Beide dachten über das Gehörte nach, redeten aber nicht darüber, warum auch. Erst jetzt, als er die Straße entlang zu Paul Eck ging, fiel ihm ein, wie alles eventuell zu lösen sei: man musste Tunnel bauen, schließlich gab es überall Fahrradwege, auf denen sich freilich die meisten Radfahrer aufführten, als gäbe es auf diesen keine Regeln, und die gerade zum Trotz Fahrbahn und Bürgersteig in alle Richtungen, wie es ihnen gefiel, befuhren, folglich konnten auch in manchen Straßen Nichtrauchertunnel gebaut werden, mit dem nicht unerheblichen Nebeneffekt, dass die Fußgänger auch vor den Fahrradfahrern und ebenso vor Autoabgasen geschützt wurden. Denn wer wollte bestreiten, dass ein Autoauspuff mehr Schadstoffe herausröchelt als ein Raucher. Allzumal in einer Stadt wie München,

in der die Autos vor jeder Ampel stehen bleiben mussten, weil es die Techniker nicht schafften, oder weil sie nicht wollten oder durften, wie Gerüchte gingen, auch nur die kürzeste Grünphase auf Aus- oder Einfallstraßen zu schalten. Am Ostbahnhof, wo zwei Ampeln im Abstand von knapp hundert Metern standen, gelang es vielleicht einmal im Jahr, egal in welche Richtung man fuhr, über beide zu kommen.
Warum die Stadt im Innenbereich eine Umweltzone eingerichtet hatte, blieb ihm ein Rätsel, denn der vermeintliche Rückgang an Schadstoffen durch diese Maßnahme wurde locker ausgeglichen von dem heiter vor sich hinblasenden, stehenden Verkehr. Wenn die Norweger vorhatten an ihrer Westküste beim Ort Selje einen Tunnel zwischen zwei Fjorden zu bauen, den auch Hochseeschiffe durchfahren konnten, damit sie vor den dort häufig auftretenden Stürmen geschützt waren, sollten Nichtrauchertunnel kein unmögliches Vorhaben sein. Sie wären eine völlig neue Aufgabe für die Mitarbeiter des städtischen Baureferats, bei der sie beweisen konnten, wie kreativ sie waren, wie kenntnisreich und kostenbewusst, und dass deutsche Ingenieurskunst durchaus noch fortbestand, nachdem in den letzten Jahren daran erhebliche Zweifel aufgekommen waren. So hatten die Kölner beim Versuch eine U-Bahn zu basteln, nicht bloß ihr altes Archiv zum Einsturz gebracht, sondern auch damit begonnen den Dom seiner Stabilität zu berauben. Manche vermuteten, aus lauter Boshaftigkeit um zu beweisen, dass die Vorvorderen auch nicht für die Ewigkeit gebaut hatten. Diese Vorstellung war den Heutigen regelrecht verleitet, man könnte auch sagen verhasst. Die Großprojekte der Gegenwart wie das Opernhaus in Hamburg, der Flughafen in Berlin oder auch Stuttgart 21, zeigten Dauer bestenfalls noch in der Bauphase, die nie enden wollte und wohl auch nicht konnte, weil durch Planungsfehler und Baumängel kein Ende auszumachen war. Dass die Kosten fortwährend explodierten, nahm man ergeben hin und Politiker, die wohldotiert nicht bloß in den Planungsstäben sondern auch den Aufsichtsräten der am Bau beteiligten Firmen saßen, erklärten den normalen Steuerzahlern forsch, warum sie und niemand sonst die Mehrkosten übernehmen mussten, denn ein Weiterbau sei allemal billiger als ein Abbruch. Jüngst hatte sich auch bei dem mächtigen Windpark in der Nordsee herausgestellt, dass der Meeresboden auf dem die Leitungen zum Festland verlegt werden sollten, lange nicht so

beschaffen war wie angenommen, so dass auch hier eine Verzögerung von mindestens einem Jahr eintreten würde. Normalerweise eine peinliche Panne mit erheblichen finanziellen Folgen, doch der Gesetzgeber hatte rechtzeitig vorgesorgt und bestimmt, dass der Verbraucher durch eine geringe Zuzahlung bei den Stromtarifen am unternehmerischen Risiko des wagemutigen Energiekonzerns beteiligt sein sollte. Aufgrund dieser günstigen Voraussetzungen brauchte keiner darüber nachdenken, wie ein solches Vorhaben zu projektieren und kalkulieren sei und man es beginnen konnte, ohne die Beschaffenheit des Meeresbodens zu untersuchen. Warum auch? Jeder wusste doch: das Meer ist unergründlich.

Otto Flake hatte einmal geschrieben, die Vernunft streiche mit leisen Fledermausflügeln durchs Land. Dies poetische Bild des sonst spröden Autors, schien ihm auf die Ingenieure und Techniker nur noch bedingt anwendbar, den meisten war schon lange ihre Vernunft abhanden gekommen. Sie verschrieben sich dem Fortschritt, was immer auch dies bedeute. Nur so konnte er es sich erklären, dass von der Automobilindustrie seit ein paar Jahren verstärkt Scheinwerfer mit grell weißem Licht eingesetzt wurden. Früher lernte jeder Physikstudent im ersten Semester, dass weißes Licht äußerst schädlich für die Augen sei, mag sein, dass sie es immer noch lernten, doch wandten sie das Gelernte nicht oder falsch an, denn die Scheinwerfer mochten zwar gut sein für die Führer solcher Autos, sie waren aber höchst gefährlich für jene, die ihnen entgegenkamen und solche, die sie nachts überholten, denn das Licht über die Außenspiegel traf direkt ins Auge. Vor ein paar Tagen erst hatte er morgens an einer Kreuzung gestanden und war von einem Wagen auf der anderen Seite derart geblendet worden, dass er noch stundenlang den grellen Schein auf der Netzhaut spürte.

Herbert, der als Ingenieur in einem der großen Weltkonzerne der Isarstadt arbeitete und seinen Feierabend regelmäßig in Pauls Eck verbrachte, manchmal auch ganze Tage, wenn wieder einmal Kurzarbeit angesagt war, weil der Markt sich den Visionen der Manager nicht fügte, hatte er einmal zu diesem Schwachsinn befragt und wollte wissen, ob er und seine Kollegen denn alles ausführten, was möglich sei oder ihnen aufgetragen werde. Ob denn keiner auch einmal über etwaige Folgen nachdenke. Herbert hatte ihn nur mitleidig angesehen und gemeint: „Du hast ja keine Ahnung.

Neunzig Prozent meiner Kollegen denken überhaupt nicht. Wenn man denen den Computer wegnimmt, fangen sie an verwirrt und hilflos durchs Haus zu rennen. Manche fangen an, unverständliche Laute von sie zu geben, zerbrechen Bleistifte und werfen Leitzordner aus dem Fenster, dass man sie in die Zwangsjacken stecken muss, die neuerdings wie Feuerlöscher in jedem Flurschrank bereitgehalten werden. Die haben auch keine Zeit zum Denken, sie grübeln permanent darüber nach, was sie alles anstellen können, damit ihnen keiner darauf kommt, dass sie eigentlich keine Ahnung von ihrem Fachgebiet haben. Das sind Duckmäuser, die nur dann die Klappe aufmachen, wenn sie mit Leuten reden, die noch weniger Ahnung haben." Er hatte sein Glas geleert: „Aber das ist ja in deinem Gewerbe nicht anders, nehme ich mal an." Dem konnte er nicht widersprechen.

Wenn ein Haus in Eigentumswohnungen umgewandelt wird, kauft keiner das Treppenhaus. Das ist fatal. Auch ich hatte weder Interesse noch Geld, konnte ich mir doch nicht einmal meine eigene Wohnung leisten, dann erst recht nicht den Flur, der fünf Stockwerke hoch war. Außerdem, was hätte ich mit dem Treppenhaus anfangen sollen? Die neuen Eigentümer freilich hatten damit kein Problem. Zunächst einmal ließen sie ihre Handwerker dort arbeiten. Die schliffen, sägten, bohrten und strichen Türen und Fenster im Flur, damit Staub und Geruch von den Wohnungen ferngehalten wurden. Einige räumten anschließend auf, andere überließen dies dem mobilen Hausmeisterservice. Wenn der Mitarbeiter aus Sri Lanka sich über die zusätzliche Arbeit beschwerte oder etwa wegen im Flur abgestellter Kartons oder auch ganzer Möbelstücke, die wohl nicht mehr in die Wohnung passten, dann gab man dem Ausländer Bescheid, dass ihm dies aber auch gar nichts anginge. Auch als Müllabstellplatz wurde das Treppenhaus genutzt. Früher machten das einige auch, doch blieben die Tüten nur ein, zwei Stunden, neuerdings ganze Tage. Wenn sie dann doch jemand mal nach unten trug, schafften er oder sie es nur in den Gang von Freds Laden und stellten sie dort ab, weil es draußen regnete oder kalt war und niemand ihnen zumuten konnte, die zehn Meter zur Mülltonne zu laufen. Fred ärgerte sich gehörig und fragte mich des Öfteren, was das für Leute seien, welche Kinderstube sie gehabt hätten. Naheliegende Frage für ihn, denn er hat einen wunderbaren Laden für Kindersachen. Einmal rief er mich auch an und warnte

mich, vorsichtig durch seinen Gang zu gehen, wenn ich zu meiner Garage wolle, denn ein Hund habe dort sein Geschäft verrichtet. Nun wusste ich, dass eine Familie mit Hund eingezogen war, hatte ich doch die Frau einige Male getroffen, wenn sie ihren Liebling eilig die Treppe hinabzerrte, und riet ihm mit ihr zu sprechen. Das habe er schon getan, sagte er, die Frau habe ihm nachdrücklich versichert, nicht ihr Hund, sondern der aus dem Nachbarhaus habe das Malheur angerichtet, das wisse sie genau. Daraufhin meinte ich, dann sei es wohl das Beste ins Nachbarhaus zu gehen und dem Hundebesitzer einzuschärfen die absonderlichen Ausflüge zu unterbinden, auf jeden Fall aber solle er dem Tier den Hausschlüssel abnehmen, denn ohne ihn könne er nicht mehr in unseren Gang kommen, weil die Eingangstür von außen nur mit dem Schlüssel zu öffnen sei. Fred versprach dies zu tun, allerdings habe er im Augenblick wenig Zeit, weil er fortwährend Kunden im Geschäft habe.
Gute Nachbarn wurden uns lediglich der Dichter und sein Partner. Allerdings waren sie in diesem Frühjahr und Sommer immer weniger auf dem Balkon zu sehen, denn nachdem ich sie im letzten Herbst beim Bier aus polnischen Zweiliterplastikflaschen, das wir von einer Reise mitgebracht hatten und das ich beim besten Willen nicht allein schaffen konnte, hänselte, dass unser Balkon noch immer voller Blumen sei und auf ihrem gleich drei Mal so großen gerade mal ein kümmerlicher Topf auf einem Holztisch stünde, ob denn das Geld für Blumen nicht reiche, drehten sie in diesem Frühjahr den Spieß um. Während wir umsichtig und frohgemut einen Vormittag lang beim Seebauer einkauften, jedes Jahr ein Festtag, liefen die beiden von einem Baumarkt zum nächsten und später auch noch zu Seebauer, kauften alles, was Grün war und blühen sollte und setzten nicht bloß eine Reihe Kästen, sondern gleich zwei, stellten zusätzlich Töpfe auf und spannten Drähte für die Weinranken und Kletterpflanzen. Tagelang werkelten sie herum, während meine Frau unseren Balkon an einem Nachmittag schaffte. Aber sie kannte sich aus, machte das ja auch schon seit ein paar Jahren. Sie wusste vor allem, wie sich die Pflanzen entwickelten, diese Erfahrung offensichtlich fehlte den Nachbarn. Es fing harmlos an in Dichters Garten, doch bald wuchsen die kleinen Schösslinge dermaßen rasant, dass nach wenigen Wochen der Balkon vollkommen überwuchert war. Sehen konnte ich die beiden kaum noch.

Dass einer auf dem Balkon zu Gange war, ließ sich bloß am Plätschern von Wasser ahnen, denn gleichgültig ob es regnete oder die Sonne schien, der Urwald verlangte gegossen zu werden, auf Teufel komm raus. Prekär wurde die Lage, als die ersten Erdbeeren kamen. Die roten Beeren drängten zum Licht und demzufolge zur Außenseite dieser Mauer aus Grün. Sie wuchsen, wurden mehr und größer und gehörten geerntet. Als ich einen der beiden im Treppenhaus traf und von den Erdbeeren erzählte, erntete ich bloß einen verständnislosen Blick, offensichtlich hatte er von den Früchten keinen Schimmer. Eine Stunde später, ich stand gerade auf meinem Balkon, schob sich ein Hand durch das Grün und tastete tatsächlich nach einer Beere. Sah komisch aus und blieb erfolglos, ich beschloss Hilfestellung zu geben: „Mehr links, noch ein bisschen, höher!" Endlich war eine Frucht gepflückt und die Hand verschwand. In der Nacht plagten mich Albträume. Ich fuhr mit dem Auto durch riesige Erdbeerfelder und überall wohin ich meinen Blick wandte, reckten sich Hände und Arme aus der Erde und suchten nach Früchten. Ich war stockfroh, als ich endlich erwachte. Später fragte ich den Dichter, wie die Beere geschmeckt und wieso er, ich vermute es war seine Hand, nicht weitere gepflückt habe. „Zu wässrig, nach nichts", war die knappe Antwort. Keine Hand mehr erschien und die ausgereiften Erdbeeren fielen hinab in den Hof auf den kleinen Fleck Erde, auf dem Ziersträucher standen, ein Baum und eine verlorene Kinderwippe, was vor dem Verkauf als idyllischer Hinterhofspielplatz angepriesen worden war und nun von den neuen Eigentümern und ihren Handwerkern als Lagerplatz für Rohre, Leisten und Leitungen und für den Umbau nicht mehr benötigte Balken genutzt wurde, weil alles entweder nicht in die Mülltonne passte oder weil sie schlicht zu faul waren, den Kram auf den Sperrmüll zu fahren.
Bedrohlich wurde die Lage, als die Tomaten reiften und manche zu beachtlicher Größe heranwuchsen. Auch diese wurden nicht geerntet, obgleich sich die Stauden unter der Last bogen, es war ein gutes Gartenjahr, und die Tomaten meiner Ansicht nach auch von innerhalb des Balkons aus zu sehen sein sollten. Vielleicht hassten die beiden Tomaten, möglicherweise weil sie als Kinder zu viele von ihnen zu essen gezwungen worden waren, oder aber sie mochten sie gar nicht erst probieren, nachdem sie mit den wässerigen Erdbeeren bereits eine Pleite erlebt hatten. Ich betrachtete die Tomaten mit Unbehagen, denn bald hingen hunderte von ihnen im Grün, bewacht

von Sonnenblumen, die immer höher aufschossen und ihre Köpfe in alle Richtungen reckten. Der eigentliche Balkon war schon lange in dieser Bastion aus Rot, Grün, Gelb und Braun verschwunden. Und weil der Durst der Pflanzen unersättlich schien, konnte ich morgens gegen Sechs und manchmal spätabends noch hören, dass offensichtlich verzweifelt gegossen wurde. Die beklemmende Geschichte der Bibliothek, über die Canetti in seinem großartigen Roman „Die Blendung" geschrieben hatte, logisch, dass ich ihn aus meiner Bibliothek holte und noch einmal las, schien mir ein Klacks gegen das, was sich in diesem Sommer vor meinen Augen in Dichters Garten anbahnte.

Eines Nachmittags hörte ich Kinderlachen und sah Freds Buben im Hof mit der Mutter aus dem Auto steigen und zur Spielecke gehen. Ich hetzte nach unten. Tatsächlich erkundete der Ältere die Umgebung, allerdings interessierte er sich nicht für die Schaukel sondern für die Umbauhinterlassenschaften. Er war mir schon lange als gewiefter Bursche aufgefallen. Einmal kam ich spät abends heim und bemerkte im Laden noch Licht. Fred wollte Feierabend machen, fand aber seine Autoschlüssel nirgendwo, so dass er sich schließlich zu Fuß auf den Heimweg machte. Er wohnte nicht weit weg. Am nächsten Morgen erzählte er mir, dass er sich daheim daran erinnert habe, dass der Kleine damit gespielt hatte. Als er ihn fragte, was er damit gemacht und wo er ihn hingelegt habe, meinte er treuherzig, er habe doch mit dem Holzauto im Laden gespielt und ein Auto fahre nicht ohne Schlüssel, dass wisse er genau und im Auto habe er ihn gelassen. Ich ging also zu seiner Mutter um sie zu warnen, sie solle ihre Kinder nicht alleine im Hof spielen lassen, insbesondere nicht auf diesem Spielplatz, das sei höchst gefährlich. Sie schaute mich ein wenig skeptisch an und sagte dann, da hätte ich recht und der Rest vom Umbau der Wohnungen, der Bauabfall oder wie man das Zeug bezeichnen sollte, das einfach dort an der Wand abgestellt worden war, sei eine Unverschämtheit. Ich entgegnete, da habe sie wahrlich Recht, aber den meine ich nicht, ich spräche von den Tomaten. Nun wurde ihr Blick deutlich skeptischer und ich beeilte mich zu sagen: „Ich meine die Tomaten, die herunterfallen könnten und sicherlich bald würden", und zeigte nach oben zu meiner Nachbarn Balkon. „Was ist denn das um Gotteswillen", fragte sie baff und schaute mich an. „Das ist der Garten des Dichters und der mag keine Tomaten."
„Aber da hängen hunderte und große auch und die müssen geerntet

werden, wenn das nicht sofort geschieht und wenn die so ein kleiner Zwerg auf den Kopf kriegt, also ich weiß nicht. Das darf doch nicht wahr sein, ich bin fast jeden Tag hier und habe noch nie nach oben geschaut. Der Balkon ist doch der Wahnsinn!" „Naja Wahnsinn ist es nicht, nur alles etwas aus dem Ruder gelaufen." „Aber echt!" Ich schaute auch noch eine Weile nach oben. Tatsächlich sah es von unten noch beeindruckender aus, als von meinem Balkon. Seltsam, dass die Leute, die in einem mehrstöckigen Mietshaus unten wohnen oder sich im Hof aufhalten, so selten oder kaum ihre Augen zum Himmel hoben und nicht wahrnahmen, was für eine Apokalypse sich dort vollzog.

Er steht an der Karte und betrachtet die Stützpunkte der weltumspannenden Macht seines Landes. Ob der Habsburger ebenso empfand, in dessen Reich die Sonne nie unterging? Keines der Schulkinder in Amerika weiß, wer die Habsburger waren. Die Hälfte von ihnen wird nie teilhaben können am amerikanischen Traum. Der erste Grundsatz der Gründerväter seines Landes – Papier. Wie arm das Leben geworden ist: Hamburger, Steaks, Spareribs, Sandwich, Sixpack, Cola, Eistee, Kaffee. Barbecue, wenn man es sich leisten kann. Milkshakes gab es noch, als er sein Studium begann. Mehr Gemüse sollten sie essen. Selber Kochen, anstelle Tiefkühlkost aufwärmen. Was kümmert ihn dies?. Er ist der Präsident und hat andere Aufgaben. Er liebt sein Land. Heute hat er die Dokumente unterzeichnet. Sie werden die Mordmaschinen bauen, einsetzen und weiter entwickeln. Er ist der erste Präsident, der eine neue Phase des Krieges einläutet. Was nützt seine Krankenversicherung und bringen bessere Sozialgesetze auf einem toten Planeten? Die Kopie der Nobelpreisurkunde fällt von der Wand. Er schaut kaum hin. Sie werden es in der Früh bemerken, einen neuen Rahmen finden und sie an alter Stelle platzieren.

Eigentlich war es ein verwirrender Abend gewesen und eine unglaubliche Nacht. Nachdem Hund friedlich in seinem Körbchen eingeschlafen war, hatte Lydia ihn ins Schlafzimmer gezogen und war regelrecht über ihn hergefallen. Versteh einer diese Frau. Seine Mutter hatte ihn gewarnt, obgleich die beiden einander gut verstanden, was ihm am Anfang höchst seltsam schien. Aber eigentlich war sein Vater der Quertreiber. Der alte Holzkopf. Er hatte seine Bemühungen aufgegeben, neben ihm zu bestehen und

ließ sich auch nicht mehr provozieren. Warum hatte der große Meister einen Sohn gezeugt, wenn er ihn nicht akzeptierte, nicht einmal etwas mit ihm anfangen konnte? Sein Meisterstück hatte er vollbracht, als Roman gerade sechzehn geworden war. Ein paar Tage lang fand im Atelier ein Fest statt um eine neue Ausstellung zu feiern. Die Creme de la Creme der Stadt war eingeladen und auch erschienen. Der Vater war ein berühmter Mann und er bewegte sich auch so. Nachdem fast alle betrunken waren, war es Zeit für die berühmte Zigarrenstunde. Ein kubanischer Verehrer seiner Kunst schickte ihm alle paar Monate eine Kiste, die bei besonderer Gelegenheit geöffnet wurde und aus der sich die Raucher bedienen konnten. Diesmal kam der Vater auch zu ihm und forderte ihn auf, sich eine zu nehmen, obgleich er genau wusste, dass Roman nicht rauchte. Hier und dort einmal eine Zigarette, aber er fand keinen Gefallen daran. Natürlich hielt er seinen berühmten Vortrag, den die meisten vermutlich schon hundert Mal gehört hatten, wie eine Zigarre zunächst zwischen den Fingern zu rollen, abzuschlecken, dann anzuschneiden sei, auch diesmal und zollten dem berühmten Künstler und Zigarrenkenner gebotene Aufmerksamkeit. Roman versuchte das Ritual pflichtschuldig nachzuahmen, er machte ein paar kräftige Züge, wie ihm vorgemacht wurde und fing erbärmlich zu husten an, woraufhin der Vater ihm ein paar abschätzige Blicke zuwarf. Als Roman weiter rauchte und in noch heftigeren Husten ausbrach, nahm er ihm die Zigarre aus der Hand, löschte sorgfältig die Glut und meinte zur Runde: „Ist halt Stoff für Männer, die etwas aushalten können und ihren Platz im Leben gefunden haben. Mein Sohn, dir wächst zwar ein Bart, aber ansonsten fehlt noch so einiges." Er ging zu seinem Sessel zurück und ließ den Sohn sitzen in seiner Scham. Nie hatte er dem Vater diese Untat verziehen, nie, sie würde zwischen ihnen bleiben ein Leben lang.
Als er dann Lydia kennen lernte und sie den Eltern vorstellte, traf ihn der erstaunte Blick des Vaters. Lydia war ein paar Jahre älter als er, hatte ihr Studium abgeschlossen und danach bei der Bank zu arbeiten begonnen. Sie bewegte sich sicher und selbstbewusst, auch dem berühmten Mann gegenüber, der es doch eigentlich ganz selbstverständlich fand, dass die Menschen vor Ehrfurcht zerflossen. Das war nun nicht gerade Lydias Art und irritierte ihn offensichtlich mächtig, allzumal sie sich für den Sohn entschieden hatte und nicht für den Vater, der, wie Roman inzwischen herausgefunden hatte,

sich ganz gerne im Glanz junger Frauen sonnte. Ein paar Tage später ließ er dann eine Bemerkung fallen: „Ein Mann geht seinen eigenen Weg und flüchtet sich nicht unter den Rock der Weiber." Dass er damit auch die eigene Frau verletzte, die mit am Abendbrottisch saß, schien er nicht wahrzunehmen. Es kümmerte ihn nicht. Roman glaubte inzwischen Letzteres. Die Mutter tat, als habe sie die Worte nicht gehört, und fragte Roman, ob er noch ein Glas Tee möchte, den Vater überging sie.
Zu dieser Zeit hatte er bereits beschlossen, von Kunstgeschichte zur Archäologie zu wechseln. Es war sinnlos sich im Schatten des Vaters festzusetzen. Er selbst hatte kein Talent zum Künstler und empfand dies keineswegs als Makel. Die Werke der anderen interessierten ihn eigentlich nicht und immer weniger auch die Arbeiten seines Vaters, eher schon die Batiken und Tücher der Mutter mit ihren luftig leichten Farben, ihren Märchen- und Traumlandschaften, die sie stickte, anfangs an die Großeltern, an Freunde und Bekannte verschenkte, bis ihr Roman eine Internetseite schrieb, über die bestellt werden konnte und damit ein kleiner Handel begann. Inzwischen war auch eine Kiewer Galerie auf ihre Arbeiten aufmerksam geworden und die orderte bald ganze Kollektionen. Der Vater hatte anfangs das Treiben seiner Frau missmutig verfolgt, mit der Zeit aber seine Meinung geändert, und Roman überraschte ihn einmal, wie er in der kleinen Kammer der Mutter stand und nachdenklich ihre Tücher in die Hand nahm. Er schien zufrieden. Er liebte seine Frau und ihr Tun in der Tat.
Lydia war klüger als er, egal ob sie nun Tiere mochte oder nicht, aber Hund konnten sie tatsächlich nicht behalten. Es ging einfach nicht. Was tun? Der Bauer würde ihn nicht zurücknehmen, wenn er überhaupt noch auf dem Markt zu finden war. Er sah nicht so aus, als würde er stets dort sein. Er hatte seinen Wurf verkauft und war in sein Dorf heimgekehrt, bis zum nächsten Jahr. Wann auch immer. Aussetzen wollte er das Tier auf keinen Fall. Roman saß in der Küche. Hund schaute ihn treuherzig und schwanzwedelnd an. Was war er doch für ein verdammter Idiot, dass er sich immer wieder in solche Situationen brachte! Olha, die Tante würde eine Lösung finden. Sie war immer da, wenn er sie brauchte, und er brauchte sie oft. Ohnehin wollte er bei ihr vorbei, denn der Vorschuss war aufgebraucht und wen sonst konnte er fragen, wenn seine Taschen leer waren. In den letzten Monaten hatte er sie arg strapaziert, doch

hatte sie nie nur auch ein Wort gefragt, wenn er zu ihr kam. Sie betrieb eine kleine Bäckerei mit Laden unweit der Universität und hatte dort ihr Glück gefunden, denn das Geschäft ging gut, sehr gut sogar. Dabei sah es anfangs gar nicht danach aus. Ihr Plan reifte vor jenem letzten Datschasommer, als ihr Mann, der jüngere Bruder von Romans Vater, sich endgültig in den Westen absetzte. Schon in den Jahren zuvor war er im Herbst nach Frankreich zur Weinlese gefahren, dann daheim ein Bündel Euro auf den Tisch geworfen und erzählt, dass er in wenigen Wochen mehr verdient habe, denn als junger Klinikarzt in einem Jahr. Im Frühjahr vor diesem Sommer hatte er endlich eine Anstellung als Arzt in Aussicht. Zunächst nur für ein Jahr, doch standen die Chancen nicht schlecht, dass der Vertrag verlängert würde. Natürlich verlangte er, dass Olha mit ihm ging. Sie weigerte sich, nachdem sie im Vorjahr zwei Wochen in Frankreich gewesen war und gesehen hatte, in welchen Unterkünften er hauste und mit wem er seine Freizeit verbrachte. Wie ein Tier sei er über sie hergefallen, erzählte sie Roman einmal. Auch in den ersten Tagen, als er wieder nach Lemberg kam, sei es nicht anders gewesen, bis sein Interesse an ihr wieder erlosch.
Sie beschlossen die Trennung und Olha lud alle noch einmal einen Sommer lang auf ihre Datscha ein, die sie im Herbst verkaufen wollte, sehr zum Ärger von Romans Vater, der mehr als sein Bruder sich dort als Hausherr aufgeführt hatte und seine Chechowsche Sommerresidenz verlor. Der vielräumige Holzbau war in den fünfziger Jahren von Olhas Vater errichtet worden, als hier am südlichen Bug ein Staudamm gebaut worden war. Er hatte den Zeitenlauf überdauert und bot nicht bloß den beiden Familien sondern bald auch Freunden behagliche Unterkunft. Dies änderte sich zwar im Laufe der 90er Jahre, als manche plötzlich reich geworden, sich andere Urlaubsziele suchten, selbst die Krim lockte nun nicht mehr, es musste Italien sein, Spanien oder die Südseeinseln, zumindest aber die Türkei, und andere kaum Zeit mehr fanden, weil Arbeit und Unruhe keine längeren Ferien mehr erlaubten.
Es wurde stiller in der Bucht am Fluss. Für Roman war dies kein Verlust. Er stopfte die Tasche mit Büchern voll und streifte allein durch die Umgebung, haderte mit den Eltern und der ganzen Welt und hoffte das Ende der Schulzeit herbei, das ihn endlich frei machen sollte von allen Zwängen. Siebzehn war er, trotzig, wortkarg

und lebensklug. Er hasste die Dumpfheit um sich herum. Die neue Zeit, von deren Möglichkeiten alle schwätzten, interessierte ihn nicht. Am 17. Juni lief er wie immer nach dem Mittagessen zu seinem Lieblingsplatz am Ende der Bucht, wo ein gekrümmter Kieferstamm übers Wasser ragte, in dessen Beuge er sich hockte und las. Plötzlich tauchte Tante Olha aus dem Gebüsch auf, das den Platz umgab. und setzte sich auf den kleinen Rasenfleck am Ufer. Sie weinte, schien ihn nicht zu bemerken und er wagte sich nicht zu rühren, damit dies nicht geschah. Eine ganze Weile saß sie da, dann holte sie ein Taschentuch aus ihrer Hose, putzte die Nase, wischte die Tränen aus den Augen und wurde auf ihn aufmerksam. „Ach du? Was machst du denn hier?" Er hob sein Buch. „Ich lese. Es ist schön hier und es stört einen keiner." „Magst du nicht baden wie die anderen?" „Das langweilt mich alles." „Ich stör dich, aber weißt du, als junges Mädchen bin ich oft hierher gekommen. Wenn ich hörte, dass sie mich suchten, lief ich rasch von hier fort, damit keiner meinen Lieblingsplatz entdeckte." „Mich sucht keiner." „Julia hat nach dir gefragt." „Julia hasst mich." „Sicher hast du eine Freundin in der Stadt?" „Mädchen interessieren mich nicht." „Ein hübscher Bursche und redet so altklug daher." „Hübsch bist du, nicht ich." „Ich bin alt." „Das stimmt doch gar nicht." „Was weißt du." Sie schaute weg aufs Wasser und begann wieder zu weinen.
Er fühlte sich hilflos. Schließlich kletterte er vom Stamm und hockte sich neben sie. Als sie sich an ihn lehnte, legte er seinen Arm um sie und begann sie unbeholfen zu streicheln. Ihr Schluchzen wurde heftiger, klang dann ab und sie stützte ihre Hand auf sein Knie. Später lagen sie ruhig im Ufergras. „War es dein erstes Mal?" Er nickte, schaute auf ihren Schoß und schob sich wieder zu ihr. Als sie ihn verließ, blieb er noch lange liegen und kehrte erst am Abend zur Datscha zurück. Ohne Abendbrot verkroch er sich rasch in sein Zimmer. Das Buch hatte er draußen liegen lassen, er wollte ohnehin nicht mehr lesen. Drei Wochen später kehrten sie in die Stadt zurück. Die Tante blieb um den Verkauf vorzubereiten. An ihren letzten Nachmittag küsste sie ihn und sagte, dass alles ihr wunderbares Sommergeheimnis bleiben werde, das nun vorüber sei.
Die restlichen Ferienwochen lief er durch eine fremde Stadt, frühere Vertrautheiten hatten andere Farben, anderen Klang. Die alten Plätze schienen mit neuem Leben erfüllt, und wenn er sich auf eine der Bänke am Theater setzte, nie wäre ihm das früher eingefallen,

schaute er verwundert auf das geschäftige Treiben um sich herum und empfand sich als Teil von ihm. Manchmal kam er am Haus der Tante vorbei. Die Wohnung lag verlassen. Er hörte wie der Vater einmal verärgert zur Mutter sagte, dass sie nach Kiew gefahren sei, weil sie dort einen Käufer gefunden habe, und dann hieß es, sie habe einen Laden in der Universitätsgasse gemietet oder gekauft um dort eine Bäckerei oder ein Café aufzumachen. „So ein Quatsch?" meinte der Vater „Sie versteht doch gar nichts davon. Das Geld ist in den Sand gesetzt. Hätte sie mal lieber die Datscha behalten. Ich habe ihr ein Angebot gemacht, mich daran zu beteiligen, aber sie ist ja nicht zugänglich für vernünftige Argumente. Kein Wunder, dass der Andrej auf und davon ist."
Als Roman am nächsten Tag nach der Schule zu der Gasse lief, sah er eine geschäftige Olha, die an ihrem Fensterschalter Kartoffelreibekuchen und Crêpes an eine lange Reihe wartender Kunden ausgab. Kaffee gab's damals noch nicht aber dafür diverse Wasser und Limonaden und zu den Reibeplätzchen und Crêpes Zucker, saure und süße Sahne und Konfitüre aller Art. Sie waren günstiger als anderswo und wurden auf bunten mit ihrem Geschäftsnamen bedruckten Papptellern serviert, die bis in den angrenzenden Park hinein die Papierkörbe verstopften. Da hatte er sich wohl geirrt, der altkluge Vater und Roman erzählte es ihr. Sie lachte und strich sich eine Haarlocke aus ihrem rotglänzenden Gesicht.

Eines Abends, es war schon wieder Winter geworden, schleppte ich mich schwerbeladen die Treppe hinauf und wurde von der Eigentümerin der unteren Zwischengeschosswohnung aufgehalten. Sie wollte von mir als alten Mieter wissen, ob denn die Heizung schon immer nachts abgestellt wurde. Das sei doch unmöglich, sie friere ganz schrecklich! Was man denn da unternehmen könne? „Rabatz", war meine knappe Antwort und ich wollte weitergehen, schließlich hatte ich noch einige Stufen vor mir. Insgesamt sind es 96, wie meine Frau gezählt hatte, und das Bier, der Schinken und die anderen Einkäufe hingen schwer an meinen Armen. „Aber darf man das denn?" fragte die junge Frau. Nun stellte ich die Taschen auf den Treppenabsatz und antwortete: „Aber logisch! Meine Frau hat auch schon die neue Hausverwaltung angerufen. Wenn Sie das ebenfalls tun, dann sind es schon einmal zwei." Sie schaute mich verzagt an und begann mir umständlich zu erklären wie fürchterlich kalt es nachts in einer Wohnung ohne Heizung und ohne heißes Wasser sei,

sie bade doch so gerne mitten in der Nacht, ein Bedürfnis, das ich bisher nicht verspürt hatte. Ich bade ohnehin ausgesprochen selten, nachdem mir mein Tanzlehrer vor einigen Jahrzehnten erklärt hatte, dass man da im eigenen Dreck liege und meine Tanzpartnerin verständnisvoll genickt hatte, der moderne Mensch stelle sich unter die Dusche, nur wie hätte ich damals duschen können, wir hatten doch gar keine Dusche daheim. Sie wohnte auf dem Killesberg in Stuttgart und ich auf der Prag. Ich erinnere mich noch an den entsetzlichen Nachmittag vor dem Abschlussball, als ich sie daheim besuchte um ihre Eltern kennen zu lernen und mit dem Vater durch den weitläufigen Garten spazierte, seinen Erläuterungen zuhörte und den herrlichen Blick auf die Stadt unten im Kessel bewunderte. Natürlich hätte ich ganz gerne auf dem Killesberg gewohnt, doch wozu? Ich fühlte mich wohl in meinem Viertel mit meinen Vorstadtfreunden in unserer Abenteuerwelt. Neid und Missgunst gehören nicht zu meiner Haltung zur Welt. Ich glaube auch nicht, dass diese Eigenschaften das Leben der meisten Menschen bestimmen. Es belegte den Irrsinn des Fernsehens, dass im Nachmittagsprogramm vor Schauspielrichtern die Familien übereinander herfielen und im Abendprogramm Serien liefen, in denen genau das Gleiche geschah nur in hübschere Bilder umgesetzt. Hier wie dort wurde nicht von tatsächlichen Menschen erzählt, sondern allein von Fantasiegestalten aus der armseligen Wirklichkeit der Fernsehmacher, die Welt längst verloren hatten, verstört auf ihre Honorare starrten und eifersüchtig feststellen mussten, dass andere höhere erhielten oder doch noch nicht, und die erzählen glaubten zu müssen, dass überall nur Neid, Raffgier und Mord und Totschlag herrschten.
Bevor ich nun der jungen Frau erklären konnte, was mir denn so durch den Sinn ging über jemanden, der gerade eine Wohnung für fast eine halbe Million gekauft hatte und sich nicht traute, einer Hausverwaltung Bescheid zu geben, die da mit der Ökologie etwas missverstanden hatte oder auch die Leute nur etwas gängeln oder bevormunden wollte, waren doch jüngst auch Zettel im Treppenhaus angebracht worden, auf denen zu lesen stand, dass Rauchen im Flur strikt verboten sei, ich hatte in den ganzen Jahren niemanden im Flur rauchen sehen. Während sie weiter klagte, kam eine andere Wohnungsbesitzerin aus dem zweiten Stock zu uns, hörte zu und meinte, sie habe noch gar nicht gemerkt, dass nachts die Heizung abgestellt werde. Nun wurde die junge Frau aber patzig und setzte

noch einmal und lauthals an die Nachtkälte zu beschreiben, unter der sie so bitterlich litt, als aus der Wohnung der anderen die Tochter tönte und rief, dass sie nun endlich verstehe, warum sie im Bett immer friere. Die Mutter wandte sich resolut von uns ab und erklärte dem Kind, dass sie an ihren Heizkörpern Thermostate hätten anbringen lassen, und die reduzierten die Heizleistung in der Nacht, das sei auch viel gesünder. Dergleichen war mir nun zu viel an Irrsinn und ich versuchte der Dame zu erklären, dass Thermostate zwar gut und schön seien, aber wo nichts sei, sei eben nichts, und ihre Nachbarin habe recht, in der Nacht sei die Heizung abgestellt und das heiße Wasser auch und da seien die Dinger keinen Pfifferling wert. Sie starrte mich empört an, vermutlich waren die Thermostate recht teuer gewesen, ich wusste es nicht, schätzte aber, dass sie nach dem Wohnungskauf mit dem Geld nun ein wenig kürzer treten mussten, sie starrte also und setzte zu einer Erwiderung an, auch die andere wollte weiter klagen. Da platzte mir dann doch der Kragen. Was zu viel ist, ist einfach zu viel, schließlich hatte ich noch ein paar Treppenstufen vor mir. Ich packte meine Tüten und Taschen, die Dinger waren elend schwer, und setzte meinen Weg nach oben fort.

Unterwegs überlegte ich, ob ich vielleicht, in diesem Land, in dem so viele Vorurteile über Ausländer grassierten, erzählen hätte sollen, was mein Freund Kadel mir von Afrikanern berichtet hatte, seinerzeit sagte er noch Neger, aber das darf man nicht mehr schreiben und auch nicht mehr denken, genauso wenig wie Schwarze, wegen der Diskriminierung und der Assoziationen, die den alten Bezeichnungen anhaften und alte Vorurteile am Leben erhalten oder wecken könnten, was neue Bezeichnungen nicht können, weil sie unbelastet sind, wobei ich mich allerdings schon seit langem fragte, ob es nicht einfacher wäre, diese Menschen menschenwürdig zu behandeln. Denn nachdem die Industrieländer Afrikas Rohstoffe geplündert hatten und weiter plünderten, wobei man allerdings genauer sagen sollte, nicht die Länder, sondern in diesen Ländern sitzende Unternehmen, Banken und Geschäftsleute, die hurtig und zufrieden die Profite allein einstrichen, während sie die Verantwortung für die Folgen ihres Tuns raffiniert der Allgemeinheit aufbürdeten, was ein Teil der Allgemeinheit auch vollkommen in Ordnung fand, nachdem ihnen schon jahrelang von den Medien eingetrichtert worden war, dass sie und allein sie durch

ihren maßlosen Konsum, dafür verantwortlich seien, hatten Konzerne und Weltbank jüngst in Afrika billige Arbeitskräfte ausgemacht und damit begonnen ihnen Fabriken und Fertigungshallen hinzustellen, damit auch dieses Potential des schwarzen Kontinents gewinnbringend genutzt werden konnte. In zweierlei Hinsicht war dies unternehmerisch recht interessant, denn dort gab es kaum Arbeitsschutzbestimmungen noch lästige Gewerkschaften und man konnte den Pappenheimern daheim sagen: seht, es geht auch ohne euch. Was auch immer, mein Bekannter hatte mir jedenfalls erzählt, dass er gesehen habe, dass in seinem Haus eine Anzahl von Afrikanern, ich benutze jetzt mal diese Bezeichnung, solange sie noch erlaubt ist, auf dem Küchenboden um eine offene Feuerstelle herum gesessen, der Küchenboden war gefliest, sich gewärmt und dort ihre Suppe gekocht und gegessen hätten. Allerdings fiel mir dann ein, dass dies für die Probleme der Nachbarin keine Lösung sein konnte, da in unserem Haus die Küchen Holzdielen hatten, die in einigen Wohnungen mit Linoleum belegt waren.
Auch die Ikealösung konnte ich ihr nicht vorschlagen, von der mir ein anderer Freund berichtet hatte. Der hatte sich zunächst lang und breit über Monopolstreichhölzer ausgelassen, die es bis in die siebziger Jahre gab. Kein anderer durfte damals in Westdeutschland Streichhölzer verkaufen, als die Schweden, weil das Land den Deutschen einmal einen Kredit gegeben und dafür das Zündholzmonopol erhalten hatte. „Und weißt du was das Perfide ist?" hatte er gefragt: „Nachdem das Monopol allmählich auslief, haben die richtig mit Ikea angefangen." Nun wusste ich natürlich nicht, was er damit sagen wollte, und schaute ihn fragend an. Offensichtlich hielt er mich für begriffsstutzig, erbarmte sich aber dann: „Ist doch klar, jeder weiß, dass die Schweden Holz verfeuern, also haben sie so getan, als würden sie Möbel herstellen und haben diese auch bei uns verkauft, aber eigentlich ..." Er ließ das offen, wedelte mit den Armen und ich suchte in dieser Geste Erkenntnis. Er sah, dass mir dies nicht gelang und fuhr endlich fort: „Na hast du in den Siebzigern eine billige Kommode gekauft, die keine Deckplatte hatte?" „Habe ich nicht." „Du vielleicht nicht, aber Hunderttausende, das heißt die Hälfte von ihnen kapierte, dass eine Kommode eine Deckplatte brauchte und haben sie extra bezahlt, woraufhin die billige Kommode, nicht mehr ganz so billig war. Die andere Hälfte hat das nicht getan, und was haben die gemacht? Die haben die Kommode daheim

in ihren Öfen verfeuert, denn was willst du mit einer Kommode ohne Deckplatte? Was lernst du daraus, die Schweden sind von den Zündholzern zu Möbeln übergegangen, damit sie ihr Holz loswurden." „Aber die haben doch sogar in den Gefängnissen der DDR ihre Möbel herstellen lassen, oder in Jugoslawien oder sonst wo?" „Ja weil die sehr erfolgreich wurden. Wer rechnet schon damit, wenn er mit Streichhölzern anfängt." Mich überzeugte das nicht so recht, aber immerhin dachte ich eine Zeitlang über diese Logik nach. Logik ist mein Hobby. Mein Freund, er hieß Uli, fuhr fort: „Die ersten Ikeakunden waren Studenten. Sie hatten wenig Geld, man weiß ja, dass die ihr Geld seinerzeit lieber ins Wirtshaus trugen, als etwas Vernünftiges damit anzufangen, heute ist das auch nicht anders, allerdings verplempern sie es für Computer und ähnlichen Kram, kurz, sie mussten bei Ikea einkaufen und wohnten in Wohnungen, in denen es noch Öfen gab, alles passte zusammen. Ich mein heutzutage werden in solchen Wohnungen nur Asylsuchende und Schwarzarbeiter untergebracht, damit der Besitzer noch ein paar Euro für die Renovierung zusammenkratzen kann. Da werden gleich vier, auch mal acht Betten in einen Raum gestellt, wenns geht wird jeder Quadratzentimeter ausgenutzt, und manchmal kann man die Betten auch doppelt vermieten, denn einer arbeitet tagsüber, schläft also in der Nacht, der andere hat Nachtschicht, schläft am Tage. Ein findiger Vermieter kann damit durchaus sein Glück machen. Die Studenten hatten meistens noch ein Zimmer für sich allein, und wenn denen mal das Geld für Heizung fehlte, früher waren die Winter härter, das lässt sich zwar statistisch nicht belegen, aber gefühlt war's einfach so, fingen sie verkatert und schlotternd mit den Kommoden an. Diesen folgten dann die Regale, weil seinerzeit, du wirst dich erinnern, die Literatur durch eine Krise schlitterte. Die Leute lasen nur noch soziologische, psychologische und politische Texte und der ganze Belletristikkram wanderte auf den Müll oder, auch dies, eben ins Feuer. Ich nenne das immer die erste Bücherverbrennung der Bundesrepublik." „Die erste, wann war dann die zweite?" warf ich ein. Er blickte mich daraufhin, wenn ich mich richtig erinnere, ziemlich herablassend an: „Ja wann wohl?" „Keine Ahnung!" „Du solltest doch mal die Nase ein wenig aus deinen Büchern heben. Wann wohl? Nach der Wende natürlich! Da wurde die gesamte DDR-Literatur den Flammen übergeben beziehungsweise auf die Müllhalden gekarrt." Nun hatte ich zwar nicht verstanden, was dies mit

meiner Nase zu tun hatte, aber was soll's, der Gedanke war schräg, aber nicht ohne. Ich hatte mich seinerzeit auch gewundert, wie rasch und erbarmungslos die literarische Identität meines Brudervolkes ausgelöscht wurde, war ein paarmal ins Zentralantiquariat nach Leipzig und nach Dresden gefahren um zumindest etwas für mich zu retten, und war stets mit vollem Kofferraum heimgekehrt.
Die frühen neunziger Jahre waren eine schwierige Zeit für die Intellektuellen, hüben wie drüben. Damals zeigte sich bei ihnen eine gewisse Orientierungslosigkeit, die bis heute kein Ende hat. Nun stamme ich von einfachen Leuten ab, von Bauern, um genau zu sein, die schon immer Misstrauen hegten gegenüber Leuten, die herumsaßen, in die Luft starrten und keine ordentliche Arbeit verrichteten. Ich teilte diese Meinung nie und von Kindheit an las ich viel und ununterbrochen, doch ging mir mit der Zeit auf, dass, wie jedes Vorurteil, auch dieses einen kleinen Wahrheitskern enthielt. Allerdings fand ich ihn nicht bei der Faulheit der Intellektuellen, er zeigte sich eher bei ihrer Wendigkeit: die meisten hängten ihre Fahne in den Wind und neigten zum Verrat, oder vorsichtiger ausgedrückt, man kann ihnen nicht trauen. Die Radikalität jugendlichen Denkens machte mit zunehmendem Alter Konformität Platz, nicht weil sie zu Reife und Weisheit gelangt waren, sondern weil sie erkannt zu haben glaubten, dass es sich angepasst besser leben lässt und die Brosamen von den Tischen der Reichen dann leichter einzusammeln waren. Die Vehemenz, mit der viele auf die Privilegien osteuropäischer Autoren und Intellektueller eindroschen, schien mir seinerzeit höchst verdächtig, wenn nicht gar töricht, denn ebendieselben bemühten sich um Stipendien, wurden Stadtschreiber oder Stadtschreiberinnen, ließen sich in die Villa Massimo nach Rom einladen und verbrachten ein paar Wochen vom Goethe-Institut finanziert in Kathmandu oder anderswo.
Der Niedergang des Theaters der Bundesrepublik war nicht Folge dessen, dass es keine Autoren mehr gab, Themen oder Stoffe, sondern dass furchtsame Intendanten, Regisseure und Dramaturgen in dem Geflecht aus Gunst und Abhängigkeit von Wirtschaft und Politik sich kaum etwas aufzuführen trauten, das dem Zeitgeist zuwiderlief oder einem Kommunalpolitiker und erst recht dessen angetrautem Weibe, denn dies hielt sich für die örtliche Kultur zuständig, vergeblich die Bemühungen Hippels, der schon im 18. Jahrhundert eine Schrift mit dem Titel „Über die bürgerliche

Verbesserung der Weiber" verfasste, missfallen könnte, weswegen sie lieber Klassiker inszenierten, allzumal sich da mit Bearbeitungshonoraren das karge Gehalt noch etwas aufbessern ließ. Nach reiflichem Überlegen entschloss ich mich Rolf Hochhuth zu folgen und mir die Hoftheater der deutschen Kleinstaaterei im 18. und 19. Jahrhundert zurückzuwünschen, auf deren Bühnen zuweilen mehr gewagt werden konnte als auf den Brettern der Gegenwart.
Ich war erleichtert, als ich endlich gedankenschwer oben in meiner Wohnung ankam, mir wurde klar, dass wir bald ausziehen sollten, soviel Grübeln hält kein Mensch aus. Außerdem stellte ich bei jedem Tritt auf die knarrenden Stufen fest, dass die mal ausgebessert werden sollten, und zwar bald, bevor das Stiegenhaus einstürzte.

In Pauls Eck war die Welt noch in Ordnung. Die Raucher gingen auf die Straße und die anderen standen an der Theke oder saßen an den drei Tischen, tranken ihr Bier, ab und an einen Obstler oder auch zwei, und beredeten die Belange der Welt. Hätten sich die Bürgersöhnchen und Töchter weiland 68 in die Stehausschänke hineingetraut, so wäre aus ihrer Revolte vielleicht auch etwas geworden und sie hätten sich nicht auf den langen Marsch durch die Institutionen begeben müssen, auf dem die meisten die Orientierung verloren und am Ende reaktionärer und unbarmherziger dastanden, als ihre Eltern, gegen deren Weltbild sie hatten aufbegehren wollen. Sie waren fast alle da: Max, der einen verwegenen Kampf gegen Amazon führte, weil der Konzern mit seinem Geschäftsgebaren, nicht nur seine Existenz als Buchhändler bedrohte, sondern wegen seines breiten Warenangebotes, das über das Internet geordert werden konnte, die jedes kleinen Ladeninhabers überall im Land. Vielleicht würde er überleben. Er verkaufte neben Büchern auch Wein, hatte eine kleine Caféecke eingerichtet und führte Lesungen durch. „Anders geht es heutzutage nicht mehr."
Auch die rote Zora hockte in ihrer Ecke, eine ältere Frau, die das Buch wie ihren Augenschein hütete und solange sie noch nicht betrunken war, unablässig zu erzählen verstand. Er fragte sich oft, wann sie Zeit fand, all die Geschichten aus dem Viertel aufzuschnappen, denn sobald sie morgens ihre Tauben gefüttert hatte, saß sie hier bei Paul. Tänzerin war sie gewesen oder Schauspielerin, er hatte es nicht genau verstanden, war in der Welt herum gekommen und hatte hier ihre Heimat gefunden. Man sah ihr die

einstige Schönheit noch an. Eigen und stolz behauptete sie ihre Würde, die von den Stammgästen keiner antasten würde, wenn sie sich nachts in ihre Wohnung schleppte, und gegen die anderen wusste sie sich lauthals zu wehren.
Der Sparkassenchef Wohlleben lehnte an der Theke, ein bisschen früh, wie er fand, auch wenn es Freitag war, und schaute ihn mit biertrüben Augen an. „Na wie geht's, Fernsehmann?" „Gehöre schon lange nicht mehr dazu." „Einmal in den Medien, immer in den Medien, du kannst doch bei den Privatsendern weitermachen." „Da bin ich viel zu unbedeutend." „Sag ich doch", er machte eine herablassende Geste, „Ihr seid alle viel zu klein. Aber ihr bildet euch mächtig viel ein. Alle bilden sich mächtig viel ein." Offensichtlich war ihm heute eine Laus über die Leber gelaufen, normalerweise redete er nicht so dumm daher, zumindest nicht um diese Zeit. Er musterte seinen Gegenüber und schätzte, dass er wohl kaum in die Arbeit gegangen war. Entweder war die Weltwirtschaft schon wieder außer Rand und Band, wäre ja nichts Neues, oder er hatte private Sorgen. „Trink aus, ich zahl dir eine Halbe, weil du ein Geizhals bist." „Und du eine windige Existenz. Von mir kriegst du nichts, und das bleibt auch so." „Von dir brauche ich auch nichts."
Einmal nur und schon vor Jahren hatte er die Gesetze des Stehausschanks vergessen und gedacht, er könnte, weil bei der Sparkasse ein Konto hatte und den Chef kannte, leichter an einen Kredit kommen, und musste lernen, dass sich ein Ausschank von einer Bar in einem Nobelrestaurant unterschied. Hier zählte am nächsten Morgen nicht mehr, mit wem man am Abend zuvor gezecht und was auch immer beredet und ausgemacht hatte. Als er zur Filiale kam, durfte er zunächst einmal warten, bis Herbert Zeit fand, ihn zu empfangen. Dann wurde er von einer Angestellten in das moderne, nüchtern ausgestattete Büro des Chefs gebracht und fand dort einen anderen Mann als jenen, den er kannte. Herbert saß hinter seinem mit Unterlagen beladenen Schreibtisch vor einem großen Computerschirm und siezte ihn sogleich. „Ich habe mir Ihre Kontobewegungen angesehen. Viel ist das ja nicht. Haben sie noch Konten bei anderen Instituten?" „Festgeld, aber das will ich nicht anrühren." „Eine beträchtliche Summe?" „Einige Zehntausend, die sind erst in vier Jahren frei." „Wie sieht es mit Einkünften aus? Seit Monaten ist nichts mehr eingegangen." Er hatte versucht ihm zu erklären, dass er in Verhandlungen zu zwei Dokumentarfilmen stünde, die zögen

sich hin. „In der Ukraine, verstehen Sie, das ist dort ein wenig komplizierter, als hier." „So so, in der Ukraine, reicht Ihnen unser schönes Bayernland nicht mehr? Da gibt es so viele noch unentdeckte Flecken, wenn ich nur an das Altmühltal denke. Ich habe am Wochenende mit meiner Frau eine Radtour gemacht. Da sollten sie mal einen Film darüber drehen, eine wunderbare Landschaft, reiches kulturelles Erbe, Römer, Kelten, Germanen. Kennen Sie Pappenheim?" Wollte der jetzt Fernsehredakteur werden? Ihm reichten jene, die er kannte. Der sollte die Kohle rausrücken, mehr nicht. Die Vorstellung, dass der Suffkopf Fahrrad fuhr amüsierte ihn und er grinste ihn an. Herbert hatte wohl eine Antwort erwartet auf seinen Vorschlag, als keine kam, fuhr er fort: „Ich verstehe. Und die Filme sind sicher?" „Ich bin seit Jahren im Geschäft. Ich kenn das. Es dauert zuweilen, weil immer mehr Leute mitreden wollen. Vor zehn Jahren hat man ein Projekt mit dem Redakteur abgesprochen und ist zum Drehen gefahren. Sie wissen ja, wie sich die Dinge verändert haben." „Da haben Sie recht, auch ich muss inzwischen mehr berücksichtigen und ich fürchte ..." „Aber ich versichere Ihnen, dass das klappt. Es ist das übliche Spiel. Ich brauch einfach Geld, damit ich die Zeit überbrücken kann."
Wohlleben starrte auf den Schirm, tippte und seufzte schwer und wandte sich ihm wieder zu: „Ich weiß nicht recht, ich denke, Sie werden Ihre Reserven angreifen müssen. Ihr Wort in allen Ehren, aber ..." „Ich..." Er winkte abschätzig: „Wissen Sie, wenn ich mir die Bemerkung erlauben darf, Sie wirken auf mich ein wenig derangiert. Ich nehme an, dass dies auch von Ihren Vertragspartnern wahrgenommen wird. Heutzutage muss man auch durch den Auftritt überzeugen." Er drehte sich zu dem kleinen Beistelltisch, auf dem eine Wasserflasche stand und ein paar Gläser, goss ein und trank bedächtig ein paar Schlucke. „Okay, ich habe verstanden." Bevor er sich ihm wieder zuwenden konnte, war er aufgestanden und zur Tür gerannt. Er hörte Wohlleben etwas rufen, scherte sich nicht darum und stürmte durch den Kassenraum. Ihm war egal, was die Angestellten und Kunden dachten. Draußen auf der Straße rannte er weiter und bremste erst ab, nachdem er um die Ecke gehetzt und die Sparkasse außer Sichtweite war. „So ein Bastard! Derangiert! Der sollte sich einmal sehen, wenn er besoffen an der Theke herumlungerte!"

Nach diesem Vorfall ließ er sich eine Zeit lang bei Paul nicht mehr blicken. Die Verträge für die Ukrainefilme wurden unterschrieben und er reiste zunächst zum Recherchieren und danach zum Drehen in das Land. Es wurde eine schöne Arbeit mit gutem Ergebnis. Er fand Freunde in Lemberg und fuhr noch ein paar Mal für das Radio dorthin. Das Land war unter die Räuber gefallen und gespalten in seinem Herumirren zwischen Russland und der EU und dem Versuch eine eigene Zukunft zu finden. Als er nach einem halben Jahr wieder im Ausschank auftauchte, sah er Herbert zwischen den anderen stehen. Er winkte ihm zu und hob sein Glas. Er grüßte zurück. Er hatte seine Lektion verstanden. Es war kein Wort zu verlieren. Zwei gute Filme hatte er geschnitten, getextet und sollten bald ausgestrahlt werden. Die Honorare waren auf sein neues Konto überwiesen worden. Bei der Sparkasse dümpelten nur ein paar Euro von seinen Buchverkäufen. Herbert durfte ruhig glauben, dass dies sein einziges Einkommen sei. Dass erwachsene Männer so albern sein konnten. Die Welt würde untergehen, wenn dies so weiter ging.

Der Präsident betrachtet die heutige Pressemappe. Zuoberst liegen Berichte aus Pakistan, die in allen großen Zeitungen kommentiert werden. Dort heißt es, dass der Oberste Richter des High Court in Peshawar Drohnenangriffe in den pakistanischen Stammesgebieten als Kriegsverbrechen verurteilt und die USA aufgefordert habe, diese unverzüglich einzustellen. Er fordere die Regierung auf, den Fall vor den UNO-Sicherheitsrat zu bringen und die Einrichtung eines Kriegsverbrechertribunals zu verlangen. Der Präsident schaut auf und kann sich das Schmunzeln nicht verkneifen: Weiß der Provinzler nicht, dass sich noch nie ein Amerikaner vor einen internationalen Gerichtshof schleppen ließ, und schon gar nicht der Präsident der Vereinigten Staaten? Der Drohneneinsatz ist von ihm angeordnet worden und ist legitimes Mittel im Kampf gegen den Terror. Er dient dem Schutz und der Verteidigung der Freien Welt und wird durchgeführt, wo immer der Gegner sein Haupt erhebt.

Sie war ihm nicht ausgewichen seit jenem Sommer, hatte ihm aber deutlich gemacht, dass er keine Fortsetzung finden durfte, doch Freunde könnten sie bleiben und blieben es auch. Er ging mit seinen Problemen zu ihr, sie redeten miteinander, und zuweilen erzählte sie von sich selbst, von ihrer Arbeit, dem neuen Leben. Nach zwei Jahren hatte sie ihr Café fertig eingerichtet. In zwei Räumen saßen

nun Kunden, aßen, tranken und unterhielten sich. Die Nähe zur Uni brachte es mit sich, dass vom Vormittag bis in den frühen Abend hinein Betrieb herrschte. Nachdem Roman sein Studium begonnen hatte, verbrachte er seine Freistunden dort. Eines Tages war Lydia aufgetaucht und gehörte seitdem zu seinem Leben. Manchmal, wenn sie neben ihm lag, dachte er darüber nach, wie selbstverständlich es dazu gekommen war, denn bei ihrer ersten Begegnung hatte sie ihn eher irritiert, denn ihm gefallen. Während die anderen in Jeans und T-Shirt an diesem warmen Tag herumliefen, saß sie ihm im Kostüm gegenüber, und während er auf seinen Computer einhämmerte, zog sie einen Notizblock aus ihrer Aktentasche und durchblätterte ein paar Seiten. Sie bemerkte seinen Blick, lächelte und sagte leichthin: "Es ist völlig sinnlos alles aufzuschreiben, was die Professoren da drüben erzählen. Ein paar Anmerkungen genügen, denn sie referieren nur, was besser in ihren Büchern nachzulesen ist." „Woher willst du wissen, dass ich die Vorlesung nachschreibe." „Frischlinge an der Uni sind leicht zu erkennen", sagte sie nun offener lachend.
Als er, wie immer öfter, eines Nachmittags wartend an seinem Tisch saß und nach Lydia Ausschau hielt, kam die Tante zu ihm: „Sie ist ein ganz wunderbarer Mensch." „Wen meinst du?" er blickte sie treuherzig an. „Nun tu nicht so. Ich habe schon lange gemerkt, dass du dich Hals über Kopf verliebt hast." Vermutlich war er rot geworden und brabbelte etwas wie: „Außer in dich bin ich in keine verliebt." Beinahe böse hatte sie ihn zurechtgewiesen und gesagt, dass er Lydia festhalten solle. Ihr gefalle ihr Stil, ihre Zielstrebigkeit. „Zielstrebig bist du auch." Er zeigte in den Raum. „Ach das", abschätzig fast blickte sie sich um: „Du kennst den Preis nicht. Wie auch? Ich bin zu schade für dich. Du bist so ein kostbarer Mensch, den ich gar nicht verdiene." Kostbar fand er sich nun nicht gerade, denn während er herumsuchte und mit sich selbst nichts Rechtes anzufangen wusste, beendete Lydia ihr Studium internationalen Rechts und trat ihre Stellung bei der Bank an. „Verrückt sind die Weiber in diesem Land" hörte er vom Vater und grinste schief: „Toll, wenn einer so lebenserfahren war!"
Olha bemerkte ihn sofort, als er in den Laden kam. Sie winkte ihm zu und zeigte zu einem Tisch: „Ich komme gleich." Sie stellte ihm eine Cola hin. „Du hast dich rar gemacht in letzter Zeit." Elf Uhr und schon richtiger Betrieb. „Ich habe ein paar Minuten, also, was hast du auf dem Herzen?" „Eigentlich nichts. Ich habe einen Hund gekauft

und Lydia mag ihn nicht." „Aber du liebst sie doch?" „Wen?" „Lydia natürlich, du Träumer!" „Klar doch, deswegen habe ich doch Hund besorgt, damit sie nicht allein ist, wenn ich jetzt den ganzen Tag arbeite." „Du arbeitest jetzt den ganzen Tag? Bist du fertig mit deinem Studium?" Er schüttelte den Kopf: „Nein, das nicht, aber mein Professor hat mir eine Arbeit besorgt." Sie schaute ihn verwundert an und er fuhr eifrig fort; „Jetzt noch nicht, aber in einer Woche geht's los und dauert mindestens ein Jahr lang. Wahrscheinlich länger. Wir werden die Unterwelt von Lemberg erforschen und da..." „Aber Lydia arbeitet doch auch." „Ja genau, das ist ja das Problem, darüber habe ich nicht so genau nachgedacht." „Und jetzt?" „Ich dachte, du könntest mir helfen" er blickte zu ihr: „Pleite bin ich auch", grinste: „Hund braucht Futter. Das habe ich mich auch nicht so recht überlegt. Weißt du, er ist so ein drolliger kleiner Kerl. Vielleicht kannst du ihn brauchen. Er wird dir gefallen." Sie lachte: „Du bist unmöglich! Ich will keinen Hund. Ich habe genug Küken hier im Geschäft." „Er kann deine Kasse bewachen." „Keine Sorge, das mache ich schon lieber selbst." „Ich mag den Hund und will ihn nicht einfach aussetzen. Die Ukraine ist voller herrenloser Hunde Alle Leute kaufen Hunde und wissen nichts mit ihnen anzufangen. Bescheuert ist das!"

Er trank seine Cola leer, spielte mit der Flasche. Olha stand auf und strich ihm übers Haar, was er sich widerwillig gefallen ließ. „Du bist ein verrückter, aber ein lieber Kerl. Willst du noch eine Cola?" „Ich gehe heim. Hund wartet auf mich." Er wollte sich gleichfalls erheben, sie hielt ihn zurück. „Warte! Vielleicht weiß ich eine Lösung." Roman blickte fragend zu ihr auf. „Hast du nicht gesagt, dass Lydia mal davon geredet hat, dass sie ihrem Großvater einen Hund schenken wolle, weil er kaum noch aus dem Haus geht?" „Ja schon, aber das war vor einem halben Jahr und nur weil er angeblich dauernd vor dem Fernseher hockt und MTV anschaut, anstatt spazieren zu gehen." „Na also." „Aber der wohnt doch bei den Russen in Vinnitsa." „Bei den Russen?! Seit wann faselst du so einen Unsinn? Von dir hätte ich das nicht erwartet!" „Das ist mir so rausgerutscht..." Sie redete sich in Rage: „Rausgerutscht? Meine Großmutter mütterlicherseits kommt aus Russland. Schau mal auf die Landkarte. Das kann ich unseren Politikern auch empfehlen. Die sollen sich um das Wohl des Landes und seiner Menschen kümmern, anstatt sie aufeinander zu hetzen und sich selbst die Taschen vollzustopfen."

Richtig wütend war sie geworden. „Das habe ich nicht so gemeint." „Jeder meint, was er sagt. Mach doch, was du willst." Sie drehte sich weg und ging in die Küche. „Mist!" Jetzt hatte er das auch noch verbockt! Missmutig schlich er zur Tür hinaus und lief die Gasse entlang. Vielleicht war es tatsächlich keine so schlechte Idee, wenn er den Hund nach Vinnitsa brachte. Er mochte den alten Kauz. Er war Dorflehrer gewesen und arm sein Leben lang. Einmal, als er noch nicht lange verheiratet war, hatte er einen nicht geringen Betrag in der Lotterie gewonnen. Er verheimlichte dies vor seiner jungen Frau und kaufte in der Folgezeit Bücher von dem Geld. Erst als es aufgebraucht war, vertraute er sich ihr an. Sie betrachtete den Bücherschatz und sagte; „Und dabei habe ich mir schon so lange einen neuen Herd gewünscht." „Den kriegst du, ich habe ein paar Aufsätze geschrieben, wenn die veröffentlicht werden, kaufe ich dir einen Herd." Er erfüllte sein Versprechen. Wenn Roman Lydia bei ihren Besuchen im Elternhaus begleitete, hatte er oft und lange mit dem Alten in dessen Bücherstube gesessen und seinen Dorfgeschichten gelauscht. Warum er nun seine Liebe für MTV und Viva entdeckt hatte und stundenlang vor seinem neuen Fernseher saß, verstand niemand. Vielleicht vermisste er seine Frau, die vor ein paar Jahren gestorben war. Die letzten beiden Male war Lydia allein in Vinnitsa gewesen und hatte berichtet, dass er sich regelrecht von der Welt abkapsle. Ein Hund würde seine Einsamkeit aufbrechen. Roman beschloss den Alten zu überraschen. Es gab bloß ein Problem, er besaß kein Geld für den Bus. Olha war sauer und Lydia wollte er nicht fragen. Es blieb seine eiserne Reserve bei der Postbank. Er würde ja bald Lohn erhalten, regelmäßig.

Als thüringisch menschliches Niederwild, eine Bezeichnung, die Herbert Rosendorfer im ersten Band seiner deutschen Geschichte gebraucht, fühlte ich mich beim Beginn unserer Wohnungssuche in München, der Weltstadt mit dem versteinerten Herzen. Arme, Alte und Kranke waren nutzlos für die Gesellschaft, sie kosteten Geld und im Zuge der neuen Unbarmherzigkeit wurden sie an den Rand gedrängt und verbargen sich hinter den hübschen Fassaden bemühter Jugendlichkeit und den Geboten gesunder Lebensführung.
Ich lief durch die Schlucht der Gebsattelstraße am steinernen Bären vorbei durch das Brückentor, Inspirationsquelle und Handlungsort meines zweiten Stückes „Die schweren Hufe der Wolken" in die Unterstadt zur Isar hinab. Im großen Überschwemmungsraum

führten Rad- und Wanderwege bis nach Tölz und weiter noch bis zum Ursprung des Alpenflusses. So weit waren wir nie gelaufen, höchstens bis hinter den Tierpark, dort an der Kapelle vorbei und die Stiegen zur Harlachinger Einkehr hinaufgeklettert und wieder zurück in unser Viertel gegangen. Ein langer Spaziergang, der den Kopf lüftete und den Gedanken Freiheit gab. Zuweilen preschten Radfahrer hyperschnell, dem modernen Lebensgefühl entsprechend, den Isarhochuferweg entlang. Jogger waren selten geworden, dafür gab es immer mehr Leute mit Nordic-Walking-Stöcken. Manche, so schien es mir, trugen sie zur Zierde mit sich herum, denn sie berührten damit nur sanft den Boden, andere stachen verbissen hinein und schritten ohne Blicke für die Umgebung hurtig voran. Auch einige Hundehalter nutzten das schöne Wetter. Sie ließen sie frei herumhetzen und schauten ihren Lieblingen nach und zu, wie sie ihr Geschäft verrichteten und fremde Artgenossen beschnupperten, anknurrten oder ankläfften. Warum in München keiner seinen Hund an die Leine nahm, war mir ein Rätsel. Mag sein, dass sich hier anarchische Reste freien Bayerntums zeigten, aber wahrscheinlich eher Gleichgültigkeit gegenüber den Mitmenschen. Humorlos waren Hundebesitzer zudem, denn als ich einmal ein kleines Mädchen trösten wollte, das sich ängstlich an das Hosenbein seiner Mutter klammerte, weil ein riesiges Tier die beiden umschwänzelte, was seiner Besitzerin wunderbar gefiel, und zu dem Kind sagte, es brauche sich vor der herumlaufenden Gulaschsuppe nicht zu fürchten, zerrte die Frau das widerstrebende Tier wütend von dem Mädchen fort, warf mir vernichtende Blicke zu und stolzierte aufgebracht davon. Ich hatte das eher scherzend und des Kindes wegen gesagt und tatsächlich hupfte die Kleine offensichtlich erleichtert an der Hand ihrer Mutter weiter. Erst hinterher fiel mir ein, dass es in den letzten Monaten diverse Lebensmittelskandale gegeben hatte, mit Wildfleisch, Gammelfleisch und Fleischabfall, der verarbeitet und in den Handel gekommen war. Auch wurde Pferdefleisch auf wundersame Weise in Rindfleisch verwandelt und verkauft. Warum sollte mit Hundefleisch nicht Ähnliches geschehen oder schon geschehen sein? Der Verbraucher aß und erfuhr meist erst hinterher, was er gegessen hatte, denn Produzenten und Behörden hielten sich eher bedeckt, schließlich galt es den Ruf Bayerns zu wahren und so übel mochte Hundefleisch nicht sein, wenn es bei den Chinesen als Delikatesse galt.

In Zeiten der Globalisierung, McLuhan hatte seinerzeit noch vom globalen Dorf gesprochen, inzwischen hatte die Entwicklung auch die Metropolen erfasst, eigentlich alles, was kreucht und fleucht auf diesem Planeten, schien es mir durchaus wahrscheinlich, dass gewiefte Jungmanager und Managerinnen auch in der Lebensmittelindustrie ihr Unwesen trieben und Geschäftsmethoden ersannen, die zwar nicht astrein waren, aber die Bilanzen erheblich verbesserten. Nicht alle hatten schließlich Talent für die beliebten Börsenspiele, deren Ergebnisse jeden Abend vor der Tagesschau jedermann dargeboten wurden, ob es einem gefiel oder nicht. Peter Turrini hatte die Zustände auf den Punkt gebracht. In bekannter Drastik, so ein Zeitungsschreiber, hatte er gesagt: „Vor einigen Jahren hat es ja geheißen, dass uns die Ozonlöcher umbringen werden, aber inzwischen glaube ich, dass es eher die Arschlöcher sind, die in weißen Hemden und Hosenträgern, die die Welt in den Abgrund reißen."

Der Höhenweg führte an Trainingsplätzen, einem Tenniscourt und am Krankenhaus entlang, dessen Patienten lange schon mit ihren Angehörigen auf den Wegen zu sehen waren und mir immer wieder klar machten, wie glücklich wir doch waren, dass dies Schicksal uns nicht wiederfuhr. In den laubfreien Wintermonaten erlaubten die Bäume am Hang einen Blick auf die orthodoxe Klosterburg unten im Tal, in deren Turm ich mir eine mächtige Bibliothek vorstellte, in der ich gerne gearbeitet und gewohnt hätte. Hinter dem alten 60er Stadion gelangte man über zwei schmale Brücken hinüber zum Nockerberg. Dort in der Wirtschaft, der letzten großen Brauerei, die in der Innenstadt geblieben war, fand alljährlich zur Fastenzeit das Politikerderblecken statt. Der Brauch hatte seinen Sinn verloren, nachdem er in die Hände des Bayerischen Fernsehens gefallen war. Sein Meisterstück hatte der Sender 2013 geliefert, als die Kameras nur noch Prominente abfotografierten und die Moderatoren nach jeder auch noch so bescheidenen Pointe der vortragenden Kabarettisten schnurstracks zu den angesprochenen Politikern hetzten und nachfragten, wie sie denn die auf sie bezogenen Worte fänden. Armseligere Hofberichterstattung hatte ich nie gesehen und überlegte nach Schluss der Sendung, ob die verantwortlichen Redakteure denn nun von allen guten Geistern verlassen worden waren, nachdem sie offensichtlich schon länger ihren Verstand verloren hatten.

Vom Paulaner war es nur noch ein kurzer Gang an einem mächtigen Neubaublock entlang zu uns nach Hause. Nachbarn hatten sich hier eine Wohnung gekauft, mit Geld von den Eltern und durch Kredite finanziert. Die junge Frau meinte, dass sie nun wohl bis zum Ende ihres Lebens verschuldet sein würden. Sie war Anfang 30 und schien nicht so toll erfreut über diese Perspektive. Da ich Bauweise und Qualität heutiger Gebäude ein wenig kannte, wollte ich sie trösten und sagen, dass in vierzig oder fünfzig Jahren der Komplex eh nicht mehr stünde, unterließ es aber. Selbstverständlichkeiten brauchten nicht fortwährend ausgesprochen zu werden. Ich hätte Rückerts Gedicht zitieren können, doch wer hört schon auf die Worte der Dichter, die unerlässlich sind wie der Wind und der Regen für das Gedeihen des Lebens.

Mehr als vierzig Jahre wohnte ich in dieser schönen Stadt, sie war mir vertraut geworden mit ihren unterschiedlichen Ecken, Plätzen und Straßen. Seit die Gier die Vernunft besiegt hatte und die Spekulanten über das Häusermeer hergefallen waren, wurde es immer schwieriger eine bezahlbare Wohnung zu finden. Bekannte rieten uns dem Zufall zu vertrauen, doch der Zufall ließ auf sich warten, zu lange, und wir begannen uns anderswo umzusehen. Im nahen Umland war es nicht besser. Überall hatten die Vermieter das große Geld gerochen und wollten es einstreichen. So what? In einer Nachbarstraße standen seit Jahren zwei Wohnungen im ersten Stock leer. Als ich einmal den Hausbesitzer ansprach, schenkte er mir ein mitleidiges Lächeln und sagte: „Ja mei, die werden Sie sich nicht leisten können." 1600 Euro, die konnte und wollte ich nicht ausgeben, vermutlich auch andere nicht oder noch nicht. Ab und an wurden die Rollläden hochgezogen, dann wieder herabgelassen, ein bescheuertes Spiel, dessen Sinn ich nicht verstand, sogar verhutzelte Blumen tauchten manchmal auf den Fensterbänken auf. 100 Quadratmeter brauchten wir ohnehin nicht, obgleich es ein schönes Gefühl sein mag in hohen, weiten Räumen zu leben. Eine seltsame Welt ist dies, dachte ich oft, in der Menschen und Wohnungen nicht mehr zueinander finden. Von philippinischen Altenpflegerinnen hatte ich jüngst gelesen, die angeworben werden sollten, hier zu leben und zu arbeiten. Die werden sich schön wundern, wenn sie nach München kommen und wieder in Baracken landen, weil sie die Mieten für menschenwürdige Wohnungen nicht bezahlen können bei ihrem Gehalt.

Als Kind hat er davon geträumt, einmal Hausmeister oder Verwalter eines großen Gutes oder von einem wunderbarem Palast zu werden. Dann könnte er tagein tagaus in schöner Umgebung wohnen, während den Eigentümern von Pflichten und Terminen gehetzt nur wenige Stunden blieben. Auch ihm ist das Weiße Haus nur ein flüchtiger Aufenthaltsort, an dem ihm lediglich die späten Abendstunden besinnliche Momente schenken. Die Begleiter von Macht sind Unrast, Angst und Einsamkeit.

„Fällt das nicht unter Geheimhaltung?" „Alles, was du von mir gehört hast, kannst du in jeder wehrtechnischen Zeitschrift oder anderen Publikationen nachlesen. Diese Geheimniskrämerei ist der reine Schwachsinn. Außerdem sind so viele Ausländer und andere nur flüchtig überprüfte Leute in den Forschungs- und Entwicklungsabteilungen, dass du auch gleich auf den Marktplatz gehen und alles laut herausschreien kannst. Der Marktplatz ist heute das Internet." „Da würde ich wenig finden." „Blödsinn, du brauchst bloß Stichworte eingeben, dann findest du hunderte von Seiten, und mit ein wenig Übung noch tausende mehr. Da gehen dir die Augen über." „Du meinst Wikileaks?" „Wikileaks war ein Versuch mit dem Schwachsinn aufzuräumen, aber den haben zumindest deine Kollegen nicht kapiert oder besser kapiert, als sie glauben machen wollten, und geschickt alles niedergeschrieben, weil sie ihre Einzigartigkeit nicht verlieren wollten." „Journalismus ist ein Beruf wie jeder andere. Was soll daran einzigartig sein?" „Zugang zu Informationen, die Nähe zur Macht und die vermeintliche Teilhabe daran. Du bist ein Kleinkrämer, sonst würdest du nicht hier herumlungern." „Du hockst doch auch hier." „Ich bin ein kleines Licht in meiner Firma und will es auch bleiben. Wir sind alle kleine Lichter und hoffen, dass uns keiner draufkommt, bis wir in Rente gehen." „Aber Atomkraftwerke baust du nicht?" „Das können wir auch. Was ist, trinkst du noch eine Halbe?" „Wenn du mir erzählst, warum die Bundeswehr jetzt unbedingt Drohnen braucht." „Für Drohnen bin ich Spezialist." Er stand auf und drängte zur Theke um die Biere zu holen.

Es war voll geworden. Das Bier hing schwer in und an ihm. Morgen wird er in die Sauna gehen, ausnüchtern, die Seele putzen und ein neues Leben beginnen. Das Herumhängen bekam ihm nicht. Seit die Arbeit weggefallen war, fehlte die Ordnung im Tag und Busreisen mochte er nicht, soviel der Frisör auch davon schwärmte. Vielleicht sollte er sich ins Auto setzen und einfach losfahren. In Frankreich war er lange nicht mehr gewesen. In Sizilien noch nie. An der italienischen Küste entlang. Zeit hatte er ja und Geld auch. Aber allein? Vielleicht konnte er sein Archiv ordnen? Die Bücher und Unterlagen, das wollte er schon lange. Schwer hing das Gewicht der Welt im Tag.

„Also, was willst du wissen?" „Nix eigentlich. Keine Ahnung. Ich habe heute in der Zürcher einen Leitartikel gelesen, in dem der Verfasser die Meinung vertritt, dass ferngelenkte Angriffe weder wirkungslos noch amoralisch seien. Schon deshalb nicht, weil sie unter Zivilisten weniger Opfer forderten als die in Ländern wie Pakistan praktizierten Strafexpeditionen gegen ganze Landstriche. Der Mann hat doch einen an der Latte." Herbert grinste nur. „Was ich nicht verstehe, ist, dass diese Mordmaschinen entwickelt werden. Dass sich keiner darum schert und nachdenkt und dass die Amerikaner diese Dinger bedenkenlos einsetzen, in Pakistan, Afghanistan, Somalia, im Sudan, wo auch immer." „Ich kann dir noch ein paar Länder nennen, du würdest dich wundern." „Will ich gar nicht. Ich verstehe nur nicht, warum es keinen Aufschrei gibt. Stell dir vor, Castro kauft diese Dinger und räumt in Miami auf." „Das hatten wir schon mal, der wollte sogar einen Atomkrieg riskieren, wenn der Enzensberger recht hat. Aber die Großmächte wollten nicht mitmachen." „Ja gut, damals existierten noch die beiden Blöcke. Aber jetzt?" „Jetzt haben wir nur noch eine Supermacht und die bestimmt, wo's lang geht." „Und das Völkerrecht?" „Sag mal liest du nicht die Berichte und Kommentare von deinen Kollegen? Das Völkerrecht gilt nur für die anderen." „Und Castro, wenn er Drohnen nach Amerika schickt wie die Amis ins befreundete Pakistan?" „Castro hat keine Drohnen, der hat kaum noch Zucker, der hat abgewirtschaftet und macht sich bald davon. Vermutlich wird er sogar von den Amerikanern am Leben erhalten, damit ihre Bürger verstehen, wie bedroht sie sind in ihrem Hamburgerland." „Du bist ja noch besoffener als ich." „Ich weiß Maß zu halten." „Ich hol uns noch ein Bier." „Immerzu." Er drängte zur Theke und dachte darüber nach, dass er heimgehen sollte. Zur Ruhe kommen. Schlafen. Ein Buch lesen. Andere Gedanken finden und neue Perspektiven entwickeln.

In der Post hatte sich eine lange Schlange gebildet. Roman bemerkte an einem Schalter das deutsche Filmteam lauthals mit der Frau hinter dem Glas diskutieren. Lauthals war gut: während der bärtige

Deutsche brüllte und sich wütend zur wartenden Menge umdrehte, offensichtlich erhoffte er von dieser Hilfe, aber die Leute standen stumm und warteten ungerührt, bis er endlich verschwände und sie an die Reihe kämen, blaffte der Sicherheitsmann an der Treppe zur Halle in sein Funkgerät. Roman drängte sich nach vorne und fragte den erbosten Mann, ob er behilflich sein könne. „Was wollen Sie denn hier?" „Sie kennen mich doch?" „Ich kenne niemanden in diesem verdammten Land, unser Dolmetscher ist auf und davon und die Gans am Schalter versteht kein Wort Englisch oder will es nicht verstehen, obgleich die Aufschrift an diesem Schalter sagt, dass hier Englisch gesprochen wird." Er zeigte wütend auf den Aufkleber an der Scheibe, auf die ihn stoisch anschauende Frau und wandte den Blick dann zur Decke und schließlich zu Roman zurück. Der drängte an ihm vorbei, redete mit der Frau und sagte schließlich: „Ihre Kollegin ist gerade in der Pause und Sie hätten gleich herumgepoltert, dass sie vor Schreck ihr Englisch vergessen habe. Sie verstehe kein Wort von dem, was Sie eigentlich wollten und warum sie so unhöflich seien und unverschämt noch dazu." „Ich bin nicht unverschämt, aber der Geldautomat oben hat unsere Visakarte geschluckt und die will ich wieder haben." Er fuchtelte mit einer Visakarte vor Romans Nase herum. „Aber Sie haben sie doch in der Hand." Der Bärtige stutzte, betrachtete Hand und Karte und raunzte dann: „Aber das ist doch meine private, ich will die Firmenkarte und die hat der Automat gefressen." Roman wandte sich wieder an die Frau und erklärte die Sachlage. Sie antwortete und er übersetzte. „Sie meint, sie habe sich schon gewundert, warum Sie ihr dauernd Ihre Visakarte zeigten. Die Geldautomaten stünden oben im Vorraum. Er solle den rechten nehmen, der linke sei seit Tagen kaputt, das stehe auf dem Zettel neben dem Display. Da steckten schon haufenweise Karten drinnen und woher solle sie denn ahnen, dass auch seine drinnen stecke, wenn er sie doch in der Hand halte." Nun mischte sich der Dicke ein und der dritte der Deutschen nickte dazu: „Da war kein Zettel, das kann ich bezeugen." Roman sagte das der Frau. Die zuckte mit der Schulter. „Sie sagt, dann müsse jemand den Zettel abgerissen haben. Das wisse sie nicht. Sie sitze den ganzen Tag hier am Schalter. Da solle er mit dem zuständigen Kollegen sprechen, aber der sei auch in der Pause." „Und wann kommt er wieder?" Sie zuckte erneut mit der Schulter: „Hat er mir nicht gesagt, aber vielleicht kommen die IT-Leute und reparieren den Geldautomaten. Der Deutsche muss eben warten, wie unsere Landsleute auch und erst mal den Schalter frei machen, schließlich habe ich noch andere Kunden, und die warten geduldig und schreien nicht herum. Sagen Sie ihm, daran soll er sich ein Beispiel nehmen, schließlich ist er Gast in der Ukraine und hier nicht daheim." Sie schaute Roman eindringlich an und nachdem er übersetzt hatte, wandte sich der Bärtige der Frau zu, wollte etwas sagen, unterließ es dann, drehte sich abrupt um, packte Roman am Arm, winkte seinen Kollegen und führte alle aus der Halle nach oben an den Geldautomaten vorbei, an dem in der Tat kein Zettel hing. Roman sah, dass ein Papier daneben auf dem Boden lag und wollte sich schon bücken, doch der Mann winkte resignierend ab und fragte, ob er ihnen helfen könne, ein Kollege warte draußen im Auto, sie müssten weiter und hätten keine Zeit, sich um den Scheiß zu kümmern, das Postamt könne der Teufel holen mitsamt der Visakarte.

Wenn man die Autobahnrennstrecke München-Salzburg geschafft hatte, hielten sich die meisten Irren zwar fluchend aber immerhin an die Höchstgeschwindigkeit von hundertdreißig Stundenkilometern im Nachbarland, denn dessen Bewohner, gastfreundlich zwar, verwegen auch, wenn sie von ihren Bergen auf Schiern zu Tal stürzten, zuweilen freilich hinterlistig und voller Niedertracht, so dass fortwährend Dichter und Literaten der Heimat den Rücken zukehrten, befolgten die Gebote der Obrigkeit, zumindest solche, die Geschwindigkeit betreffend. Dergleichen Maßnahmen waren in Deutschland nicht durchzusetzen, weil der freie Bürger des seit ein paar Jahrzehnten wiedervereinigten Landes sich nicht in die Knechtschaft höchst fragwürdiger Verkehrsvorschriften begab. Allerdings hatten die intelligenten Autobauer im Wissen um den äußerst bedenklichen mentalen Zustand ihrer Pappenheimer in den letzten Jahrzehnten zahlreiche Sicherheitskomponenten ersonnen und in die Fahrzeuge eingebaut, so dass, wenn das so weitergehen sollte, die Autos bald alleine fuhren, was dann jegliche Insassen überflüssig machte, insbesondere die Pappenheimer. Die würden dann von daheim am Computer ihre Blechteile über die Autobahnen schießen lassen können, was vermutlich vernünftig war, obgleich sie auch heute schon rabenschwarze Fahrzeuge bevorzugten mit getönten Scheiben, damit einem ihr Anblick erspart blieb.

Kurz hinter Salzburg war für normale Menschen die Autobahn Richtung Wien wieder befahrbar, doch hatte sich nach dem Mondsee die Landschaft in Nichts aufgelöst, weil nur noch die Wände der Lärmschutzverbauung zu sehen waren und eben die Fahrbahn. Das mochte zwar gut für die Anlieger sein, weil sie ihre Ruhe hatten, obgleich die Abgase hochgewirbelt die Zäune überflogen und je nach Wind sich auf Wald und Flur niedersenkten, wie Krähen auf einem Feld, aber nicht so beschaulich für die Autofahrer. Erst hinter Linz änderte sich dies, weil dort weniger Leute wohnten und später vor Wien wurde nach Preßbaum zwar seit Jahren die Fahrbahn erneuert, aber keine Wände waren aufgestellt, der Wald dort galt offensichtlich nicht als schützenswert und Wild, falls solches dort noch herumstrich, hatte sich zu fügen.

Diesmal nahmen wir Quartier im 2. Bezirk in der Leopoldstadt hinter dem Donaukanal. Ein verwirrendes Gemisch aus alten Bürgerhäusern, Gemeindebauten und neuen Glas- und Betonpalästen. Die Beamten der Lokalbaukommission, oder wer auch immer dafür zuständig war, saßen vermutlich lieber in Grinzing beim Heurigen, beim Sturm oder zu anderer Jahreszeit bei Brotzeit und Wein, als in ihren Amtsstuben. War nicht zu tadeln. Auch die Besitzer der Altbauten nahmen die Sache gelassen: nachdem alter Putz in Treppenhaus und Flur abgeschlagen war, diverse Farbschichten abgewaschen und Keller und Speicher vom Unrat der Jahrzehnte befreit worden waren, ruhte die Arbeit, bis neuer Elan und frisches Geld sich eingefunden hatten, damit mit der Renovierung fortgefahren werden konnte. Eigentlich eine sympathische Haltung und nicht so zwanghaft wie in der Isarstadt, wo der in einer Reihenhaussiedlung sich nicht fügende Bewohner erschossen, erdolcht, zumindest aber gebrandmarkt wurde, wenn er sich dem Erneuerungs- und Ordnungswahn bei Fassaden- oder Gartengestaltung ihrer Nachbarn nicht freiwillig unterwarf.

Wir liefen die Straßenbahngasse entlang zum Augarten. Die Schösslinge in den Blumenbeeten reckten sich zaghaft der Sonne entgegen. In der Ferne ragte zwischen ein paar Bäumen der Flakturm empor. Böse, gewaltig, desto näher wir kamen. Eine Welt, die solche Bauwerke braucht, hat sich schon aufgegeben. Wie klein man war, stand man davor. Ausgeliefert! Ich hatte ähnliche Empfindungen, als ich den Neubau des Kanzleramtes in Berlin zum ersten Mal sah. Welch obszöner Ausdruck von Macht! Wie weit war dieses Land schon wieder einmal verkommen, wenn es dergleichen Architektur brauchte? Bemerkte dies denn keiner? Am nächsten Vormittag saßen wir in einem kleinen Café. Ein Familienbetrieb wie es schien. Ein altes Ehepaar am Nebentisch. Die Frau las Zeitung, der Mann verzehrte ein frühes Mittagsmahl. Sie fragte ihn, ob er sich an seine Träume erinnere. Sie träume lebhaft und lange, doch wenige Minuten nach dem Aufwachen habe sie fast alles vergessen. Manchmal bleibe ein wohliges Gefühl zurück, zuweilen ein Schrecken, der noch ein paar Stunden in den Tag hineinrage. Der Mann beendete seine Mahlzeit und die Kellnerin kam, betrachtete den Teller und fragte, ob sie den Rest einpacken solle, dann hätten sie am Abend noch eine Mahlzeit. Die Frau nickte und meinte, sie gingen jetzt heim um sich ein wenig hinzulegen. Später vor der Dämmerung wollten sie noch einen Spaziergang machen. Sie zahlten und erhoben sich bald, während uns die Getränke und Speisen gebracht wurden. Wohl eine Stunde blieben wir in diesem Raum, redeten miteinander. Andere Gäste erschienen nicht.

Der Tag nahm eine überraschende Wendung für Roman. Zwei Stunden später saß er im Bus der Deutschen und war unterwegs nach Osten. Es ging nach Uman mit Zwischenstopp in Vinnitsa, wo er Hund abliefern wollte, der zwischen seinen Füßen lag und schlief. Höchst seltsam wie die Dinge sich manchmal entwickelten und 50 Dollar pro Tag waren nicht übel. Eine knappe Woche sollte die Reise dauern. Lydia war nicht begeistert. Als er sie anrief, hatte sie nur gefaucht, was er jetzt wieder für einen Unsinn mache, ob er nicht einmal im Leben Vernunft annehmen und einfach nur ein Ziel verfolgen könne anstelle sieben zur gleichen Zeit. Was denn mit der Grabung sei? „Da bin ich rechtzeitig zurück. Es sind nur ein paar Tage. Außerdem lasse ich Hund bei deinem Großvater. Das ist doch eine gute Idee." „Mach doch, was du willst." Sie hatte aufgelegt. Toll, gleich mit zwei Frauen hatte er es sich heute verdorben und saß nun eingeklemmt in einem blauen Bus. Links las der Kameraassistent in einem dicken Follettwälzer, rechts von ihm starrte der Bärtige aus dem Fenster, vorne neben dem Fahrer paffte der Kameramann eine Pfeife nach der anderen. Die Sonne schien und die Straße war wenig befahren. An den Straßenrändern tauchten ab und an blaugeschmückte Kreuze auf und erinnerten daran, dass der Weg voller Gefahren war. Er hatte dem Bärtigen erzählt, dass er Uman kannte. Das war gelogen. Vor zehn Jahren war er einmal mit dem Vater in der Stadt gewesen, weil dieser eine Statue im Sophienpark aufgestellt hatte und der Großvater Lydias hatte ihm später zwei Artikel in die Hand gedrückt, die er über den Park, über Rabbi Nachman und die Geschichte der Juden in Uman geschrieben hatte. Die hatte er gelesen und verkramt, vielleicht konnte er mit ihm reden und sich einiges erzählen lassen, wenn er heute bei ihm übernachtete. Er ärgerte sich über seine Angeberei, aber irgendwie war ihm die Fahrt nach Uman als Lösung seiner Probleme erschienen. Jetzt war er Dolmetscher, Reiseführer und Experte für ukrainische Angelegenheiten. Immerhin war es ihm gelungen, die Visakarte wieder zu beschaffen. Dies hatte den Ausschlag gegeben, dass sie ihm den gutbezahlten Job angeboten hatten. Scheißgeld! Lydia verdiente das ihre ganz selbstverständlich und in ein paar Stunden würde sie heimkehren in die leere Wohnung und wütend ihre Handtasche auf die Kommode knallen. Sie waren so stolz gewesen, als sie die beiden Zimmer fanden und mieten konnten. Lydia hatte den Vertrag unterschrieben, weil sie diejenige war, die über ein festes Einkommen verfügte. Sie war einfach lebenstüchtiger als er. Vielleicht galt dies für alle Frauen. Die Mutter schien ihm robuster als der Vater. Der hüllte seine Schwächen in Kunst und Ruhm. Roman konnte sich nicht erinnern, dass er die Mutter je so sprunghaft erlebt hatte wie den Vater: einmal himmelhoch jauchzend und dann wieder in Trübsinn versinkend. Auch Olha hatte sich von keinen Einwänden beirren lassen. Ihn wurmte sein dummer Satz, bescheuert war der und entsprach in keiner Weise seinem Denken. Er hatte ihn herausgeplappert ohne Sinn und Verstand. Nichts hatte er gegen die Russen. Er hatte mehr Bücher russischer Autoren gelesen als von Ukrainern. Er liebte sein Land, doch nicht auf solch erbärmliche Weise wie es jetzt von den Nationalisten den Leuten eingetrichtert wurde. Auf dem Markt hatte er Russen und Ukrainer getroffen und sich nicht darum geschert, welcher Nationalität sie angehörten. Während des Studiums war es nicht anders, wen kümmerte es schon, ob Eltern oder Großeltern Russen oder Ukrainer waren oder Armenier oder Tataren. Vermutlich konnte man in der gesamten Ukraine keine reinrassige Familie finden. Nirgendwo auf der Welt. Selbst in der Südsee nicht. Als Captain Cook die Inseln entdeckte, boten die Eingeborenen den Seeleuten ihre Frauen freiwillig an und später fielen die Matrosen der Handelsschiffe über die Inseln her und veranstalteten regelrechte Hetzjagden auf sie. Auch bei den Eskimo, so hatte er gelesen, war es lange üblich, dass die Frau das Lager des Gastes teilte. Was sollte also das Geschwätz von der Reinheit der Rasse? Suchten denn nicht alle Menschen und allerorten nur Freude und Glück, Ruhe und Frieden und wünschten ein zufriedenes Leben für sich und die ihren?

„Wie lange dauert es denn noch?" Der dicke Kameramann moserte, nachdem er allmählich den gesamten Innenraum des Busses mit seiner Pfeife eingeräuchert hatte. Offensichtlich brauchte er ein größeres Betätigungsfeld. Roman schaute nach draußen, sie passierten Chmielnicki, also würde es noch eine Zeit lang dauern. Früher war er oft hier gewesen, weil in der Stadt der größte Markt der westlichen Ukraine existierte. Alles, was man brauchte, gab es auf dem Gelände zu kaufen. Ein wahres Paradies, wenn man Geld besaß. Komisch, damals hatte er kaum über Geld nachgedacht. Erst seit er mit Lydia zusammen war, spielte Geld eine immer größere Rolle in seinem, in ihrer beider Leben. Eigentlich ärgerlich, denn Lydia verdiente genug für sie beide. Aber wenn sie miteinander stritten, konnte sie es sich immer häufiger nicht verkneifen, ein paar spitze Worte fallen zu lassen, dass sein Beitrag zur Haushaltskasse zu wünschen übrig lasse. Noch ärgerlicher fand er sein schlechtes Gewissen, wenn er lesend in der Wohnung saß, während sie staubsaugte, kochte oder sonst wie herumfuhrwerkte. Ihm schien, seine Kumpel hätten nicht solche Probleme. Jüngst hatte sie sogar angefangen von einem Auto zu reden! Wozu brauchten sie ein Auto? Weder sie noch er besaßen einen Führerschein. Außerdem waren die meisten Straßen Lembergs derart marode, dass höchstens ein Moskwitsch und ein Wolga dort fahren konnten. Die aber wollte sie nicht, sondern schwärmte von einem Japaner oder einem Renault Clio. Wozu? Sie wohnten im Zentrum und erreichten alles zu Fuß. Wenn sie einmal verreisen wollten, dann konnten sie Bus oder Bahn benutzen. Das war nicht nur billiger sondern auch viel abenteuerlicher. Im Nachtzug von Kiew waren sie bei der Heimfahrt einmal in einem total überheizten Abteil gelandet. Sofort hatten sie die Tür verriegelt, sich ausgezogen und waren zufrieden und ein wenig übernächtigt am nächsten Morgen in Lemberg ausgestiegen. Auf dem Bahnsteig hörten sie die Reisenden aus dem Nachbarabteil schimpfen, weil bei ihnen die Heizung überhaupt nicht funktioniert hatte, so dass einige, wie deutlich zu riechen war, nur mit reichlich

Wodka die Fahrt überstanden hatten. Dergleichen erlebte man nicht, wenn man im eigenen Auto fuhr.

Plötzlich bremste der Fahrer abrupt, lenkte den Bus auf den Seitenstreifen, wo er schlingernd nach endloser Zeit zum Stehen kam. „Bist du wahnsinnig geworden? Willst du uns umbringen?" brüllte der Kameramann und schaute wütend zu seinem Nebenmann. Auch der bärtige Regisseur beugte sich nach vorne: „Was ist denn los, Asse, um Gottes willen?" Der Fahrer hielt seine Hände krampfhaft am Steuer, beugte sich nach vorne und flüsterte: „Scheisse, ich habe nicht gesehen, dass da Rollsplitt liegt. Die Öllampe brennt. Ich muss nachfüllen." „Das geht ja auch behutsamer." „Ist ja nichts passiert." „Nichts passiert. Mir stehen die Haare zu Berge und meine Pfeife wäre beinahe durch die Frontscheibe gekracht" blaffte der Kameramann. Roman war erschrocken und froh, dass der Gurt gehalten hatte und er nicht der Pfeife gefolgt war. Er fuhr mit der Hand unter den Gurt auf der Brust, wahrscheinlich würde sich dort ein blauer Fleck bilden. Sein Nachbar hatte nur kurz sich am Vordersitz abstützend von seinem Follett hochgeblickt, „Lauter Irre!" gemurmelt und weitergelesen.

Roman mochte Follett nicht. Er hatte gerade die Wächtertrilogie von Lukianenko angefangen und daheim liegen lassen. Die Russen schrieben einfach besser als Engländer oder Amerikaner, deren Bücher jetzt die Regale der Läden verstopften. An Lesskow, seinem Lieblingsautor, kam keiner vorbei. Während der Fahrer ausstieg, von hinten Öl holte und nach vorne ging um die Motorhaube zu öffnen, erzählte ihm der Regisseur, dass sie vor einer Woche in den Karpaten einem Einheimischen vertraut hatten, der ihnen einen Waldweg zu einem angeblich fantastischen Aussichtspunkt gewiesen hatte. Nur war der Weg derart mit Sträuchern und Büschen zwischen knorrigen Kiefern überwachsen, dass sie nur mit Vollgas durchpreschen konnten. „Das versuchten wir auch und nach wenigen Metern krachte es fürchterlich. Der Bus war auf einen Baumstumpf gelandet. Wir stiegen aus das Malheur zu begutachten und stellten fest, dass die Ölwanne leckte. Na wunderbar! Aber viel mulmiger wurde uns, als Asse, der vor Schreck erst einmal austreten musste, wieder aus dem Gebüsch auftauchte und sagte, da hätten wir aber Glück gehabt, denn hinter dem Dickicht sei der Weg abgerutscht und es gehe so um die fünfzig Meter in die Tiefe. Und alles nur, weil die Pfeife von Kameramann kein Bild dreht, das nicht

mit dem Auto zu erreichen ist." Die Pfeife hatte zugehört und sagte: „Kein Bild ist es wert, dass man seine Gesundheit aufs Spiel setzt und mit der Ausrüstung kilometerweit durch die Pampa rennt." „Habe ich gelernt", sagte der Regisseur: „Aber die fünfzig Meter hätten gereicht." „Was willst du, bloß die Ölwanne war kaputt. Nicht geländetauglich der Karren. Außerdem haben wir bei der Reparatur in dem Tatarendorf tolle Bilder gedreht. Ich sag dir immer, der Zufall beschert die besten Einstellungen. Du brauchst nur die Augen aufmachen." „Kann ich nicht, wenn du das Auto derart einnebelst mit deinem Pfeifenrauch."
Hund, der bisher still zu Romans Füßen gelegen hatte, rappelte sich auf und winselte. „Solange die Töle im Auto ist rauche ich soviel ich will. Ich hasse Hunde und riechen kann ich sie schon gar nicht." Der Regisseur öffnete die Schiebetür und schaute zu Roman: „Vielleicht sollte er mal nach draußen." Er stieg aus. Roman folgte mit Hund und führte ihn zum Straßenrand. Hund streckte sich und verrichtete sein Geschäft. Roman sah zu wie der Fahrer den Ölstand prüfte und offensichtlich zufrieden die Motorhaube wieder schloss. Er hörte, wie im Auto heftig weiter diskutiert wurde. Lediglich der Assi saß still und las ungerührt in seinem Follettband. Vielleicht sollte er doch seine Meinung ändern und ein weiteres Buch des Engländers lesen. Ein Gläschen wäre auch nicht schlecht. Schlechte Stimmung auf einmal!
Als sie weiterfuhren, fragte Roman den Bärtigen, was für einen Film sie eigentlich machten. Nur widerwillig fing der zu reden an, beruhigte sich dann aber und erklärte, dass es eigentlich zwei Dokumentarfilme seien. Jetzt drehten sie einen ersten Teil, dann werde er in München das Material sichten und im Herbst würden sie wiederkommen, den Rest drehen und hoffentlich grandiose Herbstfarben finden. Es gehe ihm um die Landschaft und die Menschen, die in ihr lebten, nicht um Politik oder ähnlichen Kram. Er hasse Politik und Politiker. In keinem Land mehr verfolgten diese die Interessen ihres Volkes. Die Ukraine sei so lange außerhalb des Blickfelds der Westeuropäer gelegen, dass es allmählich Zeit sei, das Land und seine Menschen wieder aus dem Dunkel herauszuholen. „Als ich im Sender gesagt habe, ich will einen Film über die Huzulen drehen, haben mich die Leute gefragt, was ich in Afrika will. Kein Mensch weiß mehr, dass bis zu dem unsäglichen Zweiten Weltkrieg die reichen Bürger aus Wien und sogar Paris ihre Sommerfrische in den

Karpaten verbracht haben." Stanislaw Vincent habe ein wunderbares Buch über die Huzulen geschrieben. Der Scheiß-Kalte-Krieg habe alle Erinnerung gelöscht und es sei Zeit daran etwas zu ändern. Die Ukraine sei flächenmäßig nicht nur das größte Land Europas, sondern landschaftlich auch eines der schönsten.
Roman hörte mit wachsender Verblüffung zu. Er hatte geringen Kontakt zu Ausländern, wusste aber, wie sie tickten, redeten, von kaum etwas eine Ahnung hatten und auch keine haben wollten. Sie mäkelten an den schlechten Straßen in Lemberg herum, beklagten den elenden Zustand der Fassaden der alten Bürgerhäuser und benahmen sich in den Restaurants und Cafés, als ob diese ihnen selbst gehörten. Als der andere schwieg, sagte er ihm dies. „Ist mir klar", erhielt er zur Antwort „Als ich das erste Mal in die Ukraine reiste, tobte der Jugoslawienkrieg noch, der fürchterliche Tabubruch auf dem europäischen Kontinent, und eine Kollegin wünschte mir viel Glück bei meiner Reise, weil ich ja, wie sie in geographischer Unkenntnis, aber lieb, davon ausging, dass ich durch Jugoslawien fahren müsse. Solche Ahnungslosigkeit ist heute normal im einstigen Land der Dichter und Denker. Ich habe mal einen Jugendspielfilm mit dem Kabarettisten Eckes gemacht, der galt als kritisch und links, und während der Dreharbeiten hatte er einen Auftritt beim baden-württembergischen Jungunternehmerverband, weil die wissen wollten, was er am System auszusetzen habe, das ihnen recht gut gefiel. Zu der Veranstaltung hat er mich mitgenommen und bei der anschließenden Diskussion ging's dann auch um den Osten, speziell um unsere Brüder und Schwestern in der DDR, weil die gab's ja damals noch, 1979 war das. Es stellte sich heraus, dass die Jungunternehmer fürchterliche Angst vor den geschulten Ideologen aus dem Nachbarland hatten, die dermaßen gut zu argumentieren wüssten, dass kein Kraut dagegen gewachsen wäre. Die zitterten regelrecht, also ich hielt mich am Tisch fest, damit ich nicht vom Stuhl fiel. Heute sitzen die in den Vorstandsetagen der neuen Konzerne, haben die große Klappe und machen glänzende Geschäfte mit ihren Oligarchenfreunden aus Russland, wenn diese nicht gerade westliche Fußballclubs, Villen und Schlösser kaufen oder zum europäischen Gerichtshof nach Straßburg hetzen, weil sie sich in ihren demokratischen Bemühungen und Rechten verfolgt fühlen, wenn irgend ein Gericht daheim mal nachschauen möchte, wie sie eigentlich zu ihren Milliarden gekommen sind. Ärgerlich finden manche

nur, dass die Russen die Schweizer Nobelorte und Herbergen in Beschlag genommen haben, so dass sie selbst kaum noch dorthin fahren könnten. Ständig feierten sie Orgien, nach denen eigentlich das gesamte Hotelpersonal auszutauschen sei, weil die eine Hälfte total zugedröhnt durch die Gänge stolpere und die andere sich ziere den Rotz aufzuräumen. Dann diese Unsitte, die Juweliere vor der Zimmertüre Schlange stehen zu lassen! Alles zeuge davon, dass da doch noch einiges im Argen liege. Kaum noch Plätze, wo die Reichen und Schönen gediegen relaxen und ihren Wohlstand genießen können. Ein Elend ist das!" „Klar" fuhr er fort, die Menschheit wachse ständig, es bleibe immer weniger Raum für den Einzelnen und die Globalisierung mache auch vor den Reichen nicht Halt. Immer dichter müssten sie zusammenrücken, wenn sie mal ihre wohlverdiente Ruhe haben wollten. Er schaute ihn schmunzelnd an. „Vor ein paar Jahren hat uns ein Cousin aus Kanada mit seinen Eltern besucht", sagte Roman „Sein einziges Interesse an Lemberg galt den Bordellen, und weil ich keines kannte, sind wir in ein Taxi gestiegen und der Fahrer hat uns zur Ringstraße gebracht. Ich habe vor dem Gebäude gewartet. Das habe ich nie vergessen." Der Bärtige lachte: „Roman, wo lebst du? Die Frauen sind hier billig wie auch der Schnaps. So viel weiß man im Ausland über dein Land." „Das ist nicht meine Ukraine!" er wurde heftig und eine Zeit lang standen nur die Fahrgeräusche zwischen ihnen. Dann legte der Bärtige die Hand auf Romans Arm und meinte: „Du hast ja recht. Mit meinen Filmen bin ich auf der Suche nach eben diesem anderen Land. Ein wenig stochere ich in der Geschichte herum und ein wenig in der Gegenwart. Die Geschichte kann man in Büchern nachlesen, die Gegenwart ist schwieriger zu erkennen, wenn ich die Sprache nicht verstehe und immer nur ein paar Wochen im Lande bin. Ich bin auf Dolmetscher angewiesen und die meisten präsentieren dir das Bild, von dem sie glauben, dass du es sehen willst. Das Bild, das sie aus den westlichen Medien kennen. Ich bin vor zwanzig Jahren mal in Warschau bei Interpress vorbeigelaufen und habe ein Gespräch eines Korrespondenten mit seiner Dolmetscherin belauscht. Der Typ freute sich wie ein Schneekönig, dass er mit seinen Artikeln auf der Linie der anderen lag. Wäre ich sein Chefredakteur gewesen, ich hätte ihn auf der Stelle entlassen. So viel Einfalt kann ich nicht ertragen. Aber, wie gesagt, bei unseren Filmen steht die Landschaft im Vordergrund und darüber hinaus will ich von ein paar Menschen erzählen. Einfachen Leuten, die vielleicht eine besondere Geschichte haben, keine Politiker oder Wirtschaftsbosse. Davon haben wir bisher nicht so viele aufgetrieben. Darauf will ich mich konzentrieren, wenn wir in ein paar Monaten wieder herkommen. Erst einmal will ich ein Gefühl für das Land kriegen." „Vielleicht wüsste ich jemanden." Roman erzählte von Lydias Großvater, von seiner Bücherleidenschaft, dem Lotteriegewinn und davon, dass er Zeit seines Lebens Dorfschullehrer war. „So einer wäre nicht schlecht. Wohnt der in Lemberg?" „Nein in Vinnitsa, ich will Hund zu ihm bringen, deswegen ist er ja dabei." Er tätschelte Hunds Kopf, der sich das zufrieden gefallen ließ. „Ja meinst du, da könnten wir morgen Vormittag drehen?" „Warum nicht. Eigentlich erzählt er ganz gerne." „Dann machen wir das. Weißt du, das ist ein Gesetz beim Dokumentarfilm, wenn du etwas siehst oder hörst, musst du das sofort drehen. Wenn du es auf später verschiebst, ist meistens alles anders." Er schien zufrieden und lehnte sich wieder an die Scheibe und schaute zum Fenster hinaus. Roman überlegte, ob er Lydia anrufen sollte. Das hatte Zeit. Eine Stunde lang war sie noch im Büro. Er würde sie von den Großeltern aus anrufen und mit der Neuigkeit überraschen. Vermutlich war sie immer noch sauer, dass er Knall auf Fall weggefahren war.

Die Lobbyisten drängen ihn in den Krieg und es gilt abzuwägen, was wichtig ist. Töricht, wenn jemand denkt, der amerikanische Präsident sei frei in seinen Entscheidungen. Vermutlich ist er weniger frei, als der geringste Bürger seines Landes. Er stutzt und denkt über diesen Gedanken nach, malt Stichmännchen auf das Papier vor ihm auf dem Tisch. Wirft den Bleistift in die Schale. Wie weit ist er inzwischen von den Menschen abgerückt. Ist er noch Mensch? Er, der Präsident der Vereinigten Staaten, der sich kaum noch erinnert, für welche Ideale er angetreten ist. Hat er damals daran geglaubt? Wann erfolgte der Bruch? Warum hat er ihn nicht wahrgenommen? Er hat eine Aufgabe. Welche? Wem ist er mehr verpflichtet, dem Volk oder den Interessengruppen, die ihn jagen wie einen räudigen Hund. Der Gang durch die Ebene. Die Wüste von Nevada. Selbst er kennt nicht alle geheimen Basen in seinem Land. Tand das Gebilde aus Menschenhand!

Hier im Ausschank gab es keine Zukunft für ihn. Zwischen trüben Gästen und vielen Bieren konnte er nur untergehen. Herbert wartete schon, als er mit den neuen Gläsern zurückkam, und grinste ihn an: „Ich meine, du machst dir einfach zu viele Gedanken." „Tue ich das?" „Logisch, keiner außer dir schert sich um Drohnen." „Die Menschen in den betroffenen Ländern schon." „Die zählen nicht." „Das sind Menschen wie wir." Herbert trank und schaute ihn nachdenklich an: „Du hast einfach die amerikanische Mentalität nicht verstanden. Amerikaner schauen auf alle herab, die keine Amerikaner sind. Das ist eine stillschweigende Übereinkunft, der man sich anschließt, sobald man einen amerikanischen Pass in der Tasche hat. Das Militär und die CIA sind nur die Spitze dieser Perversion." „Wie erklärst du dir das?" „Mei, da kannst du bei den Indianern anfangen, die fast ausgerottet wurden, dann gab es die Negersklaven. Und als die USA anfingen Weltpolitik zu machen, änderte sich wenig. Die Worte über die Deutschen im Ersten Weltkrieg. Über die Japaner im Zweiten. Vietnam und die Aussagen über den Vietcong. Mittelamerika. Der Irak, Afghanistan und Pakistan. Überall dasselbe Muster. Wo immer sie auftauchten, hatten sie keine Achtung vor den Einheimischen und ihren Sitten, ihrer Kultur. Macht und Wirtschaftsinteressen bestimmten ihr Handeln. Und Kindersoldaten schickten sie an die Front." „Kindersoldaten kämpfen in Afrika." „Die Burschen sind achtzehn, zwanzig, dreiundzwanzig. Heutzutage ist jeder im sogenannten Westen unter fünfundzwanzig ein Kind, und die reifen im Krieg nicht zu Männern oder Frauen heran, ihre Entwicklung bricht ab. Nach der Militärzeit taumeln sie verstört durch die Gegend, nur wenige finden in normalen Alltag zurück. Dem abzuhelfen und seelische Konflikte auszuschließen oder zumindest einzudämmen, werden neue Waffen und Systeme entwickelt. Kapierst du das?" „Nein, will ich auch nicht, weil ..." „Weil, weil, weil, wenn die Welt nur aus Weil bestünde, käme gar nichts voran." „Auf den Fortschritt der Waffentechnik kann ich verzichten." „Die Drohnen sind erst der Anfang, inzwischen wird längst an der Entwicklung von Kampfrobotern gearbeitet." „Rambo schwächelt also, ich habe schon bei dem ersten Film vermutet, dass der nicht ganz dicht ist." Herbert trank und musterte ihn durch sein Glas: „Ich habe noch eine gute Nachricht für dich." „Ich wusste gar nicht, dass ich heute Geburtstag habe." „Es ist auch kein Geburtstaggeschenk." „Ahnte ich es doch." „Du weißt, dass in den Städten überall Kameras montiert sind, so dass du kaum noch einen Schritt machen kannst, ohne überwacht zu werden." „Haben da jetzt die

Krankenkassen Zugriff darauf und zählen nach, wie häufig und wie lange ich ins Wirtshaus gehe?" „Keine schlechte Idee, aber zu aufwendig für den Zustand deiner Leber. Nein, es wird überlegt, wie die Kameras mit Schießanlagen kombiniert werden können." „Du spinnst!" „Naja, bei einigen hochsensiblen Objekten gibt es dergleichen Einrichtungen bereits. Die technische Umsetzung ist kein Problem mehr. Und tatsächlich kenne ich Leute, die darüber nachdenken, ob man solche Anlagen auch in gewissen Stadtvierteln ausprobieren kann." „Dergleichen lässt sich nie durchsetzen." „Alles lässt sich durchsetzen, du brauchst nur ein entsprechendes Bedrohungsszenario aufzubauen." „Und die hängen da rum und ballern auf alles, was sich bewegt?" „Natürlich sitzen in der Zentrale speziell und gut geschulte Leute, die das steuern." „Abgesehen, dass es gegen jegliches Recht ist." „Es geht gegen Terroristen, Schwerstkriminelle. Der Staat schützt sich und seine Bevölkerung. Was denkst du." „Das glaubst du doch selber nicht, dass diese Leute stets richtig entscheiden." „Dafür werden sie ausgebildet. Bei den Drohnenangriffen ist das nicht anders und dass gewisse Geheimdienste eine Lizenz zum Töten haben, ist keine Erfindung von Kriminalautoren, sondern stillschweigend tolerierte Praxis. In unserer Schattenwelt gibt es viel, dass du dir nicht vorstellen kannst." „Und was ich eigentlich auch gar nicht wissen will. Ich habe heute in der Zeitung gelesen, dass die EU das Waffenembargo gegen die syrischen Rebellen aufgehoben hat. Ab sofort dürfen die einzelnen Staaten liefern. Sie müssen nur darauf achten, dass die Waffen nicht in die falschen Hände geraten. Das ist doch kompletter Schwachsinn. Für wie blöd halten diese Politiker eigentlich die Bevölkerung." „Die Rebellen werden ein politisches Führungszeugnis vorweisen müssen, ist doch logisch", meinte Herbert lakonisch. Er schaute ihn an, stürzte den Rest Bier in sich hinein und stürmte aus Pauls Eck. Er hatte genug von den Aussichten auf die schöne neue Welt.

Von Wien kommend führte die Autobahn durch den Hofoldinger Forst auf die große Schotterebene an deren Horizont die Stadt mit ihren wenigen Hochhäusern hinter dem Autobahnkreuz sichtbar wurde. Auch diesmal gab es den üblichen Stau, obgleich die dreispurige Autobahn in sechs Richtungsfahrbahnen mündet. Versteh einer diese Irren hinter dem Steuer! Auch die Zufahrt von Stuttgart aus erlaubte einen Blick auf die weite Ebene der Isarstadt. Lediglich von Norden kommend wurde hinter den Schuttbergen und dem rechts liegenden beeindruckendem Fußballstadion die Fahrbahn in die Freimanner Betonschlucht gezwängt, die an Hässlichkeit ihresgleichen suchte. Was Architekt und Planer sich dabei gedacht hatten, würde mir immer ein Rätsel bleiben. Herbert Rosendorfer hatte in einem Fs-Film über seine letzte Wirkungsstätte Naumburg, wo er Hofgerichtsrat wurde, ein paar Jahre mehr an Lebensjahren zählend als der von ihm verehrte ETA Hoffmann, über das Einheitsgrau der Hausfassaden in der ehemaligen DDR sinniert. Mag sein, dass diesem Grau in der Autobahnschlucht ein Denkmal gesetzt werden sollte, damit etwas blieb von „der dezidierten Unmenschlichkeit dieses Systems", wie Rosendorfer es nannte, nachdem die Identität seiner Bewohner nahezu ausgelöscht worden war. Selbst die Kanzlerin wollte von Kindheit und Jugend nichts mehr hören und gebärdete sich, als habe sie früher RCDS und Junger Union angehört, nicht aber der FDJ. Vielleicht auch konnte sie zwischen den Organisationen kaum einen Unterschied erkennen. Keiner weiß mehr, hatte Rolf Dieter Brinkmann geschrieben, der keiner solchen Organisation angehörte, soweit mir bekannt war, aber gute Texte veröffentlichte.

In München blühten die Bäume und Sträucher nicht so prächtig und prall wie in Wien. Wenige Sonnentage hatte es bisher gegeben. Weihnachten lagen die Temperaturen bei fast zwanzig Grad, was die Organisatoren des absurden FIS-Schirennens auf dem Olympiaberg vor erhebliche Probleme stellte. Aber Neureuther gewann und alles war gut. Auch das neue Jahr zeigte sich kalt und grau bis in den Mai hinein. Das trübe Wetter passte zu der trübsinnigen Stimmung, in die wir rutschten, nachdem wir ernsthaft begonnen hatten eine andere Wohnung zu suchen. Wir wollten weg aus dem Haus, in dem wir uns nach dreißig Jahren nicht mehr heimisch fühlten. Die meisten alten Mieter waren inzwischen fort. Die Wohnung unter uns wurde für 1800 Euro angeboten und für 1650 kalt vermietet. Obszön! Doch überall in der Stadt folgten Haus- und Wohnungsbesitzer den Vorgaben der Spekulanten und versuchten soviel Geld herauszuschlagen wie möglich. Als ginge die Welt bald unter. Sie ging nicht unter, soviel hatte ich gelernt, der Mensch hält viel aus, besonders der deutsche. Mir wurde es allerdings zu viel, denn die Angebote, die wir zu Gesicht bekamen, und ein paar Mal rafften wir uns auch zu einer Besichtigung auf, schienen mir alle dreist bis unverschämt, und was wir uns hätten leisten können, hätte sozialen

Abstieg bedeutet, was uns nicht recht zusagte. Was tun? Schon Lenin hatte sich diese Frage gestellt und für Revolution plädiert, aber dergleichen ist in Deutschland nicht möglich. In diesem Land hatte noch nie eine Revolution stattgefunden und was als solche erzählt wurde, die Ereignisse um 1989 etwa, mutierte rasch und gründlich zum größten Raubzug in der Geschichte des Landes. Bald vergessen und in die Fernseharchive versperrt die herrliche Balkonszene, bei der Bonner Politiker ihr Gesangstalent erprobten und die Nationalhymne grölten, vergessen auch die große Versammlung auf dem Alexanderplatz, wo aufgescheuchte Intellektuelle für einen anderen Weg in die Zukunft streiten wollten, als den, der als einzig möglicher ausgegeben worden war. Ein Schelm, wer an 1848 denkt und die Jahre danach, in denen der Nationalismus sein furchtbares Haupt erhob, bis Europa nach der Katharsis der großen Kriege ein Jahrhundert später zwischen Trümmern und Leichenbergen lag. 1945 kehrte der Emigrant Alfred Döblin nach Deutschland zurück. Er schrieb 1951 in einem Brief an Ludwig Marcuse:
„Ihr habt nichts versäumt, dass ihr in Amerika geblieben seid. Wie die Dinge hier laufen, innenpolitisch, siehst du ja selbst, lieber Marcuse. Wir hatten in Deutschland nie eine solche politische Situation, rein nationalistisch und unfrei, reaktionär, wie jetzt. Die Sozis sind nie und nimmer eine linke Partei. Das alte Bürgertum ist hin, die Literaten sind Opportunisten, geistig sehr belanglos und selber mehr oder weniger tief mit nazistischen Ideen imprägniert. Du wirst hier bei längerem Aufenthalt die nunmehr recht deutlich fremde und feindliche Luft spüren. Ich bin nicht mehr jung genug, sonst würde ich schon vor zwei Jahren auf die zweite, endgültige Emigration gegangen sein." Döblin versuchte die zweite Flucht aus Deutschland, erkrankte aber und verbrachte seine letzten Lebenstage in einem Sanatorium im Badischen.
Im aufgeteilten Land nahmen die Dinge ihren Lauf. Im Osten festigten Stalinisten ihre Macht und ließen sich kaum beirren durch einen kurzen Volksaufstand, sondern verfeinerten die Methoden ihrer Herrschaft. Im Westen entwickelte sich begleitet von einer gewissen Ohne-Mich-Mentalität bei Teilen der Bevölkerung nach den Erfahrungen eigenen Handelns im untergegangenen Reich eine restaurative Republik, die manche Schatten der Vergangenheit nicht abstreifen wollte oder konnte. In dieser Zeit begann ich aus meiner Kindheit zu erwachen. Die „Ohne-Mich-Plakate" beschäftigten mich.

Meinem falschen Sprachgefühl folgend, das meiner thüringischem Herkunft geschuldet war, glaubte ich, es müsse Ohne mir heißen und stritt darüber mit meinem Deutschlehrer. Damals begann mein exzessives Lesen. Ich verschlang Buch um Buch und verlor mich in der Welt der Literatur. Auf dem Weg zur Schule kam ich jeden Tag an der Bahnhofsbuchhandlung vorbei, betrachtete die allmonatlichen Neuerscheinungen des Deutschen Taschenbuch Verlages, deren weiße Umschläge damals von Piatti gestaltet wurden, und erstand so viele Bände, wie mir mein Taschengeld erlaubte. Als ein erster eigener Text in unserer Schülerzeitschrift erschien: „Er war auch da", ein Bericht zur Bundesgartenschau auf dem Killesberg, erlebte ich ein Hochgefühl nur vergleichbar mit der Zusendung von „Rubber Soul", dem Album der Beatles, das ich für eine andere Zeitschrift besprechen sollte. Das Lernen fiel mir leicht und die Schule wurde zur Nebensache. Nie konnte ich später verstehen, wenn Pädagogen, Eltern und ihre Kinder um das Abitur so ein Gewese machten. Jeder halbwegs intelligente Mensch konnte die Oberschule erfolgreich abschließen. Die Schule gab mir Zeit und Freiheit. Ich streifte mit meinen Freunden durch die Stadt, fing erste Ohrfeigen ein von Mädchen, die ich zu unverblümt anstarrte, und begann meine Abende im Club Voltaire zu verbringen, der in der Altstadt aufgemacht hatte. Rockmusik, Bier, Bücher und Diskussionen bestimmten die Stunden. Als der asiatische Krieg in Amerika zu immer heftigeren Auseinandersetzungen führte, Flower Power und Hippies auf der Bildfläche erschienen und es in Frankreich zu Arbeiterunruhen und Studentenprotesten kam, die bald über den Rhein in die BRD herüberschwappten, befand ich mich in München, saß in Rathjes Wohnung in der Mozartstraße, wo wir tagelang und immer wieder „John Wesley Harding" von Bob Dylan anhörten, und lief mit ihm und den andern ins Blow Up, weil dort Pink Floyd einen Auftritt hatten. Ab und an kehrte ich an den Neckar zurück. Während der Aktion gegen die Bild-Zeitung gelang es uns in Untertürkheim die Auslieferung zu blockieren. Am frühen Morgen freilich sah ich das Blatt in den grellen Kästen auf dem Stuttgarter Schlossplatz. In München hatten sie die Blockade durchbrochen und von dort aus geliefert. Ein Freund nannte später die Zeit einen kollektiven Ausbruch aus der Pubertät. So ganz unrecht hatte er nicht, denn als ein Psychologe uns einmal in seinem Seminar einen Pornofilm vorführte, schlichen wir leise und arg betröpfelt aus dem

Raum. Odysseus geht vorbei, nannte ich die Zeit für mich. Alles schien möglich und doch trübten von Anfang an Ungereimtheiten mein naives Bild von der Welt. So viel Geld, wie es offenbar anderen zur Verfügung stand, besaß ich nicht, so dass ich immer wieder Gelegenheitsarbeiten suchen musste, weil mit den 180 Mark Stipendium nicht auszukommen war. Eine eigene Stereoanlage oder sogar eine Revox Bandmaschine, wie ich sie in manchen Wohnungen grollen hörte, blieben ein Traum. Die Geräte wären auch gar nicht zu nutzen gewesen in der schmalen Hinterhofkammer mit Bett, Tisch und Bücherregal und dem Kleiderschrank vor der Tür, die ich in der Bergmannstraße im Westend bewohnte. Ein eiserner Ofen stand am Fenster, der mit Holz und Kohlen befeuert wurde, wofür mir im Keller ein kleines Abteil zugeteilt war. Die Familie bei der ich wohnte, sie hatten noch zwei weitere Zimmer an Studenten vermietet, bekam ich selten zu Gesicht. Ihre Tochter in meinem Alter sah ich vielleicht drei Mal in den mehr als zwei Jahren. Einmal kam sie im weißen Mantel aus dem Bad als ich gerade die Tür öffnete, und rannte verschreckt in ihr Zimmer am Ende des langen Flurs. Obwohl es eine Straßenbahnhaltestelle in der Nähe gab, ging ich meist zu Fuß in die Stadt. Unterwegs kam ich an einer großen Schankwirtschaft vorbei, die ich in Café Westend umtaufte und in der ich mich mit meiner Rockband spielen sah, wie Ed Sanders und Tuli Kupferberg im legendären „Cafe Wha" in Lower East Side.

Vermutlich war es besser, sich über die Zukunft überhaupt keine Gedanken mehr zu machen. Die Drohnen würde er nicht verhindern, das konnte er auch gar nicht. Es gab schon genug davon und es wurden immer mehr. Tatsächlich planten diverse Unternehmen wie Amazon oder die Post ihre Kunden künftig per Drohne zu beliefern. Bei Amazon machte das eventuell Sinn, denn Drohnen würden kaum auf einen vernünftigen Tarifvertrag bestehen und dafür streiken. Er schaute die Straße entlang. Ein sonniger Nachmittag, aber kühl. Ihn fröstelte wie in jenem Sommer vor ein paar Jahren. This summer was cold /but some cities I have been/some girls I have met/drank some glasses of wine/and a glass of champagne /had good times and bad/filled my pockets with dust.... Vielleicht sollte er Schlagertexter werden, besser konnte er es immer noch als die meisten, die neuerdings auf Bayern 1 zu hören waren. Jüngst hatten sie eine Woche lang bayerische Lieder gespielt. Ein Grund dem Land den Rücken zuzukehren. Ein paar Klänge von Bachs h-Moll Messe hatte er am Morgen gehört. Für Klassik war Bayern 4 zuständig und im Sender redete man nicht miteinander. Wozu auch? Er hatte selbst erlebt, wozu Reden führte. Er dröselte die Straße weiter, seiner Ladenwohnung zu, die er damals bezogen hatte, als Astrid ihn verließ oder er sie. War das noch wichtig? Es sollte eine kurzfristige Bleibe sein, die sich zufällig ergeben hatte. Nun wohnte er schon so viele Jahre in diesem Haus. Cafard. Weltschmerz nannte man das wohl. Die anderen liefen unbekümmert an ihm vorüber. Eine junge Frau mit ihrem Kinderwagen. Der Alte mit seinem Stock. Vielleicht, dass er bald selbst einen brauchte. Auf Stichen mit hohen Buchregalen waren stets Männer oder Frauen zu sehen, die auf Leitern standen und nach einem Buch griffen oder darin lasen. Viel schwieriger war es, sich nach den Bänden in den unteren Regalreihen zu bücken und anschließend wieder aufzurichten. Der Irre hatte mal wieder die Rollläden hochgezogen, damit es so aussah, als würden in den beiden Wohnungen im ersten Stock Leute wohnen. Eine seltsame Art, ein Haus verkommen zu lassen. Umständlich schloss er die Tür zum Treppenhaus auf, er wollte nicht durch die Ladentür gehen. Auf den Stufen zum Eingang hockte die Geheimnisvolle von der Irlandfähre. Offensichtlich hatte er doch zu viel getrunken. Er blieb stehen. Sie saß tatsächlich da und schaute zu ihm auf: „Na endlich!" „Du was ...?" Sie erhob sich, legte die Finger auf seine Lippen und sagte: „Keine Fragen, das ist die Abmachung." „Ich bin eh sprachlos." „Willst du mich nicht haben?" sie zeigte auf die Tür und die Reisetasche, die davorstand. „Doch sofort", er stolperte fast an ihr vorbei und überlegte, wie seine chaotische Wohnung wohl auf sie wirken möge: „Ich habe keinen Besuch erwartet." „Ich bin kein Besuch, ich bin deine Geliebte." „Die Geliebte aus dem Nirgendwo." „Sei nicht so frech. Ich war lange unterwegs." Sie schob ihn in die Wohnung, zerrte die Tasche hinterher und umarmte ihn. Eine Stunde später richtete sie sich auf und meinte: „Nach sehr vielen weiblichen Besuchern sieht deine Wohnung nicht aus." „Naja." „Und du auch nicht." „Wer will schon mich alten Zausel." „Na ich, deswegen bin ich ja gekommen." „Wie hast du eigentlich meine Anschrift rausbekommen?" „Im digitalen Zeitalter ist dergleichen nicht so schwer. Ich hatte Sehnsucht nach dir. Hast du mich nicht vermisst?" „Hab ich, hab ich, aber..." Sie lachte, schob ihn weg und schaute sich um „Gut, dass du die Vorhänge noch nicht aufgezogen hast." „Die mache ich seit Monaten nicht auf, die renovieren die Schule nebenan. Eifersüchtige Blicke von Bauarbeitern brauche ich nicht, wenn ich in meiner Einfalt zwischen meinen Büchern hocke." „Ein paar hast du zusammengetragen." „Weißt du, die Zeit ohne Arbeit bekommt mir nicht. Ich hatte mir eingebildet, dass ich nicht wie ein Angestellter reagiere, der auf einmal in die große Leere fällt, wenn er in Pension geht oder geschickt wird. Das war ein Irrtum." „Ich kenne nur Leute, die darauf warten, bis es endlich soweit ist." „Sie wissen noch nicht, welche Klippe sie umschiffen müssen. Ich habe gelesen, dass die Leute in Polen nicht gezwungen werden können in Rente zu gehen. Wenn sie das Alter erreicht haben, dürfen sie von ihren Betrieben nicht gekündigt werden, sondern können selbst entscheiden, wann sie aufhören wollen. Das wäre das Richtige für mich. Bleiben, bis ich selbst genug habe." „Aber du kannst doch weiterhin Filme machen." „Für wen denn? Die Sender sind dicht, zumindest für meinesgleichen. Und zum Bittsteller eigne ich mich nicht." „Warum, taugen deine Arbeiten nichts?" „Keine Ahnung. Du kannst dir alle anschauen. Dann sind wir ein paar Tage lang beschäftigt." „Ist okay, wenn wir zwischen jeden Film eine Pause einlegen können." „Das sind aber über fünfzig." „Dann haben wir ja einiges vor uns. Was meinst du, womit wir beginnen?" „Ist doch keine Frage, oder?"

Es war bereits dunkel, als sie Vinnitsa erreichten. Sie fuhren zum Hotel, luden das Privatgepäck aus und anschließend brachte der Fahrer Roman zum Haus von Lydias Eltern. Er sah kein Licht in den Fenstern und klingelte vergeblich. Schließlich ging er am Gebäude vorbei in den Hof und zum alten Haus des Großvaters. Hund kläffte aufgeregt. Bevor er an die Eingangstür pochen konnte, leuchtete die Birne auf und der Alte öffnete, verwundert über den späten Gast. Erstaunen wurde zu Freude und kurz darauf saßen sie in der großen Kammer. Roman schaute sich um. Das Heiligtum, in dem früher die mächtigen Bücherschränke standen, war leer. Es gab keine Bücher mehr. Den Raum beherrschte ein riesiger Flachbildfernseher, davor standen ein kleiner Tisch und der alte Sessel, in dem er früher zu lesen pflegte. An der Wand befand sich eine Kredenz, hinter deren Glastüren Flaschen und Kelche glänzten. Kahle weiße Wände. Neben dem Fenster hing das Hochzeitsbild, auch im angrenzenden Raum sah er keine Bücher. Dort standen die Betten, ein hoher Schrank und an der Tür zur kleinen Küche ein Esstisch. „Wo hast du denn deine Bibliothek untergebracht?" fragte Roman. „Die Bibliothek?" der

Großvater zögerte, „Die Bibliothek gibt es nicht mehr." Roman musterte ihn kopfschüttelnd; „Was heißt gibt es nicht mehr? Hast du die Bücher verkauft?" „Verkauft?", der Alte setzte sich in seinen Sessel, wartete, bis Roman sich hingesetzt hatte und fuhr dann fort „An wen hätte ich die Bücher verkaufen sollen? Nein ich habe sie in Kisten gesteckt und im Wald vergraben." „Was hast du?" „Ich habe meine Bibliothek im Wald vergraben. Vielleicht in hundert Jahren, wenn sich die Zeiten geändert haben und die Menschen wieder zu Verstand gekommen sind, wird einer sie finden und den Schatz heben. Ich habe mir einen ordentlichen Fernseher gekauft mit Sattelitenempfang. Ich kriege sogar Viva und MTV einwandfrei rein, das gefällt mir ganz gut auf meine alten Tage." „Das glaub ich nicht!" Der Großvater schaute ihn verschmitzt an, stand auf und holte aus der Kredenz zwei Gläser und eine Flasche, setzte sich wieder und schenkte beiden ein Gläschen ein. „Und du? Hast du jetzt einen Hund?" Er tätschelte das Tier, das sich zu seinen Füßen gelegt hatte, als wüsste es um seine Zukunft in diesem Haus. „Wie heißt er denn?" „Hund heißt Hund und ist erst ein paar Monate alt." Der Alte schüttelte den Kopf: „Eine fantasielose Generation ist mit euch herangewachsen. Hund ist kein Name. Würde er mir gehören, würde ich ihn Dobusch nennen." „Kannst du machen, ich bin nämlich gekommen um ihn dir zu überlassen, gell Dobusch?" Hund schien zu verstehen, stellte sich auf und schwänzelte hin und her. „Du bist gekommen mir einen Hund zu schenken?" „Lydia hat mir erzählt, dass du kaum noch aus dem Haus gehst, und gemeint, du brauchst einen Hund." „Ich hatte nie einen Hund. Mein ganzes Leben lang nicht." Er stellte sein Glas auf den Tisch, nahm die Flasche und schenkte noch mal ein: „Aber ich freue mich, dass du wieder einmal vorbei gekommen bist." Während sie tranken, hüpfte Hund und versuchte nach Romans Glas zu schnappen. „Der Kleine hat Durst. Hast du dich überhaupt um ihn gekümmert auf deiner langen Busfahrt?" „Hab ich, hab ich, aber wir sollten ihm Wasser hinstellen. Außerdem steckt noch eine Dose Hundefutter in meiner Reisetasche." Roman stand auf um in die Küche zu gehen. Der Alte eilte ihm voraus und führte ihn durch eine Tür in einen großen Raum, in dem eine Toilette, eine Dusche und in der Ecke eine Sauna zu sehen waren. Neu gefliest waren Boden und Wände und offensichtlich erst jüngst fertig geworden. Stolz zeigte er ihm alles, öffnete auch die Saunatür und sagte, dass fünf Personen auf den beiden Bänken Platz

fänden. „Das alles habe ich mit Juri alleine gebaut." Roman war beeindruckt. Er erkundigte sich nach den Eltern und erfuhr, dass sie vor vier Tagen zu einer Hochzeit nach Kolomea gefahren seien. „Und wann kommen sie zurück?" „Morgen, übermorgen. Wenn Huzulen Hochzeit machen, kann das schon eine Woche dauern."
Sie versorgten Hund und setzten sich wieder nach vorne. Der Großvater holte eine andere Flasche aus der Kredenz. Roman trank sein Glas auf einen Zug leer und schüttelte sich. „Gut gell?" der Alte grinste: „Teufelszeug, mehr als 60 Prozent. Habe ich selber gebrannt. Von wegen, dass ich nicht aus dem Haus gehe. Ich kenne alle Kräuter hier in der Gegend. Das ist die Medizin, die mich am Leben erhält." Zufrieden lehnte er sich in seinen Sessel zurück: „Manchmal verkaufe ich ein oder zwei Flaschen. Die Alten hier wissen meinen Wodka zu schätzen, die Jungen trinken heutzutage lieber Bier." „Aber das mit den Büchern verstehe ich nicht. Du hast sie tatsächlich vergraben?" „Das war gar nicht so einfach, ich musste Rat einholen, schließlich wollte ich ja nicht, dass die Bände verderben. Das ist wie bei der Mumifizierung im alten Ägypten oder noch schwieriger, weil wir hier mehr Feuchtigkeit und andere Temperaturen haben. Ein halbes Jahr hat es gedauert, bis alle richtig verpackt waren und ich sie eingraben konnte." Roman nahm sein Glas und hielt es ihm hin: „Ich glaub das nicht!" „Du solltest vielleicht doch nicht soviel trinken. Wodka trinkt man langsam und schüttet ihn nicht in sich hinein." Roman schaute den Alten an: „Ich könnte aber noch ein Gläschen vertragen auf den Schreck. Weißt du, morgen Früh kommt das Fernsehteam mit dem ich unterwegs bin, und die würden gerne die Geschichte deiner Bibliothek hören. Es sind Deutsche. Wie stehe ich jetzt da?" „Deutsche? Warum kommen die hierher und wollen etwas über meine Bücher erfahren, anstatt über die Reste ihres glorreichen Führerhauptquartieres? Da sollte sich mal einer drum kümmern. Die haben doch ausreichend Nazis in ihrem Land, vielleicht können sie den Schrott mitnehmen. Wir brauchen ihn nicht."
Roman erzählte von seiner Arbeit und was er mit dem Dicken besprochen hatte. „Jetzt stecke ich gehörig in der Klemme. Sie kommen um neun vorbei." Der Großvater zuckte mit den Schultern und goss ihm ein neues Glas ein. Er trank vorsichtig, während Roman sein Glas wiederum in einem Zug leerte: „Echt gut! Und was soll ich den Deutschen sagen?" „Gar nichts! Lass mich das machen,

ich erzähl es so wie es ist." „Aber warum hast du denn die Bücher vergraben, um Himmels willen? Die waren doch dein Ein und Alles." Der Alte stellte sein Glas auf den Tisch, nahm die Flasche, schenkte beiden noch einmal nach und antwortete dann: „Du weißt, dass ich vor zehn Jahren in Deutschland war?" „Klar, Lydia hat mir davon erzählt. Ihr ward seinerzeit vermutlich die einzigen Ukrainer, die nicht wegen Schwarzmarktgeschäften oder Schwarzarbeit in den Westen gefahren sind." „Ich habe stets auf meine Würde geachtet, im alten System und im neuen erst recht. Das war nicht immer einfach, aber es gelang. Freilich, man musste kämpfen, nicht davonlaufen wie dein Onkel, der sich als Tagelöhner im Westen verdingte, anstatt hier als Arzt zu arbeiten." „Er hat jetzt eine Stelle in einem Krankenhaus." „Hier gibt es auch kranke Menschen. Was ist das für eine Moral, dem Geld hinterher zu rennen und seine Pflicht zu vergessen? Ein Nichtsnutz ist dein Onkel. Da lobe ich mir seine Frau, die nicht mit ihm ging, sondern hier blieb und ihr Leben in die eigene Hand nahm. Sie ist jemand nach meinem Geschmack." „Ich mag die Tante sehr." „Es ist ehrenvoller auf schmalem Weg vielleicht zu scheitern, als die breite Straße zu wählen, auf der keine Menschlichkeit noch Leben mehr existieren. Das sehe ich, wenn ich die Welt durch meinen Fernseher betrachtete. Dort wird die neue Wirklichkeit hergezeigt, der sich bald keiner mehr entziehen kann. Ich will verstehen, was geschieht, und wohin sich unser Land entwickeln wird. Und ich sage dir, das gefällt mir nicht sonderlich, was ich da sehe. Deswegen gehe ich kaum noch vor die Tür." Er trank und fuhr fort: „Wir sind seinerzeit nach Deutschland gefahren, weil ich die großen Stätten deutschen Geistes anschauen wollte: Jena, Weimar, Heidelberg. Es wurde eine wunderbare Reise. Mehr als drei Wochen waren wir unterwegs und haben viel erlebt und viel gelernt. In Weimar hörte ich, dass in Frankfurt die berühmte Buchmesse stattfand und wir fuhren dorthin. Zwei Tage lang streifte ich durch die Hallen und ertrank schier in dieser Bücherflut. Einige Zehntausende kommen dort jedes Jahr neu auf den Markt. Unvorstellbar! Auf einem Rheinschiff reisten wir dann nach Heidelberg und weil Lena den Wunsch hatte, Baden-Baden zu sehen, nahmen wir den Zug in die mondäne Stadt, von der ich so viel gelesen hatte. Lena zog ihr gelbes Kleid an und setzte den breiten Hut dazu auf. Ich trug einen hellen Anzug und so flanierten wir zum Kasino hinüber. Die Sicherheitsleute musterten uns amüsiert, fühlten sich ins 19. Jahrhundert zurückversetzt und ließen uns unbehelligt passieren. Am Schalter zupfte mich Lena am Arm und drückte mir Geld in die Hand. Sie hatte es für diesen Abend zusammengespart. „Heute spielst und gewinnst du für uns beide", flüsterte sie mir ins Ohr. Tatsächlich, ich gewann und gewann mehr, als wir für die Reise ausgegeben hatten. Sie zog mich vom Spieltisch fort. Wir setzten uns, ließen uns ein Gläschen Champagner servieren und verfolgten noch ein Weilchen die rastlose Jagd nach dem Glück, die seit Jahrhunderten Menschen aus aller Welt in die Schwarzwaldstadt trieb. Wir blieben drei Tage an dem schönen Ort, liefen im Kurpark spazieren, kosteten das heilkräftige Wasser und speisten spät in der Nacht, wie reiche Leute es tun. Ins Kasino gingen wir nicht mehr. Wir hatten nun ausreichend Geld, konnten in Salzburg die Mozartstätten besuchten und nach Wien weiter reisen. Dort ließen wir uns vom Fiaker durch die alte Kaiserstadt kutschieren, bestiegen das Riesenrad im weltberühmten Prater und saßen einen wunderbaren Oktoberabend lang in Grinzing beim Wein, hörten den Musikanten zu, die ihre alten Lieder spielten und liefen zurück zu unserem kleinen Hotel am Stephansdom. Als wir schließlich den Nachtzug bestiegen, lehnte sich Lena an meine Schulter und streichelte meine Hand. Sie dankte mir für die Reise. Sie war mir ein Leben lang eine gute Frau, doch nie habe ich sie so glücklich erlebt, wie in dieser Nacht. Als sie dann schlief, kam mir meine Bibliothek in den Sinn und nachdem sie vor drei Jahren starb, reifte mein Plan.

Die Kammer in der kleinbürgerlichen Idylle, wo der Flur nach Bohnerwachs roch und am Freitagabend und Sonnabend gebadet wurde, der Ofen musste dafür eigens angeheizt werden und die Vermieterin fragte und bestimmte die Zeit, wann jeder in die Wanne steigen durfte, war mein Rückzugsort, wenn ich lernen und lesen wollte oder einfach genug hatte von der Außenwelt und den Leuten, die ich dort kannte. Während ich seinerzeit im Club Voltaire noch passiv und staunend alles aufsog und Teil werden wollte, spürte ich nun zuweilen Unbehagen und die frühere Leichtgläubigkeit bekam Risse. Meine erworbene Weltsicht schien mir umfassender und ehrlicher, als jene von vielen, die großspurig Thesen verkündeten und Gefolgschaft verlangten auf rauem Gelände, das sie nicht recht erkundet hatten und rasch verließen sobald Hindernisse auftauchten, wenn die Wirklichkeit sich nicht fügen wollte, wie die Theorie es befahl.

Ein Wendepunkt war meine Begegnung mit dem Roten Karl, das heißt zunächst lernte ich Laura kennen. Ich traf sie im Mignon, einem Schwabinger Café, das sich zum Treffpunkt entwickelt hatte, und ging, als Anna, die Wirtin, um zehn zumachte, nicht wie sonst über die Straße ins Chez Margot, sondern mit Laura zu ihrem Zimmer in der nahen Barerstraße. Als wir am nächsten Morgen beim Kaffee saßen, tauchte der verschlafene Karl auf. Er umarmte Laura, sie erwiderte seinen Kuss, und ich wusste nicht, wohin mit den Augen und mit mir selbst. Er blieb nicht lange, trank nur ein paar Schlucke aus Lauras Tasse und sagte, er müsse fort zu einem Termin. Laura schien meine Verwirrung nicht bemerkt zu haben oder doch, denn als wir die Tür ins Schloss fallen hörten, zog sie mich zurück in ihr Bett. Unten auf der Straße kam ich in eine eigenartig veränderte Welt. Die Strahlen der Vormittagssonne lagen weich und schmeichelnd im Tag. Alle Gesichter der Passanten waren mir zugewandt. Eine Frau im ersten Stock des Hauses gegenüber schüttelte ihre Bettdecke aus, legte sie auf die Fensterbank und lächelte mir zu. Ein paar Tage davor hatte ich „Jules und Jim" im Theatiner gesehen und war nun Teil dieses Films. Ich wollte zum Elisabethplatz und dort im Stehausschank um die Ecke in der Isabellastraße ein Bier trinken, den Sportteil der Abendzeitung lesen und zuhören, was die Bauarbeiter und Handwerker an Neuigkeiten wussten. Ein Malermeister hatte mir dort einmal erklärt, es gäbe keine Geschichte, die Welt sei immer so gewesen, wie sie jetzt sei. Das ganze Gerede von Altertum, Mittelalter und Neuzeit sei Erfindung von Siebengescheiten, die sich wichtig machen wollten. Er könne das beurteilen, er sei alt genug und habe sich alles lange gründlich angeschaut und lange darüber nachgedacht. Am Elisabethplatz sah ich Karl im Gerten des kleinen Cafés sitzen. Er winkte mir zu. Ich erwachte aus meinem Traum, wollte fliehen. Als die Ampel auf Grün umschaltete, ging ich hinüber zu ihm. Er hielt mir sein leeres Glas entgegen, fragte, ob ich ihm ein Bier spendieren könne. Geld hatte ich in der Tasche, also setzte ich mich zu ihm. Laura erwähnte er nicht, sondern erzählte von seiner Lehrlingsgruppe und schimpfte über die Studenten, die ihnen eingeredet hatten, die Lehre zu schmeißen und sie jetzt im Stich ließen, weil sie die Schüler als neue Agitationsziele ausgemacht hatten. „Du bist auch so einer. Ihr seid alle brav an der Uni eingeschrieben und macht irgendwann euren Abschluss und schert euch keinen Dreck

mehr darum, was aus uns wird. Ihr müsst eure Lage verändern. Dürft euch nicht mehr ausbeuten lassen. Müsst kämpfen! Ja wie denn, wenn ich nicht mehr in meinen Betriebe zurückkehren kann? Jene, die geblieben sind, die lachen doch bloß über mich und die anderen, die gingen!" Er trank sein Glas leer. Wollte ein neues Bier. Eine Runde konnte ich noch bezahlen. Fast doppelt so teuer als im Ausschank war alles hier. „Über ein Jahr lange habe ich jetzt Basisarbeit gemacht. Sie nennen mich den Roten Karl. Haben mich herumgezerrt und vorgezeigt. Vorgeführt! Scheiß drauf! Wenn ich Kohle zusammenkriege, verziehe ich mich nach Spanien oder Griechenland. Marokko wär auch nicht so schlecht. Dort scheint wenigstens immer die Sonne. Und als Handlanger kann ich überall arbeiten. Hier finde ich auch nichts anderes."
Ich blieb nicht mehr lange. Mied das Mignon, drückte mich im PN herum und auch im Picnic. Dort hörte ich, dass der Rote Karl in den Süden abgehauen sei. „Quatsch!" meinte einer vom Nachbartisch „Der ist untergetaucht, baut jetzt Bomben bei der RAF." Das war kurz vor meiner Reise nach Amerika. Fast ein halbes Jahr blieb ich dort. Zunächst ein paar Monate als Austauschstudent in Iowa, danach trampte ich nach San Franzisco. Sah dort „Joe and the Country Fish" an irgendeiner Straßenecke spielen und geriet in Berkeley in eine Straßenschlacht. Während auf der schmalen Straße zum Campus Studenten und Polizisten wild aufeinander eindroschen, Wasserwerfer und Tränengaswolken Kämpfer und Passanten in die Eingänge der niedrigen Gebäude trieben, dröhnte aus den geöffneten Fenstern eines der Häuser „Street fighting men" von den Rolling Stones. Als ich „Apocalypse now" später sah, ahnte ich, wo Coppola manche Regieeinfälle aufgeschnappt hatte.
Nach München zurückgekehrt lief ich bei der obligatorischen Maidemo mit. Auf der Sonnenstraße skandierten wir ein paar Parolen und zwei Frauen aus der Reihe vor uns drehten sich wütend um und zischten; „Keine Gewalt! Keine Gewalt!" Wir stimmten die „Internationale" an, wussten wir doch, dass in diesem Land nur Staat, Wirtschaft und Konsum Gewalt ausüben durften, nicht aber der Bürger.
In den siebziger und achtziger Jahren wurde das Leben kälter und härter. Der kurze Sommer der Anarchie war vorbei. Hatte ich am Ausgang meiner Kindheit Politiker und Institutionen als ewig und unverrückbar wahrgenommen, so waren sie nun ihrer Aura entklei-

det und gewöhnlich geworden. Zuweilen, wenn Aussagen zu schrill und mir Entwicklungen zu bedrohlich erschienen, tröstete ich mich mit dem Gedanken, dass die BRD kein souveräner Staat war, sondern immer noch unter der Kontrolle der Siegermächte stand, die gewiss eingreifen würden, um Schlimmeres zu verhindern. Damals fiel mir der erste Band von Ernst Jüngers „Siebzig verweht" in die Hände und ich stolperte über eine Eintragung von 1965: „Lieber Ernst Niekisch: Sie haben deutlich unser gemeinsames Schicksal und auch das des Reiches erkannt. Es liegt darin, dass wir nie eine starke Linke gehabt haben. Das war seit den Bauernkriegen so, und es ist so geblieben – dürfen wir hoffen, dass es einmal anders wird? Aber der große Plan wird sich vollenden, ob mit dem Deutschen, ob ohne oder gegen ihn. Das wissen Sie so gut wie ich."
Als ich die Zeilen las, trieb mich Unbehagen um. Ich grübelte, was er mit dem großen Plan gemeint haben könnte. Das was ich vermutete, wollte ich nicht und was ich in der Gesellschaft vorgehen sah, gefiel mir nicht. Kommerz und Geld übten ihre Herrschaft immer dreister aus und bestimmten das Leben der Menschen und die Unterhaltungsindustrie lullte alle ein. Folgerichtig fügten sich nach der Wiedervereinigung die sogenannten Neubürger dieser Entwicklung und begnügten sich damit, nun alles kaufen zu können, nach Mallorca zu fahren oder anderswohin, sich die Hemden und Höschen vom Leibe zu reißen und sich die Birne bis zur Besinnungslosigkeit mit Bier vollzuschütten, während sie daheim zum Humankapital wurden und Parteien und Konzerne Demokratie und Freiheit zur leeren Hülse entkernten. Reste der Freiheit wurden angeblich am Hindukusch verteidigt. Wo das war, wusste keiner so recht und den Bewohnern dort schien es auch nicht so toll zu behagen, so dass die Verteidigung irgendwann eingestellt werden sollte, was vielleicht auch besser war, betrachtete man das glorreiche Ergebnis im Irak. Dort hatten die amerikanischen Truppen zum Durchsetzen von Freiheit und Demokratie spezielle Foltermethoden entwickelt, was aber, nachdem ein paar Übermütige Handybilder in Umlauf brachten, selbst von einem Teil der Amerikaner nicht recht goutiert wurde. Ein paar von diesen nörgelten zudem an ihrem mit dem Friedensnobelpreis dekorierten Präsidenten herum, der doch versprochen hatte Kriege zu beenden und neue zu verhindern sowie unverzüglich Guantanamo aufzulösen, was nicht geschah und wohl auch nie geschehen wird, denn

der demokratische Rechtsstaat brauchte rechtsfreie Räume, in denen man mit Gefangenen machen konnte, was einem beliebte und solange es einem beliebte, nachdem selbst eingeschüchterte Verbündete illegale Gefängnisse auf diversen Militärbasen angeprangert und sie zu schließen verlangt hatten, nicht alle zwar, aber jene von denen sie dummerweise Kenntnis erlangt hatten. Guantanamo würde bis in alle Ewigkeit bleiben, wie in Deutschland der Solidaritätszuschlag zur Steuer nicht abgeschafft würde, weil der sich in den staatlichen Bilanzen ausgezeichnet machte.
So hatte jedes Land, respektive seine in Lethargie gefallene Bevölkerung, ihre Bürde zu tragen, auch wenn manche unkten, es sei zehn vor zwölf, denn inzwischen war der Krieg auch nach Europa zurückgekehrt. Im neuen Deutschland gab es bald immer mehr Politiker, die nicht mehr daran zweifelten, dass die Welt nach ihren Vorstellung eingerichtet werden müsse, und Militäraktionen schienen ihnen dafür ein höchst wirksames Mittel. Nur vereinzelt die Stimmen, die warnten und darauf hinwiesen, dass die Folge von Krieg nicht Friede sei, sondern lediglich eine kurze Pause des Wartens auf den Aufbruch zum nächsten Gemetzel. Die Welt sei unsicher geworden, hieß es lakonisch, und die neuen Kinder des Internets, gewitzt von den schlechten Erfahrungen ihrer Erzeuger, hoben nur kurz den Blick vom Schirm und begaben sich rasch zurück in die Sicherheit ihrer digitalen Welt.
In LA, wo wir schließlich Unterkunft fanden, stand die Uhr der Stadtkirche, in die jüngst der Blitz eingeschlagen hatte und die deshalb schleunigst repariert werden musste, auf zehn vor eins. Dies bewies mir, dass abseits der Metropolen die Zeit einen anderen Gang nahm als in eben denselben. Mit „Welcome to LA" hatte Alan Rudolph seinerzeit seinen wohl besten Film gedreht. Zwar meinte er ein anderes LA, doch auch hier war ein Tonstudio gleich um die Ecke und vor ein paar Tagen spielte Brass Banda auf dem Stadtplatz vor meinem Fenster. Jung und Alt schlenderten zu ihnen hin. Sommerlich leicht gekleidet. Ich konnte mir durchaus vorstellen, dass manche Lebensgeschichten denen der Protagonisten in Alan Rudolphs Film entsprachen. Man musste den Blick nur hoch genug heben um den Himmel zu sehen.
Ich stellte mir ein Tischchen ans Fenster mit einem Korbstuhl davor. Wenn ich mich recht erinnerte, hatte Ricarda Huch auch so einen kleinen Schreibplatz am Fenster, als sie mit Ceconi und Tochter in

der Münchner Briennerstraße wohnte. Damals war das noch möglich, weil Büros und Arztpraxen noch nicht alle Wohnungen in Beschlag genommen hatten.

Der Blick aus dem Fenster war mir bald sehr viel lieber als jener auf den Flachbildschirm des Fernsehers. Von den Nachrichten dort verstand ich nichts mehr oder aber zu viel. Verblüfft nahm ich zur Kenntnis, dass die westliche Welt inzwischen offensichtlich auf Seiten der Muslimbrüder in Ägypten stand, nachdem das Militär geputscht und diese entmachtet hatte. Nun war dies in den Umzugswochen geschehen, in denen meine Aufmerksamkeit auf anderes gerichtet war und weniger auf die Ereignisse in Ägypten, doch meinte ich mich dunkel daran zu erinnern, dass das Militär erst eingegriffen hatte, nachdem die Massen monatelang gegen Mursi und die Muslimbrüder protestiert hatten und ein Bürgerkrieg sehr wahrscheinlich geworden war. Die Machtübernahme des Militärs als undemokratisch zu bezeichnen mochte zwar richtig sein und geboten auch, doch Mursis Regiment war gleichfalls gegen die Demokratie gerichtet und Demokratie nur mechanisch zu verstehen, weil er durch Wahlen zur Macht gekommen war, schien mir falsch. Auch Hitler war als Sieger aus einer Wahl hervorgegangen. Es erstaunte mich durchaus, dass auf einmal alles umgedreht wurde und die Muslimbrüder als Verteidiger der Demokratie galten, während die Massen, die sich gegen ihr diktatorisches Regime gewehrt hatten, aus den Medienberichten verschwanden. Der Verdacht drängte sich mir auf, dass gewisse Diktaturen für den demokratischen Westen akzeptabel waren, wenn sie seinen weltpolitischen Planspielen von Nutzen schienen. Pinochet hatte diese Rolle besser erfüllt als Allende, und Saudi Arabien, Bahrein, Katar, Kasachstan, Usbekistan oder Pakistan galten als so schrecklich demokratisch, dass sich jede Kritik an ihnen und ihren Machthabern verbot. Die Leute von Wikileaks versuchten zwar ein wenig Licht in dieses Dunkel zu bringen und veröffentlichten diplomatische E-Mails und Dokumente, hatten damit aber nur begrenzten Erfolg. Die Texte erlaubten zwar einen Blick hinter die Fassade, der alle Vermutungen übertraf und zeigte, dass Moral und demokratische Prinzipien nichts galten in diesem schamlosen Geflecht aus Interessen. Geldgier und Macht, führten aber zu keiner Änderung der Politik. Nur ein gewisser Imageschaden wurde von Analysten der führenden Macht des Westens festgestellt und ihr mustergültiger Präsident rief alle zusammen, wie seinerzeit bei der Tötung des Superterroristen (in der Geschäftswelt ist super inzwischen von mega abgelöst worden) um geeignete Gegenmaßnahmen zu ersinnen.

„Die Internetplattform sofort schließen." „Sowieso." „Bringt aber nichts, weil verfluchte Sympathisanten schon Kopien gemacht haben." „Scheiß Internet!" Der Ruf kam von wem? Der Präsident blickt auf: „Was also tun?" „Gute Frage." „Mit keinem Wort auf den Inhalt eingehen. Hier ist kein Blumentopf zu gewinnen. Die zentrale Frage ist doch, wie das geschehen konnte." Alle Blicke gehen zum Chef des NSA, der klein und etwas nervös in der Ecke hockt. Er räuspert sich: „Sie passten in kein Raster. Ich denke, wir haben alles im Griff. Wir haben den Server lokalisiert, wir wissen, wo sie sitzen und kennen die Hauptakteure. Ein gewisser Assange. Australier, der von Schweden aus operiert." Schweden war gar nicht gut. Zwar hatte man in der Vergangenheit hervorragend zusammengearbeitet, doch seit dem Anschlag auf den unsäglichen Palme ist Sand im Getriebe, „Der Mistkerl ist Idealist, ein Fanatiker der übelsten Sorte, will die Welt retten und natürlich hat er jetzt alle Hohlköpfe auf seiner Seite." „Und das Leck, ist das endlich entdeckt?" „Wir haben eine verheißungsvolle Spur", der CIA-Mann schaut auf die Uhr, „Ich erwarte stündlich die Vollzugsmeldung." Wenigstens das! Der Sicherheitsberater mischt sich ein: „Die Angelegenheit ist komplex. Wir müssen sensibel und zweigleisig agieren. Zunächst einmal die Regierungen kontaktieren und drängen, dass sie den Ball auch in ihrem Interesse flach halten. Wir werden auch unsere Pressekontakte weltweit nutzen, schließlich zahlen wir den Burschen genug. Dann müssen wir Assange isolieren. Fällt der Kopf, fällt das System." „Genau", platzt der CIA-Mann dazwischen, „Den Kerl erledigen wir. Geld und Sex. Der ist Australier und die können ihren Schwanz nicht ruhig halten, sondern stecken ihn in jedes Loch, das sie sehen." Er bemerkt den Blick. Verflucht, ich muss mich zurückhalten. Er kommt einfach nicht klar mit dem intellektuellen Scheißer. Da war sein Vorgänger ein anderes Kaliber. Ein echter Südstaatler eben. Er fährt fort: „Wir packen ihn am Sack, äh, ich meine, wir stecken ihn in den Sack und aus die Maus." Es herrscht ein paar Augenblicke lang Schweigen. Dann rafft der Präsident seine Papiere zusammen; „Also gut, meine Herren", er zögerte, schaut in die Runde, „Verzeihung, meine Damen und Herren, machen wir uns an die Arbeit. Sie wissen, dass in unserem Reich die Sonne nie untergeht." Damit verlässt er den Raum.

Der Abschied von Dobusch fiel ihm schwer. Seitdem der Großvater Hund diesen Namen gegeben hatte, war er für Roman ein anderer geworden, eine Person gleichsam, die er ins Herz geschlossen hatte. Eine Verkörperung des legendären Karpatenräubers Dobusch, über den er so viel gelesen hatte. Dobusch lebte in der ersten Hälfte des 18. Jahrhunderts. Nach einem Streit mit seinem Pachtherrn soll er aus seinem heimatlichen Dorf in die Berge geflohen sein und sich den Räubern angeschlossen haben. Mit seinen Kumpanen überfiel er Kaufleute und Reisende und die Gutshöfe der Unterdrücker, und weil er zuweilen seine Beute den Armen gab, wurde er zum Volkshelden. In die Erzählungen über ihn flossen im Laufe der Jahre die Taten und das Leben unterschiedlicher Räuber, denn in den elenden Zeiten der Leibeigenschaft entzogen sich viele Männer der Fron. Auch später, als die Habsburger hier herrschten und junge Burschen zum Militärdienst zwangen, wollten viele um keinen Preis ihre Heimat aufgeben und in der Fremde ihr Leben lassen. Es hieß, die Behörden hätten Dobusch wohl nie überwunden, weil er von kräftiger Gestalt und gegen Flintenkugeln gefeit war. Doch ein eifersüchtiger Ehemann entlockte seiner Frau, die Dobusch's Geliebte war, das Geheimnis seiner Unverwundbarkeit. Er goss eine Silberkugel und streckte Dobusch nieder. Der Verrat beendete zwar sein Leben, seinen Ruhm steigerte er nur. Seine Gesellen trugen den Leichnam in die Berge, damit er frei bleibe, wie sein Leben war. Wenn Roman in den Karpaten wanderte und der Nebel in den Bergen hing, glaubte er dessen Geist zu spüren. Er wusste, dass die Einheimischen in dem aufsteigenden Dunst eine Mahnung an die Reichen und Mächtigen sahen, damit sie es nicht allzu toll trieben mit jenen, die ihnen untertan waren.

Einen letzten Blick noch erhaschte er auf den kleinen Dobusch, der neben dem Großvater am Gartentor stand. Dann glitt der Bus davon. Mit den Filmaufnahmen war Roman zufrieden. Der alte Schelm hatte den Deutschen verschmitzt einen Bären aufgebunden. Nicht mit den Büchern, die waren verschwunden, keine Frage. Wohin wollte er nicht verraten, hatte nur vage zum Wald gezeigt und ein paar deutsche Brocken hervorgekramt, was den Regisseur ausgesprochen gut gefiel: „… über allen Wipfeln ist Ruh, warte nur ein Weilchen, dann ruhest auch du." Er sagte, dass er seine Bibliothek vor dem Zugriff von Barbaren retten wollte. In der Ukraine hätten alle Autoren den Verstand verloren, schrieben über Drogen und Pornographie, anstatt über den Menschen, und sogar über einen Pinguin. „Der steht beleidigt in der Ecke, wenn ihm was nicht passt. Sogar übersetzt ist das Buch, wie ich auf der Frankfurter Buchmesse gesehen habe. Was sollen die Ausländer bloß von uns denken? Unmöglich? Nein, ich lese nicht mehr." Er zeigte zu dem großen Flachbildfernseher, stand auf und schaltete ihn ein. „Selbst Viva kann ich empfangen, mein Lieblingssender. So verbringe ich meine Tage und die Abende und manchmal sitze ich die ganze Nacht vor dem Zauberkasten." Er blickte treuherzig in die Kamera. „Gut", sagte der Bärtige, „Jetzt machen wir noch ein paar Zwischenschnitte und den Gang zum Fernseher noch einmal, dann haben wir eine prima Episode."

Später im Bus auf dem Weg nach Uman erzählte er, dass der Roman über Mischa, den Pinguin, zu seinen Lieblingsbüchern gehöre. Sein Autor Kurkow habe auch über ein Chamäleon geschrieben. Wunderbare Romane seien dies. Roman hatte nie von Kurkow gehört. „Der ist in Petersburg geboren, kam schon als Kind nach Kiew. Er schreibt auf Russisch, ist aber Ukrainer. Ich habe mal ein langes Interview mit ihm für eine Radiosendung gemacht. Da hat er von seinem Hauptwerk erzählt, einem dreibändigen Roman, der in den Jahren 1927 bis 63 spielt. Er nannte ihn eine Geschichte der Evolution sowjetischer Mentalität mit viel schwarzem Humor. Den hätte ich gerne gelesen, aber er meinte, der werde wohl nicht ins Deutsche übersetzt werden, weil sein schweizer Verleger das Thema als für deutsche Leser nicht geeignet halte. Sie interessierten sich nicht für sowjetische Geschichte und Mentalität. Er hat recht behalten. Schade eigentlich." „Ist er denn tatsächlich Ukrainer?" Der Regisseur schaute ihn verdutzt an. Zögerte. „Du bist jung und schon in der neuen Ukraine groß geworden. Kurkow wuchs in der Sowjetunion auf und er erzählte mir, dass er sich damals als Sowjetbürger fühlte. Nach dem Untergang des Imperiums, verstand er sich als Kiewer und weniger als Ukrainer. Er sagte: „Ich habe viele Freunde da und denke, ich bin ein Teil von Kiew. Kiew ist für mich wichtiger als die Ukraine. Ich bin ein ukrainischer Schriftsteller russischer Abstammung." Mit den ukrainischen Intellektuellen und Autorenkollegen verbinde ihn wenig. Fünfundneunzig Prozent seien Nationalisten und wollten nicht wahrhaben, dass es russische

Literatur in der Ukraine gäbe. Er erzählte, dass der Bürgermeister von Lemberg jüngst eine Verordnung erlassen und verboten habe an öffentlichen Orten, in Bars und Cafés russische Musik und russische Lieder zu spielen. „Das ist natürlich verrückt. Aber die Ukraine ist nicht nur Lemberg. Lemberg ist nur eine Stadt. Andere Städte sind ganz normal und es gibt einen großen Unterschied zwischen Lemberg und Donezk oder Lemberg und Kiew. Aber diese nationalistischen Politiker teilen die Ukraine und möchten, dass die ganze Ukraine wie Lemberg ist. Das wird niemals funktionieren, weil sechzig Prozent der Leute Russisch sprechen. Sie verstehen und können auch Ukrainisch sprechen, aber ihre Muttersprache ist Russisch." Er erzählte auch, dass in der westlichen Ukraine Stalin viel schlimmer als Hitler betrachtet werde und im Weltkrieg eine nationalistisch ukrainische Armee mit Hitler gegen die sowjetischen Soldaten gekämpft habe und es jetzt eine Bewegung gebe, dass für diese Soldaten die gleichen Rechte und Privilegien gelten sollten wie für die sowjetischen Soldaten. „Für die alte Generation ist dies fast nicht zu akzeptieren."

Roman nickte nachdenklich. „Ich kenne das von meinen Eltern und von meiner Tante. Sie sprechen selten über diese Jahre und haben sich mit den neuen Gegebenheiten arrangiert. Alte Lieder aus der Sowjetzeit singen sie zuweilen in den Ferien am Lagerfeuer. Aber sonst..." „Sei froh, dass es hier nicht so beschissen läuft wie in Deutschland. Da wurde nach der Wiedervereinigung die Identität der DDR-Bevölkerung fast ausgelöscht. Ein absurder Vorgang, der in seiner Dimension bis heute nicht begriffen wurde und der Aufklärung durch die Enkel harrt. Und fast alle machten mit: Politiker, Unternehmer, selbst die Gewerkschaften fanden alles klasse, was geschah. Mir wird übel, wenn ich daran denke. Die Intellektuellen und Literaten schweigen weitgehend, tauchten ab und warteten in stiller Feigheit, bis sich erkennen ließ, wohin der Wind sich dreht. Das Geschäft besorgten ihre Paladine in den Feuilletons. Dort droschen sie auf jeden ein, der es wagte, sich dem Irrsinn entgegen zu stellen. Ein Großkritiker zerriss öffentlich den neuen Roman von Günther Grass „Ein weites Feld", weil der es gewagt hatte, kritisches zur Treuhand zu schreiben. Ich war damals in Polen und erstand nach meiner Heimkehr das Buch. In dem achthundert Seiten dicken Roman fand ich die zwölf Treuhandseiten kaum. Wenn man die Sätze heute noch einmal liest, nachdem die

kriminellen Geschäfte und Machenschaften der Treuhand teilweise aufgearbeitet sind, scheinen sie mir noch harmloser als damals schon. Weißt du, in Deutschland wollen die Leute überhaupt nicht begreifen, dass Korruption wie übrigens auch Steuerhinterziehung Straftaten sind. Die meisten glauben, da wird nur der Staat ein bisschen geneppt. Das sie es selber sind, die betrogen werden, kapieren sie gar nicht"
Der Bärtige hatte sich richtig in Rage geredet und wollte gar nicht mehr aufhören: „Zu jener Zeit fuhr ich einmal nach Rudolstadt. Auf dem Marktplatz wollte ich eine Thüringer Bratwurst essen, den Stand an der Ecke gab es noch und die Wurst schmeckte vorzüglich, dass ich mir gleich noch eine bestellte, doch daneben hatte eine Bude mit fränkischen Würsten aufgemacht, die heftig umlagert war. Fränkische Würste sind zwar nicht schlecht und allemal besser als alle, die in München angeboten werden, aber gegen echte Thüringer haben sie keine Chance. Im Buchladen nebenan herrschte Ausverkauf. Die DDR-Bücher wurden verramscht, weil die Regale mit den bedeutenden internationalen Bestsellern neu bestückt werden mussten oder es schon waren, und auch ein paar Stellagen mit Lore- und andern Groschenromanen hatten Einzug in die hehren Hallen gefunden. Na toll, dachte ich, und heute, wenn ich die meisten Ankündigungen der neuen Bücher von Autoren der Leipziger Schule lese und eines auch mal anblättere, denke ich zuweilen, da hat sich die intensive Lektüre der Loreromane doch ausgesprochen fruchtbar erwiesen. Sherwood Anderson lässt grüßen! Ich war damals auf den Weg nach Mecklenburg, wo ich auf dem Schulzenhof ein längeres Interview mit Erwin Strittmatter machte. Auf der Rückreise fuhr ich in Jena vorbei um mit Erik Neutsch zu sprechen, ich hatte nämlich den verwegenen Plan, meinen westdeutschen Landsleuten ein bisschen was über die geschmähte DDR-Literatur und ihre Literaten zu erzählen. Das Strittmatterinterview ließ sich verkaufen, jenes mit Neutsch aber nicht. Von der SZ erhielt ich die hochmütige Antwort: „Was wollen Sie mit diesem Staatsdichter?" „Ja gut", dachte ich in Erinnerung an den Sachsenkönig, „wenn ihr alles wisst, dann macht doch euern Kram allene" und wandte mich anderen Stoffen zu."

Gestern waren die Nazis in der Stadt. Sie wollten ihre Oberbayerntour vor den Wahlen auf dem Stadtplatz beenden. Jugendliche Gegendemonstranten ließen die Redner nicht zu Wort kommen, so dass sie nach einem gellenden Pfeifkonzert die Veranstaltung abbrechen mussten. Es würde nachzuschauen sein, wie viel Bürger sie hier noch wählten. Auch heute am Nachmittag fuhren Polizeiwagen zum Stadtplatz, wie ich vom Fenster aus sehen konnte. Gegen fünf formierten sich die Beamten vor dem Rathaus und weil ich neugierig war, lief ich vor. Asylbewerber auf ihrem Marsch nach München hielten eine Kundgebung ab. Seit nunmehr anderthalb Jahren waren sie unterwegs und machten mit unterschiedlichen Aktionen auf ihre Lage aufmerksam: die miesen Bedingungen in vielen Unterkünften, das Arbeitsverbot, die Residenzpflicht, die ihnen nicht erlaubte, die ihnen zugewiesenen Gemeinden zu verlassen, die lange Verfahrensdauer, die rigorose Abschiebepraxis. Ein kleines Häuflein von vielleicht zwanzig Leuten stand hinter Spruchbändern: „Kein Mensch ist illegal. Menschenrechte überall." Begleitet wurden sie von jugendlichen Sympathisanten, Burschen und ausnehmend hübschen Mädchen, die nicht hinnehmen wollten, was in ihrem Land an Unrecht geschah. Nur wenige Passanten blieben stehen. In den Straßencafés widmeten sich die Gäste ihren Getränken. Acht Mannschaftswagen der Polizei standen in nächster Umgebung. Als ich mich zu den Flüchtlingen stellte, kamen zwei Männer zu mir. Ein vielleicht fünfzigjähriger Arbeiter erklärte mir, dass sie alle Schmarotzer und zu faul zum Arbeiten seien. Ich antwortete, dass sie ja arbeiten wollten, es aber nicht dürften, woraufhin er meinte, dass es ihnen ja nicht so schlecht gehen könne, wenn sie zehntausende von Dollar zahlen konnten um aus ihrer Heimat fortzukommen. Das habe er in einem dreiseitigen Zeitungsbericht gelesen. Ich fragte ihn, ob er den Eindruck habe, dass die jungen Menschen hier auf dem Kopfsteinpflaster alle BMW führen. Ein schön Schwarzer preschte gerade mit quietschenden Reifen um die Ecke. Er schaute mich an, erklärte mich zum Idioten und trollte sich. Der andere fragte nun, warum sie nicht in ihrer Heimat blieben, was sie hier wollten? Das gehe doch nicht. „Wir haben doch selbst genug arme Landsleute." Die hätten Vorrang, so schlecht könne es ihnen daheim doch gar nicht gehen. Ich wollte ihm von den Kriegen erzählen, der weltweiten Ausbeutung ihrer Länder durch unsere Konzerne. Er hörte mir nicht zu, meinte, sie brächten einander dort selber um, es sei ihnen nicht zu helfen. Auch er ging davon und ich blieb allein bei dem Häuflein Flüchtlinge stehen, die abwechselnd zum Mikrophon gingen und von ihrer Heimat, der Flucht und dem Leben hier in der Unterkunft berichteten. Dazwischen sang ein Kongolese ein paar Lieder zur Gitarre. Es gab Rufe und Parolen. Alle betonten, dass sie nicht aufgeben würden, bis ihre Forderungen erfüllt seien. Nach einer Stunde beendeten sie ihre Veranstaltung und machten sich auf zum Zeltlager, in dem sie heute übernachten wollten. Morgen würden sie weiter ziehen. Nach fünf Minuten lag der Rathausvorplatz verlassen. Als ich später mit meiner Frau im Café der Uninteressierten beim Eiskaffee saß, kam mir in den Sinn, dass wir ja eigentlich auch Flüchtlinge waren, geflohen vor den Spekulanten, die uns das Leben in unserem früheren Wohnort unmöglich gemacht hatten. Der aufgeplusterte Bundespräsident fiel mir ein, der gerne von Würde und Menschenrechten faselte, aber bisher kein Wort zur Lage der Asylsuchenden fand, geschweige denn zum Brandenburger Tor gekommen war, vor dem sie im letzten Jahr wochenlang kampiert und einen Hungerstreik durchgeführt hatten, noch zu dem Protestcamp am Oranienplatz in Kreuzberg, in dem viele seitdem ausharrten. Wozu auch? Es genügte, wenn er sich staatsmännisch gab oder was er dafür hielt.

Er lag und starrte auf die Bücherwand neben dem Bett. Renate schlief. Die Glocke war auf sie herabgesunken und hatte sie von der Welt abgeschirmt. Mit Astrid hatte er anfangs Ähnliches erlebt, bis sie einander verloren. Kurzzeitig auch in anderen Beziehungen. Viele waren es nicht. Er hatte seine Tage fern von Frauen verbracht, hatte sich damit abgefunden, hörte manchmal beinahe gelangweilt zu, wenn er die großspurigen Reden seiner Kollegen hörte, da war viel Plappern und heimlicher Wunsch. Renate schlug die Augen auf: „Ach du!" Sie drehte sich zurück unter die Decke. Die Liebe hatte ihr Geheimnis verloren und Sex war ein Konsumartikel geworden. Die ungeheuren Umsätze von Prostitution und Pornoindustrie erzählten von Elend und Angst. Auch seine eigene Angst? Wahrscheinlich. Er hatte sich eingerichtet, abgelenkt. Renate war ihm zugefallen. Er konnte sein Glück nicht verstehen. Wollte nicht darüber nachdenken. Musste daran denken. Er erhob sich über die anderen. Das eigentlich nicht. Wenn er sich ausforschte, fand er keinen Neid. Er kannte sein Maß. Sie hatte die Regeln festgelegt, und er wollte sich fügen. Hinnehmen, was geschah.

Uman erreichten sie am späten Nachmittag. „So, hier werden wir bleiben. Hoffentlich gibt es ein ordentliches Hotel. Weißt du eines?" der Bärtige wandte sich fragend an Roman. „Nein, wir haben immer bei Bekannten gewohnt. Aber ich glaube am Sophienpark hätte ich ein Hotel gesehen." „Warum hast du nicht vorbestellt?" grummelte der Kameramann. „So ein Quatsch, in der Ukraine kannst du nicht vorbestellen. Das weißt du vom letzten Mal." „Aber ich habe dieses ewige Herumgesuche dick." Sie kamen zu einem Platz, in dessen Mitte eine riesige Leninstatue thronte. Ihr gegenüber zog sich eine Anzahl von Blumenständen den Bürgersteig entlang, ein Kiosk stand da, sonst nichts. Höchst merkwürdig! Sie fuhren auf eine Ecke mit alten Bürgerhäusern zu. Rechter Hand ragte der Turm einer Barockkirche zwischen heillos nebeneinandergestellten vergrauten Neubauten in den Himmel. „Kosakenbarock", meinte Roman und zeigte hinüber. Männer liefen auf holprigen Bürgersteigen herum und Frauen mit prall gefüllten Stofftaschen versuchten die Straße zu queren, wenn rußige Laster oder verbeulte Pkw dies erlaubten. „Na wunderbar, das gibt tolle Bilder", meinte der Kameramann, der die Scheibe heruntergekurbelt hatte und die Nase nach draußen reckte. „Weißt du, wo der Park liegt?" fragte der Bärtige. Roman schüttelte den Kopf, versuchte aus dem Wagen zu schauen, um sich zu orientieren, „Da links irgendwie, aber genau weiß ich es nicht. Vielleicht sollten wir fragen." „Ausgezeichnete Idee." Irgendwie wirkte der Kameramann genervt. „Da vorne ist ein Café," sagte er und drehte sich in den Wagen, „Da gibt es einen Parkplatz und da bleiben wir stehen, ich brauche nämlich ein Bier. Halt halt an!" fauchte er dem Fahrer zu, der daraufhin scharf abbremste und zum Randstein fuhr. „Na siehste, geht doch!" Kaum stand der Bus, öffnete er die Tür und stampfte zur Terrasse vor dem Eingang und auf die Tische und Stühle zu, auf denen ein paar Männer saßen. „Der hat seinen Rappel", meinte der Fahrer und der Bärtige sagte: „Er wird schon wieder" und zwängte sich aus der Tür. Roman rutschte hinterher. Der Assi steckte seinen Follettband weg und machte sich weltverloren gleichfalls ans Aussteigen. Als sie alle am Tisch saßen und die junge Bedienung erschien, schaute der Kameramann in die Runde: „Also, was ist, fünf Bier?" „Ich muss noch fahren", greinte der Fahrer und der Regisseur sagte: „Und außerdem wollten wir noch in den Park und schauen, was wir da drehen können." Der Kameramann drehte sich zu dem Bärtigen und meinte abschätzig: „Du weißt, dass ich keine Vorbesichtigung mache." Er hob die Hand der Bedienung entgegen und sagte: „Drei Bier und zwei Cola!" Sie nickte und verschwand und er drehte sich in den Kreis zurück: „Das wird mein Hauptquartier. Wenn der Handwerker eine neue Baustelle bezieht, ist seine erste Arbeit, das richtige Wirtshaus zu finden. Das hätten wir geschafft." Er kramte seine Pfeife aus der Tasche und zündete sie an, „In Lenins Schatten eine Halbe zu trinken, war schon immer ein Traum von mir. Ihr macht das Hotel klar und ich sondiere die Lage." Dem Bärtigen schien das nicht recht zu gefallen, doch er fügte sich und sagte zu Roman: „Frag die Bedienung, wo der Park ist und vielleicht kennt sie noch ein anderes Hotel." Er machte dies, als sie mit den Getränken kam, und stellte fest, dass sie nicht sonderlich gut Ukrainisch sprach, so dass er ins Russisch wechselte, was sie besser verstand. Sie sagte, dass sie nur die Straße hinter dem Marktplatz hinunter zu fahren bräuchten, die führe direkt zum Park. Links davor auf dem Hang befinde sich ein Hotel. Falls dies besetzt sein sollte, könnten sie dort in einer Nebenstraße ein neues Gästehaus der Israelis sehen, dass sei riesengroß und böte sicher Platz. Sie war ausgesprochen hübsch und gefiel Roman sehr. Anfang zwanzig mochte sie sein. Schade, dass sie nur Russisch sprach, vermutlich war das hier üblich und weiter im Osten verstanden die Leute eh nur Russisch. Tatsächlich hatten sie Glück und fünf Zimmer waren noch frei. Ziemlich teuer, wie Roman meinte, aber dem Bärtigen schien das nichts auszumachen. Romans Zimmer war billiger, weil er einen ukrainischen Paß besaß. „Gibt es das hier noch?" fragte der Bärtige nur. Auf dem Fußmarsch zurück ins Zentrum fragte ihn Roman, was er gemeint habe, als er gesagt habe, man könne in der Ukraine nicht vorbestellen. „Wie denn, der Irre ist doch Knall auf Fall abgehauen, obgleich er genau wusste, dass wir noch ein paar Tage bleiben, außerdem bringt das in der Tat nichts, zumindest auf dem Land und in kleineren Städten. Vor ein paar Jahren haben wir in den Karpaten bei der Recherche zu meinem Huzulenfilm nach endlosem Suchen in irgendeiner Ecke versteckt ein riesiges Sporthotel entdeckt und uns dort angemeldet. Die Dolmetscherin hat dann vor dem Dreh extra noch ein Fax hingeschickt und auch eine Zusage bekommen. Als wir dann ankamen, hieß es am Empfang, es seien keine Zimmer frei und vorbestellt schon gar nicht. Aber voll sah das Hotel nicht gerade aus, also sind wir schnurstracks zum Büro des Direktors gestiefelt und der redete den gleichen Stuss. Ich hab ihm sein Fax auf den Tisch geknallt, das er gar nicht angeschaut hat, also habe ich ihn angebrüllt, was ihn nun aber auch gar nicht gefallen wollte, denn er blökte zurück, woraufhin ich mich mit meinen Leuten in die Ledersessel in seinem Büro setzte und ihm von der Dolmetscherin erklären ließ, dann würden wir eben in der Direktion übernachten, groß genug sei der Raum ja, und Tee wollten wir auch, denn wir seien stundenlang über elende Straßen gekrochen um endlich in seinem gastfreundlichen Haus unterzukommen. Irgendwie war dem Herrn Direktor höchstwahrscheinlich in seiner ganzen Laufbahn dergleichen noch nie widerfahren. Er saß ein paar Minuten hinter seinem protzigen Schreibtisch, dann stand er auf und verließ türknallend den Raum. Nach einer Viertelstunde kam dann die Dame von der Rezeption, hielt Zimmerschlüssel in den Händen und sagte, sie hätten jetzt Zimmer für uns frei geräumt. Wir blieben dort vierzehn Tage und andere Gäste haben wir nicht zu Gesicht bekommen. Sogar ein Schwimmbad und eine Bar hatten wir für uns alleine. Du siehst, mit Lautstärke und Beharrlichkeit erreicht man so manches in deinem Land, sogar leere Zimmer werden freigeräumt." Roman hatte zwar seine Zweifel an dieser Aussage, hielt sich aber zurück. Er musste an seine Hochzeitsreise mit Lydia denken. Am Freitagabend war urplötzlich der Besitzer aufgetaucht und warf sie aus ihrem Bungalow, weil sich irgendein Politiker fürs Wochenende angemeldet hatte, der noch in der Nacht eintreffen wollte. Da hatten Proteste gar nichts genutzt, im Gegenteil, der Typ drohte mit den Bodyguards des Mächtigen, so dass sie es vorzogen, sich schleunigst eine andere Unterkunft zu suchen.

Zum Tag des offenen Denkmals stand ein Bild der im 15. Jahrhundert errichteten Martinskirche in der Zeitung. Im Text hieß es: „Die Kirche St. Martin in Landshut verfügt über den höchsten Backsteinturm der Welt. Angeblich ist es immer noch nicht klar, warum die Kirche überhaupt steht, denn nach statischen Berechnungen heutiger Experten dürfte sie das eigentlich nicht." Wenn ich mich aus dem Fenster hinauslehnte, konnte ich die Kirche sehen, ein beeindruckender Bau. Der Turm stand tatsächlich noch immer. Vermutlich verstand der damalige Baumeister mehr von den Gesetzen der Statik, als seine späten Enkel. Das beruhigte mich, denn auch das Haus, in dem wir wohnten, wurde im späten fünfzehnten Jahrhundert errichtet und trotzte eigensinnig dem

Gestaltungswillen moderner Stadtplaner, ebenso, wie die anderen hier in der Altstadt. Allerdings wurde von meiner Lieblingsbaugesellschaft Strabag, hübsch versteckt zwischen Alt- und Neustadt gerade ein Neubau errichtet, der wohl kaum die Jahrhunderte überdauern würde. Der unscheinbare Kasten sollte laut eindrucksvoller Bauabsichtstafel „City Palais" heißen, was mal wieder bewies, von wie vielen Sprachen Deutsch gespeist werden musste, damit etwas in den Ohren der Werbestrategen verführerisch klang. Allerdings verstand ich sehr gut, warum sie nicht Stadtpalast geschrieben hatten, denn mit einem Palast hatte der Bau wenig Ähnlichkeit, mit einem Palais eigentlich auch nicht, aber das wurde vermutlich durch die Höhe der zu erzielenden Mieten oder Kosten für die Eigentumswohnungen ausgeglichen, denn die Geier kreisten schon lange über der Provinz und ein paar hatten sich auch in der gotischen Stadt niedergelassen. Das ist wie bei Flugzeugen: runter kommen sie immer, dachte ich mir. Im Museum entdeckte ich eine alte Stadtansicht. Sie zeigte den Stadtplatz mit seinen prächtigen Bürgerhäusern und der Kirche als Abschluss. Links dahinter, wo der Hügel hätte sein müssen, auf dem auch damals schon das Herzogschloss stand, wies das Bild eine leere Fläche auf, weder Hügel noch Schloss waren zu sehen. Ich erfuhr, dass Johann Matthias Steudlin im 18. Jahrhundert den Stich angefertigt hatte. Als Mann der Aufklärung wollte er Bürgerstolz darstellen, dafür brauchte er das Schloss des Herzogs nicht. Und wie ich später nachlas, waren Herzöge und Bürger nicht immer einer Meinung, und um den Fürstenhochmut ein wenig zu dämpfen, ließen sie ihren Kirchturm der Martinskirche so hoch in den Himmel wachsen, dass er die Burg überragte. Sie wollten den Herren auf Augenhöhe begegnen. Wenn ich mir die Münchner Schickeria (und nicht nur die) vorstellte, wie sie bäuchlings vor jedem Adeligen auf dem Boden lag, und an die zahlreichen Berichte und Fs-Filme über Fürstenhäuser dachte, und wie jede Hochzeit, Geburt oder auch nur Regung der angeblich Blaublütigen zu Schlagzeilen und Sondersendungen führte, so mochte ich die Altvorderen und den Zeichner desto mehr loben, wenngleich mir der Anblick der Burg vom Fenster aus und von vielen anderen Plätzen der Stadt recht gut gefiel. Aber auch der Kirchturm der Bürger war von überall her zu sehen und zeigte mir und auch jenen, die verschreckt vor der ihnen innewohnenden Tollheit sich nun wieder verbeugten vor dem Herrschern oben im Nichts des Bildes, der dünnen Ölschicht auf dem Meer des Volkes, wie Arno Schmidt einmal schrieb, dass es auch anders ging.

Als sie beim Café ankamen, saß der Kameramann im Kreis anderer Zecher, so dass ein zweiter Tisch dazugestellt werden musste, damit sie alle Platz fanden. Es wurde ein regelrechtes Besäufnis oder war es schon und Valentina, so hieß die Kellnerin, hatte alle Hände voll zu tun, um den nicht enden wollenden Strom von Bestellungen nachzukommen. In dem Sprachengewirr aus Russisch, Ukrainisch, Englisch und Deutsch war Roman fortwährend gefragt, wenn es galt kompliziertere Gedankengänge den Nachbarn zu verdeutlichen. Auch wenn er bald nicht mehr wusste, wo ihm der Kopf stand und was er für wen in welche Sprache übersetzte, genoss er es im Mittelpunkt zu stehen und nahm der Kellnerin Blicke wahr, wenn sie Getränke oder Essen brachte und ein paar Augenblicke zu lang am Tisch stehen blieb und ihm, wie er fand, bewundernd anschaute und zuhörte, so dass sein Reden verwirrt ins Stocken geriet, er rasch um das zu überspielen einen Schluck aus seinem Bierglas nahm, damit er mit seiner Herkulesarbeit fortfahren konnte. Je mehr er trank, desto hübscher erschien sie ihm. Nachdem sie abkassiert hatte, weil eine Kollegin ihre Schicht übernahm, ging er nach drinnen, stellte sich an die Theke und redete mit ihr, während sie Gläser abwusch. Er erfuhr, dass sie allein mit der Mutter und einem jüngeren Bruder auf einem kleinen Bauernhof am Rande der Stadt wohnte und mit ihrem Verdienst die Familie unterhielt. Die Mutter kümmere sich um den großen Garten, verkaufe auf dem Markt, den restlichen Grund hätten sie an den Nachbarn verpachtet. Der Bruder gehe aufs Gymnasium und solle studieren. Der Vater sei vor über zehn Jahren zunächst nach Italien und dann nach Spanien gegangen. Anfangs habe er regelmäßig Geld geschickt, dann sei dies seltener geschehen. Vor fünf Jahren sei er einmal mit einem neuen Auto vors Haus gerauscht, den Kofferraum voller Geschenke. Eine Woche lang hätten sie sich wie im Paradies gefühlt und jeden Tag Ausflüge gemacht. Ihr Bruder, der kaum zwei Jahre alt gewesen sei, als er fortgegangen war und den Vater eigentlich nicht kannte, sei stolz mit seinem neuen BMX-Rad herumgefahren. Doch dann habe die Mutter in seiner Brieftasche Fotos gefunden, dass den Vater mit einer jungen, braungebrannten Frau am Strand und in einer Wohnung zeigte. Sie habe ihn darauf angesprochen, er sei ausgewichen und als sie beharrlich weiterbohrte, sei er wütend geworden und habe sie angeschrien, ob sie denn glaube, dass sie alles hinausschwitzen könne. Als sie daraufhin zu weinen anfing, habe er hinzugefügt, sie solle sich doch einmal im Spiegel anschauen. Da sei die Mutter aufgestanden, habe sich die Tränen abgewischt und sei zu den Nachbarn gegangen. „Über Nacht blieb sie fort und kam auch am nächsten Tag nicht zurück." Der Vater habe Wodka in sich hineingeschüttet und für sie und den Bruder keine Blicke mehr gehabt. Am nächsten Morgen habe er an ihnen herumgemeckert, sei durch die Wohnung getigert und zum Nachbarhaus gegangen, sei aber nicht hinein, habe nur gestarrt, dann sei er in die Küche zurückgekehrt und habe weiter getrunken. „Kaum dass ich Platz hatte für uns Essen zu machen." Zwei Tage sei das so gegangen, dann habe er seine Sachen gepackt, in den Kofferraum geworfen und sei grußlos abgerauscht. Die Mutter habe kein Wort verloren, als sie nach einer Stunde erschien. Sie habe ihre Geschenke zusammengerafft, in den Hof getragen und dort verbrannt. Sogar den blauen Wintermantel, über den sie sich so gefreut hatte und den sie unbedingt tragen wollte bei ihren Ausflügen. Zu Weihnachten sei ein dicker Brief gekommen, den die Mutter gelesen habe. Dann sei noch ab und an Geld überwiesen worden. Ein halbes Jahr lang vielleicht. „Das wars. Eine hübsche ukrainische Familiengeschichte, nicht wahr?" Sie hatte ihre Arbeit beendet, beide Hände auf das Becken gestützt, schaute ihn schulterzuckend an und dann von ihm weg in den Raum und sagte, jetzt müsse sie aber heim, gleich fange Rosalka zu singen an. Roman drehte sich um, er hatte gar nicht mitbekommen, dass es dunkel geworden war und die meisten Gäste von der Terrasse in den Innenraum umgezogen waren. Auch die Kollegen hatten seitlich der kleinen Bühne neben einem Tisch Platz genommen, an dem vier junge Frauen vor halbleeren Weingläsern saßen. Der Dicke bemerkte seinen Blick, winkte heftig und zeigte auf einen leeren Stuhl neben dem seinen. „Komm endlich her, wir brauchen dich!" Roman zwängte sich zwischen den enggestellten Tischen zu ihm hin. „Ohne dich geht gar nichts, die brabbeln unverständliches Zeug." Der Kameramann nickte den Frauen zu, die kichernd die Köpfe zusammensteckten. „Hier, trink erst einmal einen Schluck", er reichte ihm ein Glas, er hatte vom Bier zum Wodka gewechselt. „Was soll ich denn machen?" „Na Kontakt herstellen. Was glaubst du, warum wir neben den Schönheiten sitzen. Sie arbeiten in den Blumenläden und wollen uns kennen lernen." Roman blickte zum Nebentisch, an dem weiterhin heftig gekichert wurde. Das konnte heiter werden. Doch wurde er der Mühe vorerst enthoben, denn der Bass der Playbackanlage donnerte in den Raum, die Sängerin stimmte ihr erstes Lied an. Ihre raue Stimme besiegte das Reden der Gäste und das Farbenspiel einer kleinen Lichtanlage lenkte die Blicke auf sie. Roman hasste die neuen ukrainischen Lieder und war zufrieden, als er Russisch vernahm. Ihr Repertoire war erstaunlich vielfältig und reichte von einfachen Schlagertexten, über populäre Volkslieder zu Balladen von Okudschawa und anderen. Ganz Eigentümliches fand er in dieser Stadt. Als sie nach einer halben Stunde ihren ersten Auftritt beendete, brauchte er ein paar Augenblicke, bis er in die Wirklichkeit zurückfand. Ihm fiel ein, dass er eigentlich Lydia anrufen sollte. Etwas hinderte ihn daran. Er hatte Valentina gar nicht erzählt, dass er verheiratet war. Warum auch, er wollte doch nichts von ihr? Dennoch plagte ihn schlechtes Gewissen. Der Kameramann bestellte eine neue Runde Getränke und wandte sich an Roman: „Kannst du mal die Schönheiten fragen, was sie trinken möchten?" Die steckten die Köpfe zusammen, kicherten mal wieder und eine Schwarzhaarige meinte dann, sie wollten nichts mehr, weil sie gleich in die Disco gehen wollten. „Nichts da Disco!" sagte der Kameramann „hier geht jetzt die Post ab." Und überhaupt, ob sie immer so schüchtern für sich alleine säßen oder ob sie sich gar vor Ausländern fürchteten? Die Schwarze lachte und meinte, das sei nicht ihre Art und außerdem seien sie von ukrainischen Männern anderes Temperament gewöhnt. Die hockten nicht stocksteif da, wenn die Musik spiele und junge Frauen tanzen wollten. Der Kameramann schaute in die Runde und dann zu ihr: „Jetzt ist Pause, also was darf ich bestellen?" „Naja, ein Glas Wein wäre nicht schlecht", sie nahm ihr leeres Glas und zeigte auf jene ihrer Freundinnen, die gleichfalls ausgetrunken hatten. „Na also, dann kommen wir der Sache doch näher. Roman bestell mal, damit endlich was voran geht." Roman zählte die Gläser, ging zur Theke und als er zurückkehrte, hatte sich die Tischordnung verändert, die beiden Tische waren zusammengeschoben, der Kameramann saß zwischen der Schwarzen und einer jüngeren Blonden, die freilich nicht auf ihn, sondern auf den Fahrer ein Auge geworfen hatte, der neben ihr saß und auf Englisch auf sie einredete, was sie aber offensichtlich nicht verstand, so dass er hilfesuchend zu Roman blickte, also nahm er seinen Stuhl und rückte zu ihnen. In den Augenwinkeln bemerkte er, dass die Sängerin mit einem Glas in der Hand zum Tisch geschlendert kam und hörte sie den Bärtigen auf Englisch fragen, wie ihm ihre Show gefallen habe. Was sie überhaupt für Geschäfte hier im trostlosen Uman machen wollten, in dem sich Fuchs und Eule Gute Nacht sagten. „Hase meine ich, nicht Eule. Oder Hund und Katze, denn mit Tieren kenne ich mich nicht aus." Er bekam mit, dass er ihren Auftritt lobte und zu erzählen anfing, dass sie aus München kämen und in der Ukraine einen Dokumentarfilm drehten. Nach Uman seien sie wegen des Sophienparks gekommen. Der ungeduldige Fahrer zog ihn am Arm und sagte, er solle der Blonden erklären, er heiße Stefan, habe daheim eine Freundin, aber sie sei so hübsch, dass er sie kennen lernen möchte. Roman veränderte die Aussage ein wenig. Er sagte, dass er zwar in München eine Freundin habe, aber die sei bei weitem nicht so hübsch wie sie und er möchte sie kennenlernen. Die junge Frau lächelte ihn an, bedankte sich für das Kompliment und antwortete, dass sie kaum Englisch spreche, Deutsch schon gar nicht, aber sie möchte ihn auch gerne kennen lernen und sich mit ihm unterhalten. Außerdem könnten sie ja auch miteinander tanzen, denn Rosalka singe viele Lieder zu denen sich tanzen lasse. „Na wunderbar," meinte der Fahrer, „dann kommen wir klar und brauchen keinen Dolmetscher mehr." Roman übersetzte ihr das und fühlte sich seiner Pflichten entbunden. Das war ihm recht, denn er hielt sich nicht gerade für den besten Vermittler in Liebesdingen, vor allem, weil er merkte, dass sie einen Ehering trug und schlussfolgern konnte, dass dies böse enden könnte, falls der Ehemann seiner Frau auf die Schliche kam und das schien ihm sicher, denn in der Provinz und Uman war tiefste Provinz, sah man die Dinge anders, und in Lemberg würde er sich das auch nicht gefallen lassen, das war ja klar. Die beiden freilich bevorzugten eine eigene Sicht, sie rückten enger zusammen und fingen an, einander anzuschmachten, so dass er sich beeilte die potentielle Gefahrenzone zu verlassen. Er stand auf und fragte an der Theke nach Valentina. Die sei schon gegangen hieß es. Sein Mobil rumpelte in der Tasche. Lydia! Jetzt nicht! Dass sie fortgegangen war ohne sich von ihm zu verabschieden, empfand er als kleinen Verrat und kehrte mit einem frischen Bier zum Tisch zurück. Der Bärtige redete noch immer mit der Sängerin und der dicke Kameramann zeigte der Schwarzen seine Pfeifensammlung. Der Assi schaute blicklos vor sich hin. Er schien seinen Follett zu vermissen. Die anderen beiden Frauen neben ihm saßen gelangweilt hinter ihren Gläsern. Ein toller Abend! Schließlich erhob sich die Sängerin wieder und begann den zweiten Teil ihrer Show. Das junge Liebespaar schlüpfte zwischen den Tischen hindurch zu der kleinen Freifläche, auf der sich tanzen ließ. Ein anderes Paar gesellte sich zu ihnen. Auch die beiden Blumenmädchen gingen miteinander zu Tanzfläche, während der Assi sein Glas hob und es andächtig leerte. Derweilen hatte der Kameramann in seiner Beziehung zur Schwarzen beträchtliche Fortschritte gemacht: ihr eine Pfeife gestopft und angezündet. Nun saßen die Beiden vergnügt paffend nebeneinander und tranken ab und an ein Gläschen aus der Wodkaflasche, deren Inhalt sich dem Ende zuneigte. Der Bärtige schaute ihnen zu, lehnte sich im Stuhl zurück und konzentrierte seine Aufmerksamkeit auf die Sängerin. Sie warf ihm zuweilen Blicke zu und schien allein für ihn zu singen. Romans Mobil meldete sich wieder. Lydia versuchte ihn erneut zu erreichen. Unmöglich konnte er das Gespräch annehmen. Er würde sie morgen vormittags anrufen und ihr sagen, dass sie bis in die Nacht hinein gearbeitet hätten. Die Deutschen seien fleißige Leute, das wusste sie ja und würde es verstehen.

Nach acht Tagen erwachte er und das Lager neben ihm lag kalt und verlassen im Vormittagslicht. Es war still im Raum. Renate war fort. Später fand er einen Zettel. „Küsschen. Bis bald, mein Liebster!" Sein Blick fiel auf den Stapel DVDs. Seine Filme. Ein paar lagen verstreut auf dem Boden vor dem Fernseher. Eine Hülle war aufgeschlagen: „Das weite Land – Podolien". Der letzte Film, den sie angeschaut hatten. Eine gute Zeit war das damals. Freundlich und friedlich standen heute die Bücher in den Regalen. Der Alte in dem fernen Land hatte die seinen vergraben und schaute nur noch fern. Vielleicht ging er mit dem Hund spazieren und grüßte den verborgenen Schatz, der auf seine Bergung wartete. Ein merkwürdiges Leben. Er drehte sich zur Seite, rieb sich die Nacht aus den Augen. Den Professor Unrat von Heinrich Mann müsste man heute, nachdem Liebe feil geworden war, anders schreiben. Was hatte er verbrochen, außer dass er an seiner Sexualität litt? Hesses Steppenwolf. Wodurch unterschied sich die Lüsternheit eines alten Mannes von der eines Dreißigjährigen? Er wischte die Gedanken fort und schaltete das Radio ein. Nachrichtenzeit. Die Zelte von Asylsuchenden in München, die sich seit einer Woche im Hungerstreik befanden und seit Dienstag nichts mehr getrunken hatten, waren am frühen Morgen von der Polizei geräumt worden, nachdem letzte Vermittlungsversuche gescheitert waren. Er hatte von den Ereignissen nichts mitbekommen, hatte die Tage in seiner eigenen Welt verbracht, in ihrer eigenen Welt. Er hatte nicht gefragt. Diesmal nicht. Doch er wusste, dass er es nicht aushalten würde. Sie hatten miteinander geschlafen, hatten seine Filme angeschaut, hatten sich Essen und Getränke kommen lassen. Mehr nicht. Anfangs hatte er sich seiner Eitelkeit geschämt, doch je mehr Filme sie betrachteten, desto ruhiger wurde er. Die Zeit hatte ihnen nichts anhaben können. Er fand, dass die meisten ihm gut gelungen waren. Sie erzählten ihm die gute Seite seines Lebens. Als Renate gefragt hatte, ob er es nicht bedaure, dass er aufgehört habe, konnte er dies zum ersten Mal verneinen. Tatsächlich wollte er nicht weitermachen. In den letzten Jahren war es immer schwerer gefallen, seine Vorstellungen durchzusetzen. Es war gut, wie es war. „Aber du hattest doch sicher noch Pläne?" „Klar, ich wollte nach Russland fahren und diesen Kontinent erkunden. Aber andere machen auch gute Filme." „Also keine Trauer?" „Nein." So ganz stimmte das nicht. Zuweilen hatte er durchaus daran gedacht. Vielleicht mit eigenem Geld. Einen Film hätte er bezahlen können. Aber dann? Einen Sender suchen, auf Festivals gehen? Dafür besaß er kein Talent. Auch Radiostoffe gingen ihm durch den Kopf. Da könnte er Gespräche führen und diese später am Computer selbst schneiden oder auch nur Texte ohne O-Ton verfassen. Bisher hatte er sich nicht dazu aufraffen können. So waren die Tage vergangen, Wochen und Monate, und die wenigen Kontakte, die er besaß schliefen ein. Sie wieder zu beleben oder gar neue aufzubauen, blieben Gedankenspiel. Wilhelm Raabe hatte mit 65 gesagt, dass er nun in den Ruhestand gehen werde. Ein Buch hatte er später doch noch geschrieben. „Altershausen".

Eine Kollegin, die vor ihm beim Fernsehen aufgehört hatte, erzählte ihm, dass sie fortan Romane schreiben wolle. Einer läge schon bei einem Agenten. "Und?" hatte er sie gefragt. "Er hat den Text zumindest gelesen und glaubt, dass er ihn irgendwo unterbringen kann. Von den Verlagen an die ich ihn vorher selbst geschickt hatte, habe ich nur formlose Absagen erhalten. Ohne Agent geht heute gar nichts mehr. Das ist hier inzwischen ebenso wie in Amerika." Er hatte an seine Stücke denken müssen, die er diversen Theatern angeboten hatte, von denen nicht einmal ein Schreiben eingetrudelt

war. Einmal saß er mit einer Bekannten in einer schwabinger Nachtkneipe. Am Nebentisch hockten Theaterleute. Lautstark und trunken schwadronierten sie darüber, dass ihnen nichts anderes mehr übrig bliebe, als selbst Stücke zu verfassen oder mit ihren Schauspielern zu erarbeiten, weil er es keine jungen Autoren mehr gäbe, außer einigen etablierten, die immer dasselbe schrieben und landauf landab gespielt würden. Am liebsten wäre er heimgelaufen, hätte seine Texte geholt und sie ihnen auf den Tisch geknallt, denn das Meiste, was er bei seinen seltenen Theaterbesuchen gesehen hatte, konnte er besser. Vergebliche Lebensmühe. Sie würden nichts in die Hand nehmen, sahen sie sich doch als Rockstars in ausverkauften Stadien und auf Flugfeldern vor begeistertem Publikum. Doch dort stimmten Smokie die Gitarren, und ihr Boulevard Of Broken Dreams brach über emporgereckte Arme und verzückte Gesichter. Verrauschte im Scheinwerferlicht. Draußen vor der Stadt kannte er ein Haus, dessen Eigentümer seinen verwehten Träumen ein Denkmal gesetzt hatte. Im Garten rostete ein Auto, standen Kühlschrank und Waschmaschine. Plastiktüten lagen herum und vermoderten Kartons mit Elektronikschrott. Relikte einer konsumverwirrten Gegenwart. Er fasste seine Begleiterin bei der Hand und lief mit ihr in die Nacht. Froh und zufrieden, ein paar von seinen Gedanken zur Welt in seinen Filmen und Radiosendungen unterbringen zu können.
Ein paar Tage darauf saß er bei dem über achtzigjährigen Herbert G. Göpfert in dessen Bücherkeller und sprach mit ihm über die neue Goetheausgabe, die der ehemalige Lektor des Hanserverlages herausgegeben hatte. Er hatte ihm sein Theaterstück "Sandomir" mitgebracht. Nach einer Woche erhielt er den Text mit Anmerkungen versehen und mit einem langen und freundlichen Brief zurück. „Einen klugen Lektor sollten Sie sich suchen", hieß es da. Er vergaß nur hinzuzufügen, wo. In Paul's Eck hing auch keiner rum und sagte „Ich bin ein guter Lektor. Suchen Sie mich?"
Inzwischen stand der Band zwischen anderen, die er im Selbstverlag veröffentlicht hatte. Texte, die im Laufe der Zeit entstanden waren und vermutlich nicht auf den Markt passten, soweit er ihn kannte. Die Bücher waren auf der Welt, wurden im Netz angeboten. Eines sogar von einem Engländer für hundertzwanzig Euro, was ihn herzlich freute.

Wirklichkeit erzählen heute nur noch Kriminalautoren, hatte er bei einer Redaktionssitzung gesagt, als sie eine neue Filmreihe planten. Eine erkleckliche Anzahl von Kriminalromanen stand inzwischen in seinen Regalen. Meist von ausländischen Autoren, die deutschen wühlten ihm zu sehr und zu falsch im Privaten oder in der Vergangenheit herum und scheuten den Konflikt. Soviel Verzagen und so wenig Leben. Kaum einem gelangen Bücher wie dem Polen Krajewski mit seiner Breslaureihe. Jemand hatte ihm jüngst erzählt, dass diese von einer deutschen Produktionsfirma verfilmt werden sollten, was wohl abgebrochen worden war, nachdem es zu Unstimmigkeiten mit dem Autor kam. „Klar wie Kloßbrühe" hatte er geantwortet „Die haben kein Wort von dem verstanden, was er geschrieben hat." Jüngst hatte er im Fernsehen die verhunzte Verfilmung eines der Kluftingerromane des oberbayrischen Autorenpaares Kobr/Klüpfel gesehen und sich gefragt, warum der eigentlich sympathische Kommissar derart bescheuert durch den Film stolperte. Dass die beiden Autoren dies erlaubten, blieb ihm ein Rätsel. Honorar war gut und schön, aber zu jedem Preis? Da ließ sich der Pole loben, der das seine in die Luft geschrieben hatte, und, so konnte er vermuten, auch die Veröffentlichung weiterer Bücher durch seinen deutschen Verlag, denn seit Jahren war von ihm nichts mehr erschienen, obgleich in Polen zahlreiche weitere Bücher verlegt worden waren.

Man kann die Krätze kriegen. Da hat doch so ein Spätpubertierender, der wahrscheinlich mit seiner Freundin nicht klar kommt, es gewagt, Protokolle zu veröffentlichen, die aufzeigen, dass die NSA Zugang zu allen Computern der Welt besitzt und selbstverständlich die Daten auswertet. Es ist das Recht der Vereinigten Staaten von Amerika, alles was im Internet und den ihm verbundenen Computern vorgeht zu kennen. Alle Firmen der Welt, die Software schreiben und anbieten, haben sich selbstlos gefügt und Lücken in ihre Programme eingebaut, damit staatliche Stellen Zugang bekommen. Und jetzt kommt so ein Schnösel vorbei und will das anprangern? Lächerlich! Mehr noch: verbrecherisch! Weiß er nicht, dass die Zukunft der freien Welt auf dem Spiel steht? Der Präsident blickt auf und schaut zum Fenster. Regen klatscht auf die Scheiben. Wieder einmal haben die Herrschaften von den Geheimdiensten von all dem nichts geahnt! Was machen sie eigentlich und wem spielen sie zu? Oder glauben sie autonom zu sein? Ein Staat im Staate? Wenn er an die Besprechungen denkt, so fühlt er sich wie ein kleines Kind, das in einer Runde Erwachsener sitzt und dem man begütigend über die Haare streicht.

In dieser Stadt hielten die Paare einander an den Händen, wenn sie spazieren gingen. Natürlich grübelte ich sofort über dieses Phänomen nach. Erste Erklärungsversuche erschlossen sich mir aus der Geschichte des Landstrichs: jeder weiß, dass hier seit jeher raue Sitten herrschten und die Bewohner einander fortwährend mit Maßkrügen traktierten, die sie einander auf den Schädel droschen, damit die jeweiligen Argumente besser Gehör fanden. Wenn man nun einander an den Händen hielt, war dies nicht so einfach möglich, zumindest waren keine dergleichen Darstellungen überliefert, weder in Wort noch in Bild. Das Studium von Dokumenten belehrte mich, dass die Angelegenheit mit den Maßkrügen eher eine Sache zwischen Männern und Burschen war und unter Paaren höchst selten vorkam, zumindest nicht öffentlich geschah, denn die Maßkrüge flogen in den zahlreichen Wirtshäusern herum und die waren früher vor der Emanzipation eine Domäne der Männer, die Weiber hockten daheim, spannen und sangen und hüteten Haus und Kinder. Nur in speziellen Vorstadthäusern traf man welche, doch die waren meist nicht die eigenen Ehefrauen und höchst selten an Maßkrügen interessiert. Eine andere Erklärung schien angebracht und die fand ich, als ich die Paare näher betrachtete: mir fiel auf, dass der Mann durchwegs links ging und rechts neben ihm die Frau. An sich nichts Neues, dergleichen war schon in alten Abbildungen zu sehen, als sich der Bayer noch ledergewandet zeigte oder sonst wie in Tracht. In überlieferter Tracht wohlgemerkt, ausgestattet mit Sinn für Tradition und archaische Lebenslust, geprägt von anarchischen Elementen jeglicher Obrigkeit gegenüber. Wenn heutzutage die betuchten Halbweltindianer und ihre Epigonen trachtengestylt in München zum Oktoberfest stolzierten, sahen sie schlicht albern aus. Seit ein paar Jahren hatte die ihren Umsatz steigern wollende Bekleidungsindustrie nämlich überall und kostengünstig in den Unternehmerparadiesen in Asien Trachtensets herstellen lassen und allen eingeredet, nur in ebensolchen könnte man ordentlich und wie die Altvorderen Bayern saufen. Die Sets wurden inzwischen selbst bei den Billigketten angeboten, damit auch der kleine Mann und seine Begleiterin sich das leisten konnten, wobei ich allerdings nur selten in dergleichen Läden gelangen konnte, weil die schwarzen SUVs der gehobenen Mittelklasse alle Parkplätze verstellten, und ich keinen Platz für meinen Daimler mehr fand. Selbst die Spieler von Bayern München wurden während der Oktoberfestzeit in einen Trachtenlook (so hieß das tatsächlich) gezwängt und gezwungen damit auf den Platz zu laufen. Die Trikots waren vermutlich aber nicht aus Leder sondern designte Lederimitate, weil sich der Bayernboss kein Leder nicht leisten konnte oder wollte. Schließlich hatte er dem Fußballvolk geschworen mit Geld künftig sorgfältiger umzugehen, mit fremden, wie auch mit dem eigenen, von dem er einen Teil in die Schweiz gebunkert hatte und, vergesslich wie er war und nicht ungewöhnlich in seiner Einkommensklasse, keine Steuern bezahlt hatte. Angeblich war dies bei ihm auch schwieriger als bei anderen, die gleichfalls höchst ungern welche bezahlten, und eigentlich auch kaum machbar, weil er nie recht wusste, wie viel dort eigentlich auf den Konten lag, denn er war der Spielleidenschaft verfallen und da konnte man nie genau vorhersagen, ob man gewann oder verlor, und wie viel davon wiederum die Banken selbst verzockten, denn die Schweizer Banker waren schon lange nicht mehr das, was sie einmal waren. Auf alten Gemälden und Stichen bemerkte ich nach gründlichem Studieren, dass rechts in der Hose des Bayern ein Hirschfänger steckte oder ein ähnliches Mordinstrument, weil in manchen und nicht seltenen Fällen, wenn man allen Überlieferungen trauen wollte, der Maßkrug nicht ausreichte die eignen Interessen und Ansichten durchzusetzen. Nun schienen mir die händchenhaltenden Paare weise und klug. So lange die Frau, wie es Brauch war, rechts neben dem Mann ging und seine Hand hielt, konnte sie verhindern, dass er urplötzlich das Messer zog um seinen Argumenten Nachdruck zu verleihen. In Zeiten von Gender war es natürlich auch vernünftig, dass der Mann die Frau an die Hand nahm, an eine zumindest, denn es galt inzwischen als statistisch erwiesen, dass die Weiber zwar weit seltener zum Messer griffen, wenn ihnen am Ehemann etwas missfiel, dafür aber zum Gift neigten. Um das richtig zuzubereiten brauchte man bekanntlich beide Hände. Kräuter zerstampfen und mischen gelang nicht mit nur einer und gekaufte Substanzen wurden üblicherweise in kleinen bunten Plastikdöschen angeboten und die bekam man mit einer Hand nicht auf. Das Händchenhalten schien mir ein prächtiges Unterscheidungsmerkmal zwischen Einheimischen und Touristen, die recht zahlreich die Stadt heimsuchten. Diese nämlich hielten einander nicht an der Hand. Fahrlässig und töricht kam mir das vor, denn es war allseits bekannt, dass die meisten Partnerprobleme im Urlaub eskalierten. Freizeit und Langeweile schufen Gelegenheit sich den anderen genau anzuschauen. Enttäuschung und Hader, sonst von Alltagssorgen verdeckt, brachen sich zornig Bahn. Mord und Totschlag wurden erwogen, was einhändig nicht so leicht zu bewerkstelligen war. Mich wunderte durchaus, dass die zahlreichen Psychologen und Partnerschaftsberatungen dem Händchenhalten als Methode der Konfliktverhütung kaum Aufmerksamkeit schenkten. Hier zeigte sich mir wieder einmal, dass theoretisches Wissen, wenn es nicht mit Erkenntnissen aus dem Alltagsleben verknüpft wurde, fehlerhaft war. Für mich stand außer Frage: Händchenhalten verlieh Beziehungen Dauer und rettete Leben. Auf meinen oder unseren weitläufigen Spaziergängen, wir als Neubürger hielten uns noch nicht an den Händen, waren wir selbst in den verwinkelten Gassen dieser Stadt, auf den einsamen Wanderwegen in den Auwäldern der Isar oder oben in den Schlossbergwäldern noch nirgendwo auf Leichen gestoßen. Auch im Lokalteil der Zeitung ließen sich dergleichen Meldungen nicht finden. Das konnte freilich nicht als endgültiger Beweis gelten, denn archäologische Grabungsfelder in der Region brachten zahlreiche Leichen zu Tage. Es schien durchaus möglich, dass manche, die dem strengen Blick der Wissenschaftler auf verwertbare historische Kriterien nicht genügten, achtlos beiseite geräumt worden waren. Die Zurückhaltung der Beziehungsfachleute freilich, konnte ich mir höchst einfach erklären: sie wollten sich ihr Geschäft nicht mit wohlfeilen Ratschlägen verderben lassen. Händchenhalten kostete nichts, während sie für ihre Sitzungen, die sich in der Regel über Jahre hinzogen, die Störungen waren ja auch über Jahre gereift, ordentlich Honorar einstreichen konnten. Nun mochte es freilich sein, dass all meine Überlegungen zu spitzfindig waren und das Einander-an-der-Hand-Halten lediglich demonstrieren sollte, man gehöre zusammen, habe einander gern und lieb. Das schien plausibel, doch mochte ich mich noch nicht festlegen, sondern zunächst einmal weiter beobachten, bevor ich dieses Phänomen endgültig beurteilte. Festzuhalten blieb, dass mir an keinem anderen Ort dergleichen aufgefallen war, selbst in Venedig nicht, dem angeblichen Ziel frisch vermählter Paare. Zumindest hatte Venedig lange diesen Ruf. Wir waren seinerzeit auch nach

Venedig gefahren. Inzwischen mochte es sein, dass Hochzeitsreisende lieber auf die Malediven flogen, nachdem Donna Leon mit ihren inzwischen über zwanzig Brunettiromanen das Ansehen Venedigs ramponiert oder besser komplett ruiniert hatte, so dass kaum ein junges Paar noch hinfahren wollte, wenn es lebend wieder heimzukehren gedachte. Jüngst führten mich Geschäfte in die Münchnerstadt und ich suchte meinen alten Frisör auf. Er war mir über die Jahre so etwas wie ein Freund geworden. Nicht nur, weil er sein Handwerk verstand. Während seiner Lehrzeit, so erzählte mir ein alter Mitbewohner des Hauses, in dem ich bis vor kurzem wohnte, habe er von seinem Lehrmeister einmal eine schallende Ohrfeige erhalten, weil er die Haare eben dieses Mitbewohners nicht ordentlich geschnitten habe. Die hatte sich ihm derart eingebrannt, dass ihm seitdem dergleichen nie je widerfuhr. Auch ich war stets mit seiner Arbeit zufrieden und hatte mir vorgenommen ihn weiter aufzusuchen, damit etwas blieb von der Stadt und ihren Menschen in der wir solange gewohnt hatten. Normale Männer trieben mit dem Haareschneiden nicht solchen Aufwand wie das weibliche Geschlecht. Von Ausnahmen abgesehen, denn ich hatte sehr wohl mitbekommen, dass sich neben den Billigfrisörshops, in denen die Leute vermutlich für Hungerlöhne arbeiteten, auch zunehmend sogenannte Coiffeurs oder Barbershops breit gemacht hatten, die ihren Kunden spezielle Behandlung anboten. Beides ließ mich kalt, weil ich die Billigläden nicht aufsuchen mochte und die anderen nicht brauchte, schließlich sah ich, dass manche Menschen auch mit ihren Autos einen fürchterlichen Aufwand trieben, sie permanent wuschen und wienerten, wenn sie kaum zwei Kilometer gefahren waren. Bei mir geschah das dann, wenn es notwendig war, was mir seinerzeit in Ostberlin, als die DDR noch existierte, meine geliebte Kanzlerin brav in die Schule ging und stolz das blaue Halstuch der jungen Pioniere trug, einen Strafzettel einbrachte, weil mein damaliger Daimler im schwarzgraubraunen Schneematsch auf dem Alexanderplatz kaum noch zu erkennen war und ein Vopo aus seinem frischglänzenden Wartburg herauskletterte und mich dazu verdonnerte „meine Rostlaube", so sagte er tatsächlich, waschen zu lassen, damit sie die Straßen der Hauptstadt der DDR nicht weiter verschandele. Der herrisch und ein wenig herablassend wirkende Polizist war in meinem Alter, vermutlich war er inzwischen auch in Rente und jobte nun in einer Waschanlage um seine Rente aufzubessern, die im Osten angeblich noch nicht Westniveau erreicht hatte, weswegen er in diesem Sommer rund drei Prozent Rentenerhöhung einstreichen konnte, ich mich aber mit einem halben Prozent abfinden durfte, damit sich das Niveau endlich angleiche. Ein Argument, das schon beim vorletzten Mal bemüht wurde und diesmal den schönen Nebeneffekt hatte, dass Wahlen anstanden und die Kanzlerin ihren ehemaligen Landsleuten ein paar Euro zuschanzen konnte, damit sie ihr Kreuz an der richtigen Stelle machten. Es herrschte eben ein Geben und Nehmen in der Politik, die einen erhielten Brosamen, die anderen strichen eine Parteispende in Millionenhöhe ein. Ein Schelm schien jeder, der sich dabei etwas dachte. Zuweilen beschäftigten uns dergleichen Sachen, wenn ich bei meinem Frisör saß, doch wichtiger waren mir die Geschichten aus dem Viertel, denn da kannte er sich aus, weil ihm seine anderen Kunden Nachrichten zutrugen, die in den Lokalteilen der Hauptstadtblätter nicht zu finden waren. Arbeitsprobleme, wachsende Armut, Existenzangst und die rasante Veränderung des Viertels von bescheidener, gemütlicher Vorstadt zum Spielplatz von Spekulanten. Die Vertreibung Alteingesessener und der Einzug neuer Schichten, die keine Nachbarschaft mehr kannten und diese auch nicht mehr wollten, waren schon sein Thema, als in den Medien noch feste von der Weltstadt mit Herz gefaselt wurde. Oft dachte ich darüber nach, wie wichtig ein Frisör für das Miteinander in einer Gemeinschaft war, ganz gleich, ob in einer Stadt oder in einem Dorf. In meiner Kindheit lief ich mit meinem Vater nach Feierabend alle paar Wochen in den Nachbarort zum Haare schneiden. Wir kamen in einen großen Raum, in dem der Meister mit seinem Gehilfen arbeitete. Auf den Stühlen wartete und rauchte eine Anzahl Männer, während ihre Söhne, soweit sie welche dabei hatten, in einer Ecke oder auch draußen am Bach vor dem Haus miteinander spielten. Stets war eine große Diskussion im Gange, in die sich der Meister zuweilen einmischte, indem er sich von dem Kunden, dessen Haare er gerade schnitt, in die Runde drehte und ein paar bestimmende Worte einwarf. Nicht selten hörte er eine ganze Weile mit Kamm und Schere in der Hand zu, bevor er mit seiner Arbeit fortfuhr. Manche Kunden setzten sich nach dem Haarschneiden wieder auf einen der Stühle im Raum, denn die Stunden beim Frisör waren allemal spannender als der Abend daheim bei der Frau. Nach Ladenschluss gingen dann alle miteinander ins nahe

Wirtshaus und redeten beim Bier weiter, während wir Kinder ein Glas Limonade bekamen und darauf warteten, die frisch frisierten nun aber auch beträchtlich schwankenden Väter heimzuführen. Dergleichen Barbiere gab es nicht mehr, allein schon deswegen, weil Vorstadtfrisöre sich keine so großen Räume mehr leisten konnten und zudem die meisten, wie auch meiner, dazu übergegangen waren, ihre ungeduldigen Kunden nach Termin zu empfangen, so dass höchst selten noch jemand wartend herumsaß, während man frisiert wurde. Geblieben war freilich das allmonatliche Gespräch mit den Stammkunden, das den Gang zum Frisör zu mehr machte als bloß zum Haare schneiden, und manche, die, wie ich, längst fortgezogen waren, fuhren eigens zu ihrem alten Frisör, um ein paar Augenblicke lang verlorene Heimatluft zu atmen. Einmal hat Keckeis mir auch von seinem Nachbarn, dem Büchernarren, wie er ihn nannte, erzählt und mir zu einer wunderbaren Thümmelausgabe verholfen, die dieser gerade zum Verkauf anbot. Bei meinem diesmaligen Besuch erzählte ich ihm von meinen Überlegungen zum Händchenhalten und er ließ für ein paar Augenblicke Schere und Kamm ruhen, mit denen er gerade das Haar an meinem rechten Ohr in Fasson zu bringen suchte und meinte: „Wenn ich mit meiner Frau spazieren gehe, dann halten wir einander auch an den Händen." Das verblüffte mich nun doch, allerdings hatte ich ihn noch nie mit seiner Frau spazieren gehen sehen. Außerhalb des Salons konnte ich mir sein Leben kaum vorstellen. Doch erinnerte ich mich, dass er mir einmal von seinem Haus am Rande der Stadt erzählt hatte und auch davon, dass er ein begeisterter Radfahrer sei, oft am Wochenende lange Radtouren unternehme und bei gutem Wetter mit dem Fahrrad ins Geschäft komme. Auch Busreisen liebte er und sei so mit seiner Frau durch halb Europa gekommen. „Erst jüngst bei einer fünftägigen Fahrt nach Rom", sagte er „sind wir händchenhaltend durch die alte Stadt am Tiber gelaufen. Das ist bei uns ganz normal, sobald wir zu Laufen anfangen, sucht einer des anderen Hand. Das kennen wir gar nicht anders." Und fuhr fort das Haar an meinem Ohr zu bearbeiten. Als ich ihm nun von meiner Messertheorie erzählte, lachte er und meinte, das sei heute vorbei, früher ja, da sei das Messer bei manchem locker gesessen. Er könne sich noch an den Maurermontag erinnern. Wenn die Bauarbeiter aus dem Wald oder dem Umland mit ihrem Chef in der zweiten Woche zum Oktoberfest gegangen seien, da habe man besser einen weiten Bogen um die

Wies'n gemacht, denn da sei es rund gegangen. Aber heute? Die neuen Bosse und Manager der Firmen kämen ja gar nicht mehr auf den Einfall, mit ihren Arbeitern auf die Wiesen zu gehen. Mit Geschäftsfreunden vielleicht, aber sonst sei der Brauch in Vergessenheit geraten. Jüngst habe ihm ein Kunde erzählt, sein Abteilungsleiter habe alle Mitarbeiter eingeladen mit ihm zum Oktoberfest zu gehen. „Jeder musste fünfunddreißig Euro für diesen Spaß hinblättern. Früher war es selbstverständlich, dass der Chef die Zeche übernahm. Daran erkennt man, wie sich die Zeiten geändert haben." „Oder die Menschen", meinte ich. „Oder die Menschen", gab er mir recht und fuhr fort: „Das war schon eine tolle Sache, der Maurermontag. Heute bringen die jungen Leute einander und sich selbst und andere mit ihren Autos um."

Betäubt von der vergangenen Woche, hatte er sich daran gemacht, seine Ladenwohnung wieder auf Vordermann zu bringen. Zudem waren Bücher für den Versand vorzubereiten, denn er hatte vergessen den Verkauf ruhen zu lassen und fand zehn Bestellungen in seinem Posteingangsordner. Darunter auch „Verwehte Träume", den Roman des Polen Dygat, den er seinerzeit gerne gelesen hatte und eigentlich in seiner Bibliothek behalten wollte, bis er sich entschloss, ihn doch zu verkaufen. Rund zehntausend Bücher nannte er sein eigen. Ein Schatz und eine zunehmende Bürde, die immer drückender wurde. Vor ein paar Jahren hatte er einen Antiquar, der damals zuweilen in Pauls Eck auftauchte, gefragt, ob er einmal seine Bibliothek anschauen wolle, er habe vor sie zu veräußern. Der hatte ihn gelangweilt angeschaut und sich erst nach längerem Zureden einverstanden erklärt, am nächsten Vormittag vor Ladenöffnung vorbeizukommen. Er war rasch und mit geschäftsmäßigem Blick durch die Räume gegangen, hatte ab und an ein Buch in die Hand genommen und durchgeblättert, hatte ihn wie alle, die in seine Wohnung kamen, gefragt „Haben sie die alle gelesen?" und hatte nach einer Viertel Stunde gesagt: „Einen Tausender kann ich Ihnen geben. Ein paar Bände sind ganz interessant, die meisten sind unverkäuflich und kann ich nur verramschen. Davon habe ich schon genug in meinem eigenen Lager." Er hatte ihn höflich zur Tür gebracht und kein Wort mehr über die Sache verloren. Wenn er ihn wieder in Stehausschank traf, ignorierte er ihn. Er beschloss die Sache selbst in die Hand zu nehmen und seine Bücher über Internetplattformen zu verkaufen. Nachdem er eine erkleckliche Anzahl von

Bänden im Netz hatte, fand er eines Tages eine Abmahnung eines Rechtsanwaltes in seinem Briefkasten, in der verlangt wurde, den Verkauf der Bücher einzustellen, weil er in unerlaubter Konkurrenz zu seinem Mandanten stünde und – dies sei aus der großen Anzahl zu erkennen – kommerziell verkaufe, denn bei solchen Mengen könne es sich unmöglich um einen Privatverkauf handeln. Er hätte nun seinerseits zum Anwalt rennen können, spazierte aber stattdessen zum Amt, meldete ein Gewerbe an und betrieb den Handel fortan auf dieser Basis. Rund 50 gingen jeden Monat zur Post. Ein lächerliches Geschäft. Beschäftigungstherapie, damit die Tage nicht leer verstrichen. Notwendig aber, denn er würde nie wieder eine Wohnung finden, in der sich seine Bibliothek unterbringen ließ. Noch immer konnte er selten durch eine Buchhandlung streifen, ohne dass er ein Buch erstand. Das kam daheim auf den Stapel, wurde angelesen und oft nur durchgeblättert. Nur Bücher seiner Generation fanden längeres Interesse. Da er den Verkauf weiterhin nebenher laufen ließ, blieben die Einnahmen gering, doch kamen im Laufe der Jahre ein paar tausend Euro zusammen, und nachdem er die Arbeit aufgegeben hatte, aufgeben musste, ordnete der Handel den Tag, warf Taschengeld ab. Freilich, der Bücherberg wurde nicht kleiner, weil er weiterhin Bücher kaufte, die er lesen wollte und las. Und weil sein Nachbar, der Frisör, von seinem Geschäft erfuhr, seinen Kunden von dem Büchernarren nebenan erzählte, kamen einige zu ihm und luden Kartons voller Bücher ab, die sie sonst verbrannt oder auf den Müll geworfen hätten. Einer aus Grünwald vermachte ihm die gesamte Bibliothek seines Schwiegervaters mit rund 600 Bänden und ein anderer schleppte aus der Schweiz zwei riesige Bücherkartons mit theologischen Werken in sein Bücherparadies. Ablehnen wollte und konnte er nicht, denn der Frisör freute sich über seine Vermittlung und manche Bände ließen sich teuer verkaufen. Also wuchs der Bestand, anstatt sich zu verringern, und an trüben Tagen sah er nur noch Bücher und Bücher, die ihn zu erdrücken drohten, und schaute ohnmächtig und voller Wut auf die überquellenden Regale. Verbrennen, vergraben, die Wohnung verlassen, verrammeln und sich anderswo eine Bleibe suchen! Er saß in der Falle, sah keine Möglichkeit des Entrinnens. „Hast du die alle gelesen?" Hatte er nicht, konnte kein Mensch, konnte noch nicht einmal er, der an guten Tagen ein Buch verschlang und der stolz darauf gewesen war, dass er für seine Fernseh- oder Radio-sendungen selten eine Bibliothek aufzusuchen brauchte, weil er zu fast jedem Thema Lektüre in der eigenen fand, falls der Stoff nicht ohnehin Frucht seines wilden Herumstöberns war. Der Satz vom letzten Abend ging ihm nicht mehr aus dem Kopf. „Du erinnerst dich nicht an mich?" „Doch klar, wie hätte ich unsere Nacht auf der Fähre vergessen können?" Sie hatte kurz gestutzt und dann lachend von etwas anderem gesprochen. Damals schon und nachdem sie jetzt wieder fort war, grübelte er, ob sie gemeint hatte, sie hätten einander früher schon einmal getroffen. Nur wann? In einem anderen Leben? So sehr er sich zu erinnern versuchte, er fand keinen Hinweis. Doch schien ihm, als verberge sich etwas ganz tief im Innern seines Gedächtnisses. Oft verband er Menschen mit einem Ort und traf er sie in anderer Umgebung, reagierte er verwirrt, wenn sie vertraut auf ihn einredeten, und hatte Mühe sich zu erinnern. Manchmal, wenn sie wieder auseinandergegangen waren, grübelte er tagelang ohne Ergebnis. Schon während der Schulzeit, hatte er festgestellt, dass sein Gedächtnis anders funktionierte, als das seiner Klassenkameraden. Namen von Mitschülern, Lehrern, zuweilen auch Begriffe waren kurzzeitig ausgelöscht. Er behalf sich mit der Bezeichnung Dingsbums, was Gelächter hervorrief und ihm bald als Spitzname angeheftet wurde. Mit der Zeit lernte er im Gespräch seine Sätze so zu formulieren, dass fehlende Namen nicht auffielen, und wenn es gar nicht anders ging, sagte er, er merke sich nur Namen von Leuten, die er möge, die anderen vergesse er rasch. Später beim unersättlichen Lesen, das bei ihm im Alter von fünfzehn Jahren begann, stellte er fest, dass er ein ausgezeichnetes optisches Gedächtnis besaß, denn Sätze oder Passagen, die ihm bemerkenswert erschienen und bei denen er zu träge war, sie aufzuschreiben oder die Fundstelle zu notieren, konnte er auch nach Jahren wiederfinden. Er brauchte nur die Bände durchblättern und wusste ob sie links unten oder rechts oben auf einer Seite standen und wie das Schriftbild ausgesehen hatte. Mit dem Lesen hatte auch das Tagebuchschreiben angefangen. Dies wurde gleichfalls maßlos betrieben. Zehn oder mehr Seiten kamen an manchen Abendstunden zusammen und tagsüber schrieb er in den zwei Stunden, die für Schulaufsätze im Gymnasium zur Verfügung standen, nicht selten ganze Hefte voll, was seine Frau Stolzenburg, die ein paar Jahre lang seine Deutschlehrerin war, stets zur Verzweiflung trieb, weil sie angeblich nicht kapierte, was vorne und hinten war und was er eigentlich sagen wollte. Abgesehen davon, verstand er sich mit ihr ganz gut, sie war es auch, die ihn fortwährend auf Bücher hinwies, sich allerdings dann unverständlicherweise beklagte, wenn sie die Frucht dieser Lektüre prompt in seinen Aufsätzen zurückgeliefert bekam. Anknüpfungspunkte spürte er immer und überall auf und bei jedem Thema. Sehr viel später fand er heraus, dass er nicht der Einzige war, dem dies gelang. Als er seinen Film über Vischer drehte, der den wunderbaren Roman „Auch einer" geschrieben hatte, fuhr er mit seinem Team ins Elsass. Dort wollte er den Professor Schlawe zu seiner Vischerbiografie befragen. Schlawe hatte gerade eine andere Biographie, nämlich über den Theologen Strauss beendet, und als er nun im Garten dem Gelehrten seine Fragen stellte, antwortete dieser zwar im ersten Halbsatz mit Worten, die sich auf Vischer beziehen ließen, doch schon im zweiten wechselte er zu Strauss und erzählte minutenlang von ihm. Bei der ersten Frage mochte das angehen, manche Interviewpartner mussten vor der Kamera erst einmal warm laufen, doch auch der nächsten erfuhr gleiches Geschick. Dies konnte teuer werden, schließlich drehten sie damals noch auf Film und die erste Rolle war durch, ohne dass er etwas Brauchbares erfahren hatte. Während der Assistent die Cassette wechselte und der Kameramann trübe ins Leere starrte, saß der Professor auf seinem Stuhl im Sonnenschein und schien zufrieden mit sich und der Welt. Nun hatte er selbst durchaus schon des Öfteren mit dem Gedanken gespielt einmal einen Film über jemanden zu machen, in dem nicht von diesem sondern fortwährend von einem anderen die Rede war, und sich ausgemalt, wie er bei der Abnahme zu dem verwirrten Redakteur sagen würde, dumm gelaufen, da habe ich etwas verwechselt, aber finden Sie nicht, dieser Film ist doch auch ganz gut? Er hatte freilich davon Abstand genommen, weil er ahnte, dass im ernsten Fernsehgeschäft wenig Verständnis für dergleichen Experimente aufgebracht wurde. In der Literatur war das auch nicht anders, denn als Hildesheimer eine glänzend geschriebene Biografie des viktorianischen Dichters Marbot vorlegte, wetzten die Literaturwissenschaftler aufgescheucht durch ihre Bücherbestände, durchkrochen Bibliotheken und Archive auf der Suche nach diesem ihnen völlig Unbekannten und waren dann doch arg beleidigt, als Hildesheimer bekannte, dass er ihn erfunden habe.

Er musterte den Professor vor dem runden Tisch, auf dem ein Glas Wasser stand, aus dem er nun trank. Er hatte sein Bestes gegeben, zweifelsohne, und irgendwie enthielten seine Antworten auch einen Kern von Vernunft, denn Vischer und Strauss waren seit dem gemeinsamen Theologiestudium in Tübingen befreundet und spornten einander an auf ihrem Weg in die Welt der Gelehrsamkeit. Strauss mit seinem scharfen Intellekt war der strengere der beiden, sein Buch „Das Leben Jesu" zeigte ihn als kritischen Theologen und Philosophen und führte zu kontroversen Diskussionen weit über kirchliche Kreise hinaus. Auch Vischer war ein streitbarer Geist und wollte sich nicht mit Pfarrhaus und Gelehrtenstube begnügten, ihn zog es gleichfalls an die Universität, wo er in Tübingen nach seiner Antrittsvorlesung sofort suspendiert wurde. Er mischte sich in die Politik ein, war Mitglied der Frankfurter Nationalversammlung, des Stuttgarter Rumpfparlamentes und ging 1855 nach Abschluss seiner „Ästhetik oder Wissenschaft des Schönen" als Professor nach Zürich. „Auch einer" erschien 1879 und die Geschichte eines Gelehrten, der privat wie öffentlich einen heroischen und vergeblichen Kampf gegen die Tücke des Objektes führte und von einer Bredouille in die nächste rasselte, wurde rasch Lieblingslektüre des bürgerlichen Lesepublikums und der Autor mit dem Kauz seines Buches gleichgesetzt. In gewisser Weise waren der stille Gelehrte Strauss und der lärmende Professor Vischer einer des anderen Widerpart, ohne Strauss war Vischer nicht zu denken. Schlawe wusste das, und sein verbissenes Abschweifen zu Strauss, wenn er über Vischer reden sollte, war nicht Folge dessen, dass er gerade seine Straussbiografie beendet hatte, sondern kam aus der Erkenntnis, dass Autoren und Gelehrte stets einen Widerpart suchten, an dem sie sich reiben und aufreiben konnten. Dies mochte ein Freund, ein Zeitgenosse sein, aber ebenso ein schon längst Verstorbener und selbst der Nobelpreis erfüllte diesen Zweck, weil der partout nicht hergehen wollte.
Auch Lion Feuchtwanger erzählte in seiner Romantrilogie über den jüdischen Geschichtsschreiber Josephus von solch einem Verhältnis. Er stellte dem im ersten Jahrhundert nach Christus in Jerusalem geborenen Josef, der eine Darstellung des jüdischen Krieges verfasste, an dem er selbst als Kommandeur einer jüdischen Einheit gegen die Römer teilgenommen hatte, danach ein vielbändiges Werk über die jüdische Geschichte geschrieben und in einem späten Text an zwei Stellen Hinweise auf den historischen Jesus gegeben hatte,

Justus aus Tiberias gegenüber. Justus war ein glühender und kompromissloser Verfechter der jüdischen Sache und bezichtigte Josef des Verrats, denn er hatte in der sich abzeichnenden Niederlage der jüdischen Aufständischen gegen die Weltmacht die Seiten gewechselt und sich dem Flavier Vespasian angeschlossen, dem er die Kaiserkrone prophezeite. Josef ben Matityahu errang so die Gunst des Römers, wurde Teil seiner Familie, nannte sich fortan Josephus Flavius und lebte zeitweilig in Rom, wo er um Einhundert nach Christus starb. Sein Wohlleben wie auch der Versuch, seine Glaubensbrüder davon zu überzeugen, ihre hoffnungslose Revolte gegen die römische Übermacht unter der Führung der radikalen „Eiferer des Tages" zu beenden, sich in das Joch des Imperiums zu fügen und Weltbürger zu werden, wie er einer war, wurde von Justus mit galligem Spott übergossen. Hochmütig und ironisch auch urteilte er über Josefs Schriften, die zwischen Vernunft und irrationalem Gefühl pendelten, von Eitelkeit zeugten und dem Versuch, seine Zerrissenheit zwischen Rom und Judäa und den Makel des Verrats im trügerischen Glanz des Erfolgs vergessen zu machen. Feuchtwanger beendete die Trilogie während des letzten Aufbäumens des Geistes vor der europäischen Nacht. Er beschrieb in ihr die eigene Zweifel am trügerischen Erfolg seines Schreibens, entgegnete freilich Einwürfen von Kritikern, dass seine Bücher genügsam, gefällig und ohne Wagemut seien, mit der Bemerkung, dass zu jeder Stunde rund um den Erdball ein Leser ein Buch von ihm aufschlage und haderte dennoch mit seinem inneren Widerpart, wie der Bruder Leichtfuß Vischer mit dem strengen Philosophen Strauss. Doch im Interesse der Sache und der Kosten wollte er solchem Tiefgang im Gestöber aus Licht eines Films Einhalt gebieten. Bloß wie? Was er auch fragte, der Professor ließ sich zu nichts anderem verleiten, als über Strauss zu sprechen. Zehn Filmrollen brachten nur wenige Sätze zu Vischer zu Tage und in der glühenden Mittagshitze des Sommers ließ er den Störrischen ausharren, bis der Kameramann ausreichend Zwischenschnitte gedreht hatte, damit die Fragmente zusammen geschnitten werden konnten. Als er tags darauf dem Stuttgarter Redakteur von seinem Malheur erzählte, ließ dieser ihn kaum zu Wort kommen, hatte er doch schon einen Titel für den Film gefunden. „Der Nagel im Stiefel des Lebens" sollte er heißen und damit Drehmaterial und Länge des Film nicht ganz so arg auseinander lagen, wollte er dafür sorgen, dass statt der geplanten zwanzig Minuten nun dreißig gesendet würden. So kam alles zu einem guten Ende. An solch einem war auch der Professor interessiert gewesen, denn nach vollbrachtem nicht Tag- sondern Titanenwerk, lud er zum Essen an einem der besten Plätze bei ihm gleich um die Ecke und fand bei allen versöhnende Zustimmung. Sie hatten freilich nicht mit dem Schalk oder war es Einfalt des Gelehrten gerechnet, denn der führte sie in das damals einzige Restaurant im Elsass, in dem kein Wein ausgeschenkt wurde, nur Wasser, weil die Wirtin einen verwegenen Kampf gegen den Teufel Alkohol führte, der ihren Mann zugrunde gerichtet hatte und beinahe auch die Gastwirtschaft, die schon Eltern und Großeltern ernährt hatte und sie einmal wohlgeordnet ihrem Sohn übergeben wollte.

Er stellte den Josephusband ins Regal zurück. Die Bücher Feuchtwangers hatte er wie viele andere deutscher Emigranten in der Buchhandlung des DDR-Kulturinstitutes in Warschau gekauft. Nachdem er diese Quelle zufällig bei seinem ersten Besuch in der polnischen Hauptstadt entdeckt hatte, kehrte er stets mit einem Kofferraum voller Bücher nach München zurück. In den frühen Jahren seiner Arbeit, als die Aufträge noch nicht so üppig waren, und er nicht soviel Geld brauchte, wie er später haben zu müssen glaubte, verschlang er ein Buch nach dem andern. Nicht reale Anschauung, sondern Bücher wurden ihm zum Tor zu den Menschen und ihrer Geschichte. Zeitungen und Zeitschriften, womit andere sich glaubten herumplagen zu müssen und die sie doch nur flüchtig lasen, wer schaffte schon „Spiegel" und „Zeit" und dann noch irgendeine Tageszeitung, auch der „Observer" war nicht zu verachten, falls man Englisch verstand, interessierten ihn nicht. Wenn er etwas über Russland erfahren wollte oder über die Veränderungen in Südamerika, dann griff er nach den Romanen der Dichter und begnügte sich mit deren Sicht. Holden Caulfield, Memet der Falke und Dshamilja wurden ihm zu Bruder und Schwester und die Gassen von Kairo oder der Drei-Kreuze-Platz in Warschau waren ihm vertrauter, als manche Ecke in seiner eigenen Stadt. So blieb es, war es in gewisser Weise auch heute noch. Er strich an den Regalreihen entlang und betrachtete die Welt- und Geschichtsräume, die sich hinter den Buchrücken verbargen und sich ihm erschlossen hatten. Er nahm den dtv-Band über die Kreuzzüge aus dem Regal. Vor wie vielen Jahren hatte er dies Buch gekauft? Während seiner

Studentenzeit vermutlich. Er überflog die Seiten, schmunzelte, als er die Stelle fand, auf der beschrieben wurde, dass einem Ritter, wenn er bestraft wurde, das rechte Auge geblendet oder herausgerissen wurde. Fortan musste er beim Zweikampf den Kopf aus der Deckung des Schildes lösen um mit dem Linken sehen zu können, und hatte so an Kampfkraft verloren. Phantastisch, was im Gedächtnis haften blieb! Am Ende dieses Regales waren die eigenen Tagebücher aufgereiht. Wehmut und Ärger sprangen ihn an, als er die wenigen Bände zählte. In rasender Tollheit hatte er in den Wochen der Trennung von seiner Frau alle Tagebücher, die sich bis dahin angesammelt hatten, eines Abends aus der Kiste gezerrt, zerrissen, die Reste in Plastiktüten gestopft und am nächsten Morgen zum Sperrmüll gebracht. Danach war er nach Haidhausen gefahren und in den „Eisenhammer" gegangen, wo er Franz beim Frühschoppen zu treffen hoffte. Der saß nicht dort, dafür aber ein Malermeister, den er schon ein paar Mal am Stammtisch gesehen hatte. Während sie ein Weißbier nach dem anderen in sich hineinschütteten, vereinbarten sie, dass er die Ladenwohnung, die in seinem Haus gerade frei geworden war, anmieten würde. Damals, daran erinnerte er sich genau, war ihm der Umzug als Tor in die Freiheit erschienen, als Beginn eines neuen Lebens. Erst viel später, als die Vernunft zurückgekehrt war, anderer Alltag begann, begriff er, welchen Schatz er mit seinen Tagebüchern vernichtet hatte. Es dauerte, bis er anfing wieder Aufzeichnungen zu machen, Notizen während der Arbeit, die beim Texten von Sendungen helfen sollten. Meist blieben sie unbeachtet, denn die Sendungstexte folgten ihrem eigenen Gesetz.

Am nächsten Morgen wurde er vom Mobilrasseln geweckt. „Lydia! O Gott, natürlich!" Er tastete auf dem Nachtschrank nach dem Ding. Es fiel zu Boden, ratterte weiter. Er versuchte sich aufzurichten, spürte einen stechenden Schmerz im Kopf. Endlich hielt er es in der Hand und drückte den grünen Knopf, hielt das Gerät ans Ohr. Nichts. Stille. Er wollte die Nummer auf dem Display lesen. Da wurde keine Nummer angezeigt, nur eine Botschaft: „Wach auf, mein Liebling. Einen schönen Tag! Ruf mich doch mal an!" Die Nachricht war um Siebenuhrfünfzehn gekommen, jetzt war es kurz vor Acht, um Neun wollten sie losfahren. Als er das Telefon weglegte, fing es erneut zu rattern an. Er schaltete die Weckfunktion aus. Stille, endlich! Er legte sich ins Kissen zurück, atmete tief. Er fühlte sich hundeelend. Verdammt! Verdammt! Er hatte keine Ahnung, wann und wie er ins Bett gekommen war. Wenn er die Augen öffnete drehte sich alles. Mist! Schließlich rappelte er sich auf und schleppte sich zu dem kleinen Tisch, auf dem eine Wasserflasche stand, trank sie mit einem Zug leer. Sekunden später stürzte er ins Bad und sah die Bescherung. Es war nicht das erste Mal, dass er sich übergab. Nachdem das Meiste im Schlund der Schüssel verschwunden war, stemmte er sich hoch. Ihm blieb keine Wahl. Sauber machen! Alles wegwischen! Was sollten die Leute von ihm denken? Ein letztes Mal würgend suchte er nach dem Badetuch, weichte es im Waschbecken ein und machte sich an die Arbeit. Eine halbe Stunde später trottete er zum Frühstücksraum. Kein Bier mehr, sein Leben lang nicht! Zwei Scheiben Toast und Butter holte er vom Büffet und zitterte sie zum Tisch, an dem die Kollegen saßen. Nur der bärtige Regisseur schaute auf. „Guten Morgen!" Er setzte sich. „Du siehst beschissen aus." „Danke, es geht doch nichts über ein freundliches Wort am Morgen. Das baut unheimlich auf." „Ich bin Journalist. Wir nehmen kein Blatt vor den Mund" sagte er grinsend und stopfte sich eine volle Gabel Rührei ins Maul. Der Irre hatte einen überladenen Teller vor sich und schaufelte Portion für Portion in sich hinein. Roman wurde allein vom Zuschauen wieder schlecht und versuchte mit zittriger Hand die Butter aus der Verpackung zu lösen und auf seine Toastscheiben zu streichen, dazu hätte er einen Eispickel gebraucht. Warum nur konnte niemand den Leuten beibringen, dass eiskalte Butter nicht zu streichen war? Er gab auf, legte die Butter zwischen die beiden Toastscheiben und biss hinein. Der Assi löffelte Cornflakes und las in seinem Buch. Der Fahrer hatte sein Frühstück offensichtlich schon beendet, in der Rechten hielt er eine Kaffeetasse und in der Linken eine Zeitung. Roman erkannte kyrillische Schriftzeichen, offensichtlich bereitete er sich auf sein Leben in Russland vor. Der Kameramann sah wie ein rosa Schweinchen aus, gekrönt mit frischgewaschenem, schlohweißem Haar. Er mühte sich mit Gurkensalat ab. Wenigstens einer, der nicht so unmenschlich gut drauf war. „Soll ich dir auch Rührreier bringen?" Neben ihm stand Valentina, eine Kaffeekanne in der Hand. „Rührreier?" „Ja, wir haben sie mit Schinken oder mit Speck." Er schüttelte den Kopf während sie ihm einschenkte und schaute auf den Teller des Bärtigen. „Mit Speck, aber nicht soviel." „In fünf Minuten", sie drehte sich weg. Roman stürzte hinter ihr her. „Was machst du eigentlich da?" „Na arbeiten,

das siehst du doch." „Aber ..." „Meinst du das reicht, was ich im Café verdiene?" Sie reichte ihm die Kanne: „Die kannst du behalten, ich denke du brauchst viel Kaffee", und lief durch eine Schwingtür in die Küche. Als er zum Tisch zurückkehrte und die Kanne abstellte, grunzte der Bärtige mit vollem Mund „Hast du mir nicht gesagt, dass du verheiratet bist?" Roman duckte sich unter seinen Worte, wusste nicht, ob er wütend aufbrausen sollte, weil das seinem Gegenüber aber auch gar nichts anging, sagte aber kein Wort, sondern trank gierig seinen Kaffee. Dann stand er auf und holte sich Orangensaft vom Büffet. Das erste Glas leerte er im Stehen, das zweite nahm er mit. Am liebsten hätte er sich anderswohin gesetzt, wo er allein mit sich und seinen Gedanken sein konnte, aber das hätten die Deutschen wohl nicht verstanden, also kehrte er zu ihnen zurück. Am Tisch wurde der Tagesplan besprochen. Heute wollten sie den ganzen Tag im Sophienpark bleiben und morgen waren Dreharbeiten an und in der Synagoge vorgesehen. „Das musst du managen, dass wir da rein kommen", sagte der Regisseur. „Das heißt, dass wir dann übermorgen zurückfahren?" fragte der Kameramann. „Wenn alles klappt und sich nichts Außergewöhnliches mehr auftut. Wir haben jetzt einen guten ersten Stock an Episoden zusammen."
Eine Stunde später schossen sie sich durch den Park, wie der Bärtige es nannte. „Adamo, den kennst du nicht." Da hatte er Recht, Roman verstand kein Wort. Er hielt sich an seiner Wasserflasche fest, die er am Eingang gekauft hatte. Nachdem er dort mit der Verwaltung gesprochen, und sie die Erlaubnis erhalten hatten, im Park zu drehen, gab es für ihn nichts mehr zu tun. Sie alle standen um die Kamera herum, bis der Dicke der Meinung war das Licht stimme und seine Aufnahme machte. „Film ist Licht, sonst gar nichts." Dann gingen sie ein paar Meter weiter und das Warten begann erneut. Wenn ihn der Kater nicht so geplagt hätte, wäre es auszuhalten gewesen, so aber konnte er nur an seiner Flasche nuckeln und ab und an sein Mobil aus der Tasche zerren und das Display anstarren, auf dem die Zeit kaum verrann. Lydia meldete sich nicht und er hatte keine Kraft sie anzurufen. Vielleicht in der Mittagspause. Der Kameramann paffte wie ein Schlot. Wenn er so weiter machte, würde bald die Feuerwehr anrücken, weil die einen Waldbrand im Park vermuteten. Das Löschfahrzeug würde den schmalen Weg entlang preschen, die Männer würden aus dem Wagen stürzen, den Schlauch ausrollen und den Dicken abspritzen. Er grinste während

er sich diese wunderbare Szene ausmalte. „Was gibt's zu lachen?" fragte der Regisseur und zündete sich eine Zigarette an. „Ach nichts. Sag mal, wie lang wird der Park im Film auftauchen?" „Keine Ahnung, zwei, drei Minuten. Das entscheide ich, wenn ich schneide." „Und dafür treibt ihr so einen Aufwand?" Der Bärtige betrachtete ihn abschätzig: „Das ist die Kunst beim Film. Du brauchst viel und gutes Material und dann wird das was. Die meisten heutzutage drehen alles, was sich bewegt und so sieht es dann auch aus." „Aber gestern kamen wir schneller voran und der Großvater wird auch länger im Film zu sehen sein, nehme ich an." „Wahrscheinlich, Gespräche sind meistens einfacher zu drehen, aber die machen keinen Film aus, zumindest keinen, wie ich ihn mir vorstelle. Die meisten Redakteure wollen haufenweise Interviews im Film haben, weil sie nichts vom Film verstehen und dann sagen können: toller Typ, toller Film. Also zwei Bilder, ein Gespräch, wieder zwei Bilder und wieder reden und so fort bis in alle Ewigkeit. Das ist Humbug. Filmemachen ist wie ein Musikstück komponieren, du musst die Bilder nach einer inneren Melodie zusammenschneiden und Gesprächspassagen einpassen ohne dass sie den Fluss unterbrechen. In gute Filme gehst du hinein, tauchst ab und wachst nach einer Stunde oder zwei wieder auf. " Er warf seine Zigarette zu Boden, trat sie aus: „Wenn dir das gelingt, beherrschst du dein Handwerk."
Endlich schlurfte der Mittag heran und Roman bekam für fünf Minuten etwas zu tun, denn am oberen See des Parks war ein Essplatz eingerichtet, ein Kiosk, in dem Getränke und Süßigkeiten verkauft wurden, daneben stand ein langgezogener Grill auf dem Würste und Schaschlik brieten. Salate, Ketchup und Brotscheiben lagen auf einem Holzbrett. Roman nahm die Bestellungen auf und versorgte zusammen mit dem Assi das Team. Sie aßen an einem aus grobem Holz gezimmerten Tisch am Uferrand. In der Weitläufigkeit des Parks war es ihm gar nicht aufgefallen, dass sich inzwischen eine doch recht erkleckliche Anzahl von Besuchern eingefunden hatte, die hier nun aufeinander traf. Gruppen von Schulkindern aus Feriencamps, sogar ein paar Geschäftsleute saßen an einem der Tische, mit Laptops und Akten wohl zu einer Besprechung versammelt. In der Mitte des Sees sah er eine kleine baumbestandene Insel, auf der ein weißer Tempel stand, in dessen Säulenbogen Gott Amor seinen Bogen spannte. Die Sonne schien bei fast blauem

Himmel, nur ein paar Federwolken zogen in großer Höhe leise zum Horizont. Offensichtlich war der See doch größer, als er angenommen hatte, denn plötzlich tauchte am rechten Inselrand ein kleiner Schaufelraddampfer auf, der, nun elektrobetrieben, auf die Anlegestelle am Essplatz zu glitt. Die Passagiere stiegen aus, blieben noch ein paar Augenblicke stehen und folgten dann einem jungen Mann in die Tiefe des Parks. Buben und Mädchen rannten zu dem Boot, kletterten, gefolgt von zwei Betreuerinnen, hinein und bald darauf rauschte es zurück auf den See. „Wollt ihr noch einen Kaffee?" Der Bärtige schaute in die Runde. „Was machen wir als nächstes?" fragte der Kameramann. „Was hältst du davon, wenn wir auch eine Runde Boot fahren?" „Der Kameramann schaute mürrisch auf das Wasser: „Bringt nichts." „Aber wir hätten dann nicht nur statische Bilder." „Das ist doch Krampf, soviel Zeit hast du doch gar nicht, um solch eine Fahrt richtig einzubauen." Roman sah, dass der Regisseur sich über diese Widerworte ärgerte und mischte sich ein: „Soll ich Kaffee holen für alle?" Sie nickten und er stand auf, der Bärtige folgte ihm. „Ein sturer Bock!" blaffte er, als sie in der Schlange beim Kiosk standen. „Den bring ich noch einmal um." „Vielleicht weiß ich was", meinte Roman und zeigte zu zwei Bäumen am Ufer: „Dort drüben gibt es einen Überlauf, das Wasser fließt durch einen unterirdischen Kanal zum unteren See. Ich habe auf einem Schild gelesen, dass man den mit einem schmalen Kahn durchfahren kann. Ich zeig dir's, sobald wir Kaffee getrunken haben." Der Vorschlag fand das Wohlgefallen des Kameramannes und so rauschten sie wenig später durch den Tunnel. Sie blieben noch eine weitere Stunde im Park, dann verstauten sie die Ausrüstung im Bus, stiegen ein und fuhren in die Innenstadt. Sie parkten das Auto beim Café um hier noch Bilder zu machen. Der Kameramann grummelte fortwährend über die zerrissene Stadt, die keine Struktur erkennen lasse und keine Motive biete, sah aber ein, dass sie Umanbilder brauchten. Er drehte die Leninstatue ohne und mit auf dem Haupt des Revolutionärs herumstolzierender Tauben, versuchte die Kirche ins Bild zu rücken, so dass die maroden Hochhäuser daneben nicht zu sehen waren, schwenkte die Zeile der alten Bürgerhäuser ab und widmete sich schließlich ausführlich dem Platz mit seinem Autoverkehr und den Blumenkiosken am Straßenrand, was die jungen Abendschönen, die nach Feierabend gewiss wieder im Café auftauchen würden, herzlich freute. Denn diese, kaum hatten sie das Filmteam erkannt, kamen aus ihren Kabinen heraus, gossen die Blumen, arrangierten sie neu und zupften hier und da eine verwelkte Blüte ab oder ein verrunzeltes Blatt, immer darauf bedacht im Blickfeld der Kamera zu sein. So wurde es schließlich halb sechs und Roman hatte immer noch nicht in Lemberg angerufen, wo Lydia sicher inzwischen von der Arbeit heimgekehrt war und auf seinen Anruf wartete, wenn sie denn wartete, denn inzwischen war er den dritten Tag unterwegs und hatte sich kein einziges Mal gemeldet. Als sie im Café saßen und Valentina die Biere brachte, die der Bärtige spendierte, weil er mit der Ausbeute des Tages zufrieden war, drückte Roman die Kurzwahltaste und lauschte auf das Signal. Die Mailbox schaltete sich ein und er unterbrach die Verbindung. Dann eben nicht!

Als der Präsident die Gangway zur Air Force One hinaufschreitet und sich ganz gegen seine Gewohnheiten auf der obersten Stufe nicht noch einmal umdreht um seinen Gastgebern einen Abschiedsgruß zuzuwinken, wird es auch dem Letzten seiner Begleitmannschaft klar, dass er wütend ist. Sie lassen ihn in Ruhe, suchen die eigenen Plätze auf, ziehen Laptops aus den Taschen oder ihr Smartphone hervor, überfliegen die eingegangenen Nachrichten und machen sich daran, jene zu beantworten, die dies verlangen. Amerika hat eine Niederlage erlitten, der Präsident hat eine Niederlage erlitten. Alle wissen, dass er dies nicht so ohne weiteres hinnehmen wird. Dieser Fuchs hat sie über den Tisch gezogen, hat alle geblendet mit seinem Prunk. Doch er wird nicht allein die lange Treppe hinaufsteigen wie sein Vorgänger, während der Wicht auf der Empore wartet. Das Bild hat sich ihm eingebrannt. Und jetzt diese Flucht! Geschlagen wie Napoleon oder dieser unsägliche Deutsche. Er wischt den Gedanken fort. Die Nägelbeisserin hat ihn düpiert und sich auf die Seite des Russen geschlagen. Er hat ihr nie vertraut. Es ist an der Zeit ihr die Grenzen aufzuzeigen, damit sie versteht, was die Uhr geschlagen hat und wer Herr im Hause ist. Warum haben seine nichtnutzen Berater wieder einmal die Lage falsch eingeschätzt? Keinen von ihnen will er sehen und starrt zum Fenster hinaus, sieht das Rollfeld vorbeifliegen und spürt die Maschine abheben. Er liebt diese Augenblicke des Flugs, in denen die Kraft der Motoren den Leib erfasst und in den Äther schleudert. Er blickt sich um, keiner sucht seinen Blick. Keine. Er ist allein auf diesem Planeten. Er wird es ihnen zeigen. Bald. Sie sollen ihre

Lektionen lernen und seine Präsidentschaft in Erinnerung behalten. Alle!

Auf dem Weg zum Einkaufen die Isar entlang beobachtete ich eine Anzahl Möwen. Sie ließen sich von der Brücke zum Wehr treiben, stiegen auf und kehrten zum Ausgangspunkt zurück, schwebten ein paar Augenblicke über dem Wasser, bis sie sich wieder niederließen und erneut dem Wehr zu schaukelten. Soweit ich erkennen konnte, waren sie nicht auf Futtersuche sondern trieben nur müßig und weltfern durchs nachmittägliche Herbstsonnenlicht. Auf seinem langen Weg zum Meer brach der schwere Fluss heute sein Schweigen nicht wie noch vor wenigen Wochen, als er sich brüllend aus seinem Bett herauswälzte und den Erdgebundenen ihre Grenzen aufzeigte. Wie stets war der Supermarkt leer. In der großen Halle verloren sich fünf Kunden zwischen übervollen Regalen. Am Wurst- und Fleischstand kaufte ein älterer Mann Gehacktes ein. Er prüfte den Preisaufdruck, bevor er die Ware in seinen Korb legte. Die meisten Menschen der Innenstadt bevorzugten die zahlreichen kleinen Geschäfte, die hier noch zu finden waren: Fleischer, Bäcker, Krämer oder gingen vormittags zu den Obst- und Gemüseständen in der Altstadt. Am Freitag wurde Wochenmarkt in der Neustadt abgehalten, da kannte rasch jeder jeden. Beim „Freischütz" spielten vom Frühjahr bis in den Herbst hinein zu Weißwurst und Brezn Musikanten auf. Mittwochs gab's Fisch in einer Bude am Narrenbrunnen vor meinem Fenster. Das alles konnte und würde hoffentlich weiter bestehen, solange die Altstadt noch bewohnt war. Zweifelsohne ein Verdienst der konservativen Stadtregierungen der Vergangenheit, feinsinniger Bürger und sozial denkender Hausbesitzer, die stolz waren, wenn Menschen sich in ihren Häusern wohlfühlten und die nicht bloß gebannt und raffgierig auf die Mieten starrten, die sich erzielen ließen. Ganz anders als in München, wo schon seit den siebziger Jahren die Häuser im Zentrum in Büros und Geschäftsräume umgewandelt und fast alle früher dort wohnenden vertrieben wurden, bis die Menschen feststellten, dass nach Ladenschluss die Innenstadt verödet lag. Sich in den Altstadtgassen Fuchs und Hase Gute Nacht sagten, kein Licht von irgendwelchem Leben mehr zeugte und verzweifelte Zecher von einer Bierhalle zur anderen taumelten oder Vertreter und Banker verstohlen den nächsten Kick in versteckten Bars oder Etablissements suchten, damit sie Arbeit und Leere vergessen konnten, bis im Morgengrauen das

Krächzen und Blinken der Kehrmaschinen den neuen Tag einläutete und ein paar Radfahrer in verwegenem Schwung durch die noch verlassene Fußgängerzone preschten.
Nach der Innenstadt nahmen Spekulanten sich der alten Vorstädte an. Im Lehel, im Glockenbachviertel, in Haidhausen und überall wurden Wohnungen luxussaniert, wie sie es nannten, wenn Verbesserungen durchgeführt wurden, was früher ganz selbstverständlich geschah und im Mietpreis einkalkuliert war. Aus meinem Domizil, in dem ich dreißig Jahre gewohnt hatte, wurde so über Nacht eine Wohnung im Hochpreissegment, wie mir der Verwalter erklärte, der sichtlich zufrieden schien, dass nicht er oder der Eigentümer, sondern der Mieter, also ich, die Kosten zu tragen hatte.
Am frühen Sonntagmorgen warteten vier Taxis am Standplatz in der Altstadt vor meinem Fenster. Ein paar Busse fuhren die Haltestelle an. Fahrgäste mit Koffern stiegen ein auf dem Weg zum Bahnhof. Der Hausmeister vom Gasthof gegenüber kam aus dem Tor, kehrte ein paar Zigarettenkippen und Papiertaschentücher auf eine kleine Schaufel und kippte ihren Inhalt in den Abfallkorb an der Ecke. Er reckte sich, schaute prüfend noch einmal den Bürgersteig entlang und verschwand wieder im Gebäude. Möwen vom nahen Fluss schwebten die gotischen Fassaden entlang, scheuchten einander und zogen davon. Eine Krähe hockte sich auf eine Wetterfahne. Hohe, graudunkle Wolken trieben vom Burghügel in die Gassen. Vielleicht schon Vorboten des angekündigten Orkantiefs, das die warmen Herbsttage beenden sollte. Vor mir auf dem Tisch lag der erste Band der Suhrkampausgabe von Prousts „Auf der Suche nach der verlorenen Zeit", die ich nun endlich einmal lesen wollte. Die anderen Bände steckten irgendwo im Chaos der Bücherregale. Die alte alphabetische Ordnung aus der früheren Wohnung wollten wir nicht wieder herstellen. Die Bücher sollten vorerst bleiben, wie sie aus den Umzugskisten geräumt worden waren. Dadurch tauchten Bände wieder auf, die im Ordnungszwang von dreißig Jahren verschollen waren. Allmählich kamen mehr Leute aus den Häusern. An der Haltestelle stand eine junge Frau unweit von einem jungen Mann. Als eine andere Frau suchend aus dem Schnellimbiss trat und zu ihr schaute, lief sie rasch zu ihr hin. Sie redeten eine Weile miteinander, dann kehrte sie zur Haltestelle zurück, tänzelte beschwingt, setzte sich auf die Bank und wippte mit den Beinen hin

und her. Ein kleines Mädchen war sie geworden. Der Mann stolzierte auf und ab. Kurz hielt sie ein, schaute zu ihm, dann schaukelte sie wieder mit den Beinen, warf ihm erneut Blicke zu, so dass er sie schließlich ansprach, nicht ohne fortwährend in Richtung des zu erwartenden Busses zu schielen, der nicht auftauchen wollte. Sie wippte weiter, nicht mehr so ausschwingend nun und sagte ab und zu ein Wort. Endlich fuhr der Bus um die Ecke und sie lief eilig zur Fahrertür. Der Mann folgte langsam. Als der Bus an meinem Fenster vorüber kam, sah ich, dass sie nicht nebeneinander Platz genommen hatten. Zwei Radfahrer wischten vorbei. Ein alter Mann kämpfte sich über die Pflastersteine zum Bürgersteig auf der gegenüberliegenden Straßenseite. Er hielt ein Brot im Arm. Der Bäcker weiter vorne hatte seinen Laden geöffnet. Bald läuteten die Glocken zum Frühgottesdienst.

Zwei Tage lang streifte er rastlos durch die Wohnung. Sein Bücherverkauf war auf dem neuesten Stand. Sonst nichts. Noch immer spürte er Renates Leib und fand ihr Geheimnis nicht. Stell keine Fragen! Dabei hatte sie selbst doch eine aufgeworfen. Er blätterte in den Zeitungen, die ungelesen herumlagen und die er endlich zur Tonne tragen sollte. So war er schließlich verurteilt worden. Fünfunddreißig Jahre für Geheimnisverrat. Das Foto zeigte einen schmächtigen Mann. In der Unterzeile hieß es, er habe seine Handlungen bedauere. Das Blatt berichtete, dass er sich einer Operation unterziehen wolle, um künftig als Frau weiter zu leben. Vermutlich war er während seiner Haft so exzessiv und unbarmherzig vergewaltigt worden, dass er seine sexuelle Orientierung verloren hatte. Wenn der Prozess in Russland oder in China stattgefunden hätte, wären die Rotationsmaschinen heiß gelaufen. So war es eine Nachricht unter vielen. Er betrachtete die Titelseite der Zeitung: unabhängig, überparteilich. Jeder Stammtisch war heutzutage überparteilicher und unabhängiger als die Medienhäuser. Wenn dort Blödsinn geredet wurde, konnten sich die Zechenden zumindest darauf hinausreden, dass sie besoffen waren. Der alte Radioredakteur fiel ihm ein, bei dem er seine ersten Sendungen gemacht hatte. Die langen Nachmittage, an denen er in seinem Büro gesessen und ihm zugehört hatte, wenn dieser von den Anfangsjahren des Senders im Nachkriegsmünchen erzählte. Vom Neubeginn und den alten Gesichtern, die er beim Vorgängersender gesehen hatte. Eines Tages hatten sie das Revers umgeschlagen, damit das Parteiabzeichen sichtbar wurde. Bald darauf erschienen sie in Uniform zu Arbeit.

Einen von diesen hatte er einmal bei einer Recherche kennen gelernt. Er empfing ihn nicht in seinem Haus, sondern in einem fast leeren Appartement in der Altstadt von Kufstein. Eine Thermoskanne Kaffee stand auf dem kleinen Tisch. Zwei Stühle gab es. Eine Stunde lang hatte er tollpatschig auf den Mann eingeredet und ihn zu befragen versucht. Als er danach das schwere Uher zum Bahnhof schleppte, waren die Bänder leer und er ärgerte sich, weil er soviel von sich selber preisgegeben, während sein Gegenüber nur Allgemeinplätze formuliert hatte. Er war grandios gescheitert an dessen souveräner Abgeklärtheit. Der Redakteur hatte ihn getröstet. „Das habe ich mir gedacht. Aber ich wollte, dass Sie ihn kennen lernen, damit Sie verstehen, warum ich Sie Sendungen machen lasse."

Er hatte ihm geraten, sich der Klüngelei im Sender fernzuhalten und den Kollegen zu misstrauen, je kumpelhafter sie sich auch immer gaben. „Jeder trägt einen Dolch in der Tasche und sucht nur seinen eigenen Vorteil. Konzentrieren Sie sich auf Ihre Sendungen. Die allein zählen und bleiben." Fast jedes Mal, wenn er bei ihm saß und sie miteinander redeten, ging unvermittelt die Tür auf, ein Kollege steckte den Kopf herein. Wenn er sah, dass er auch drinnen war, kam er rasch ins Zimmer, bückte sich zu dem kleinen Schrank neben der Tür, stellte dort eine Flasche ab und verschwand mit kurzem Gruß. Der Redakteur reagierte kaum auf diese Besucher. Sobald die Tür geschlossen war, redete er weiter als sei nichts geschehen, nippte an seinem Whiskeyglas und schenkte sich nach. Eine Flasche leerte er so an einem Arbeitstag. Anfangs hatte er ihm auch ein Glas angeboten und als er sagte, er trinke keinen Schnaps, hatte er dies ohne Einwand gelten lassen und trank allein. Als er wenige Jahre später starb, nahm er am Begräbnis teil. Meist ältere Kollegen standen in Gruppen zusammen und musterten ihn flüchtig. Er kannte nur die Vorzimmerdamen und stellte sich in deren Nähe. Wie ein Mann vom Mond fühlte er sich in dieser Umgebung, so wie Jean Paul gewirkt haben dürfte, als er sich in Weimar aufhielt. Er tastete mit der Hand in die Jackentasche, dort steckte der „Titan". Damals hatte er noch die Angewohnheit, wann immer er die Wohnung verließ, ein Buch mitzunehmen. Als einer der Letzten ging er in die Aussegnungshalle und setzte sich in die hintere Bank. Beim Gang

zum Grab lief er neben ein paar Kollegen, von denen ihm einer zugenickt hatte. Sie unterhielten sich lebhaft über den Toten. „Er war schon ein toller Hund und ein großartiger Radiomann. Wenn er nur nicht so tief ins Glas geschaut hätte", sagte sein Nachbar und der Nebenmann, den er ein paar Mal am Büroschränkchen gesehen hatte, antwortete: „Aber bei klarem Verstand. Was immer er auch intus hatte." Er warf seine Nelken auf den Sarg, drückte der Witwe die Hand und machte sich unauffällig davon. An dem Leichenschmaus in einer nahen Schänke wollte er nicht teilnehmen. Er befolgte seinen Rat und hielt sich bis auf wenige Ausnahmen von den Kollegen fern. Einer hatte ihn einmal gefragt, warum er so hochmütig sei. „Hochmütig bin ich nicht", hatte er geantwortet: „Ich bin halt ein Einzelgänger und will dies auch bleiben." Kurze Zeit später sagte sein Fernsehredakteur zu ihm: „Sie sind der Einzige im Haus den keiner kennt und der keine Beziehungen hat." Diese Worte empfand er als Ritterschlag.
Er schaltete das Radio ein. Drohnenangriffe hatte es wieder gegeben. Warum denn nicht? In der zu erwartenden Zukunft des Krieges würden kaum noch Armeen gegeneinander kämpfen. Ferngesteuerte Mordmaschinen und bezahlte Söldnertruppen verrichteten dann das todbringende Geschäft. Es war ein lukrativer Wirtschaftszweig wie die Automobilindustrie, der Drogenhandel und die Prostitution. Mal wieder war eine Hochzeitsgesellschaft ausgelöscht worden. Zwanzig Personen, Erwachsene, Kinder. Auch das Brautpaar hatte nicht überlebt. Offensichtlich waren dergleichen Gruppen beliebte Ziele der heldenhaften Computerkrieger. Präventive Schläge, damit das Imperium von künftigen Kämpfern verschont bliebe. Er schnappte sich den Zeitungsstoß und schleppte ihn zur Papiertonne im Hof. Die Sonne war von Wolken verdeckt. Was sie nur gemeint haben könnte? Frag mich nicht. Natürlich hatte er nicht gefragt solange sie neben ihm lag und er den Zauber nicht brechen wollte. Doch da nistete etwas in seinem Gedächtnis, an das er nicht herankommen konnte. Kirchenglocken droschen auf Menschen und Dächer ein. Er lief zur Straße vor. Gläubige strömten zum Gottesdienst. Sonntag. Er überlegte, ob er in die Berge fahren solle. Vermutlich gab es schon Stau auf den Autobahnen. Er konnte die Landstraße nehmen. In einem Klostergarten zu Mittag essen. Den Kopf auslüften. Oder einfach weiterfahren. In den Süden ans Meer. Er kehrte in die Wohnung zurück. Eigentlich hatte er erst dann Land-

schaften, Menschen und Länder halbwegs verstanden, wenn er darüber arbeitete. Und im Laufe der Jahre verbanden sich die aufgesuchten Orte zu seinem Bild von Europa. Der schmale Humusstreifen, auf dem Stockholm erbaut worden war, aus dem überall der Fels hervorbrach. Die Ruinen der Burgen auf Estlands Hügelrücken. Deren Geschichte er in Kroos Romanen beschrieben fand. Dorpat und Mittau, geistige Zentren einst. Lange schon vergessene Namen. Das nördliche Licht auf Lettlands Küste. Kilometerweit braungelber Sand, Felsen wie hingeworfen in diesen Traum. Bernsteinbrocken an der Grenze zwischen Wasser und Land. In Litauen auf der Nehrung hatte er die Sahara gesehen. Hier fand Thomas Mann ein paar Sommermonate lang die Landschaft seiner Josephromane. Eine Kostbarkeit seiner Bibliothek: „Rossitten" von Johannes Thienemann, in einem Antiquariat in Memel gekauft. Drei Jahrzehnte Leben auf der Kurischen Nehrung von 1896 bis 1928 wurden darin beschrieben. So wirklich stand ihm der Mann vor Augen wie jener Förster aus den Karpaten im südöstlichen Polen am Oberlauf des San, mit dem er ein paar Tage verbrachte. Der ihm erzählte, wie zufrieden er in seiner Waldheimat lebe, die noch fern von Touristen ihre Ursprünglichkeit bewahre, was hoffentlich so bleibe, solange er lebe. Siebenbürgen war ein schwarzer Fleck auf seiner inneren Landkarte, bevor er das erste Mal dorthin fuhr. Schon nach Queren der ungarischen Grenze überwältigte ihn der Anblick des großartigen Hügellandes, das an drei Seiten von hohen Bergen umgeben war. Über Jahrhunderte hatten hier Siebenbürger Sachsen, Ungarn und Rumänen einen einzigartigen Kulturraum geschaffen, verteidigt und gegen alle Widrigkeiten bewahrt, bis in den neunziger Jahren des letzten Jahrhunderts die Sachsen Lemmingen gleich in die Bundesrepublik umsiedelten. Die Zurückgebliebenen sahen ohnmächtig zu, wie ihr Kulturerbe unterging. Allein dreihundert Kirchenburgen standen vor dem Verfall. Er war eines Abends zu dem Pfarrer Eginald Schlattner in sein Dorf in der Nähe von Hermannstadt gefahren. In drei autobiographischen Büchern hatte dieser seine Geschichte und die seiner Umgebung aufgeschrieben. Vergleichbar mit der vielbändigen Chronik vergangener Zeit, die sein Schriftstellerkollege Hans Bergel verfasst hatte. In früheren Jahren waren die beiden Freunde gewesen. Ihre Freundschaft zerbrach im Foltergefängnis des Ceausescu-Regimes. Schlattner hielt die Qualen nicht aus und redete mit den Peinigern, so dass Bergel und andere zu langen Haftstrafen verurteilt wurden. Er hatte mit beiden gesprochen und auch beider Bücher gelesen. Sie waren unterschiedlich, ähnlich und großartig auch. Über den Verrat fand er kein Urteil, wagte es nicht. Durfte er dies überhaupt? Zu wenig kannte er Verzweiflung und Angst fremder Lebensumstände. Vielleicht war es Sühne, dass Schlattner nach der Haft sich der Theologie zuwandte und als die vielen gingen in der Heimat blieb. Sie saßen im alten Pfarrhaus, unterhielten sich, tranken Kaffee zu dem Kuchen, den die Frau scheu hingestellt hatte, bevor sie wieder in ihre Räume verschwand. Schlattner zeigte ihm stolz seine Sammlung von Erstausgaben deutscher Literatur in seiner umfangreichen Bibliothek. Dann führte er ihn in die nahe Kirche. Er zog einen mächtigen Schlüssel aus der Jackentasche, schloss auf und machte Licht. Er fing an zu reden, doch nicht mehr zu ihm, sondern zu seinem Christus über dem Altar. Strich die Decke glatt und prüfte den Wasserstand in der Feldblumenvase. Dann, während er seinen Blick durch den Raum schweifen ließ, erzählte er, dass er jeden Tag Gottesdienst halte. Meist bleibe er allein, manchmal komme ein altes Weiblein dazu. Die letzte Deutsche im Dorf. Die anderen Bewohner, Rumänen und Roma, seien orthodox. Beim Abschied drehte er sich zum Gekreuzigten und sagte, dass sie nun gingen, dass er am Morgen wiederkehre. Draußen führte er ihn zu seiner Kutschensammlung. Zwei Rösser stünden auf der Weide hinter dem Pfarrhaus. Hin und wieder spanne er sie vor eine der Kutschen und fahre zur Freude der Kinder die Dorfstraße entlang. Er werde Ausharren in seiner Gemeinde bis zu seinem Tod. Schreiben werde er nicht mehr. Diese Pflicht habe er mit den drei Romanen erfüllt. Sie verabschiedeten sich vor dem Haus und er fuhr in der Dunkelheit zu seinem Hotel zurück. Ihm fiel ein, dass er dort im Zimmer ein paar Zeilen in sein Notizbuch notiert hatte. Er erhob sich aus seinem Sessel und öffnete den großen Schrank in dem er alte Manuskripte und andere Unterlagen der zahlreichen Projekte verstaut hatte. Nach kurzem Suchen fand er die Rumänienmappe und auch den Eintrag: Schlattner: „In der dunklen Gruft seiner Kirche spricht er mit seinem Gott. Ich stehe verloren daneben, das Tonband in der Tasche, das hier so nutzlos ist. Er zeigt mir die Kutschen und einen Teil seines Lebens. Durch die Wohnung huscht seine Frau, überdrüssig der vielen Besucher, die auftauchen und gehen, während die Nacht Dorf und Hügel in Dunkelheit hüllt, seiner und seinem und seine. Wie viel und wie wenig das ist, nach all den Schatten, die der Bach dem Flusse zuträgt."

„Du solltest vielleicht einmal deinem Kollegen sagen, dass er aufpassen soll." Roman blickte fragend zu Valentina: „Welchen Kollegen und warum?" Sie zeigte zu dem Tisch an dem der Fahrer und das Blumenmädchen eng beisammen saßen und sie sich anschickten einander zu küssen: „Ach der, das ist harmlos, er hat mich gebeten ihr zu sagen, dass er daheim eine Freundin habe, gleich als sie einander kennen lernten." Valentina rümpfte die Nase: „Aber sie wird ihm nicht erzählt haben, dass sie verheiratet ist. Ihr Mann sitzt dort in der Ecke mit seinem Freund und lässt die beiden nicht aus den Augen." Tatsächlich in der Ecke saßen zwei junge Männer bei Bier und Wodka und als der eine Romans Blick bemerkte, wandte er sich seinem Kollegen zu. „Der schaut zu, wie seine Frau mit einem anderen flirtet? Das ist doch pervers." „Bei dem nicht, solange sie ihm das Trinken bezahlt. Er hat keine Lust zum Arbeiten und wenn er einmal Geld hat verspielt er alles." „Du spinnst!" „Er lässt sich von ihr aushalten und sie amüsiert sich mit anderen. Die beiden wohnen in einem kleinen Zimmer bei den Eltern und sind jeden Abend unterwegs. In der Disko hat er sich schon ein paar Mal aufgeführt. Hier nicht, weil die Wirtin es nicht duldet. Aber dennoch, ich würde vorsichtig sein." „Der Atze muss selber wissen, was er tut. Ich misch mich da nicht ein. Hast du auch so einen Freund, der darauf lauert, dich mit einem anderen zu ertappen?" Sie lachte, stellte das Glas, das sie grade abgewaschen hatte, auf die Ablage, zögerte, nahm dann ein anderes und sagte leichthin: „Ich habe keinen Freund." „Das versteh ich nicht, ich könnte mich sofort in dich verlieben." „Du wirst gewiss eine Freundin haben in deinem Lemberg." „Eine Freundin, nein." Wenigstens war das nicht gelogen oder nur halb. Er log, wenn er den Mund aufmachte, und Lydia hatte er auch noch nicht angerufen. Er trank hastig sein Glas leer, verschluckte sich und hustete. „Soll ich dir noch ein Bier zapfen?" „Ich habe gestern genug getrunken." Er merkte, dass er sie scharf angefahren hatte und sagte rasch: „Wirklich, ich vertrag nicht so viel. Aber sag mal, du arbeitest hier und auch im Hotel? Dann hast du doch gar keine Zeit für dich." Sie zuckte mit den Schultern: „Ich mach das halt, bis ich etwas anderes finde. Ich will nicht mein Leben lang so arbeiten. Ich habe mich für ein Stipendium beworben. Aber wenn man keine Beziehungen hat oder die Beine breit macht, ist das aussichtslos." „Jetzt hör mal!"

„Wieso? Das ist hier normal. Du bezahlst, wenn du eine gute Arbeit haben willst. Entweder mit Geld oder mit deinem Körper, am besten mit beidem." Sie starrte wütend vor sich hin. Roman schwieg. Kein Wort fiel ihm ein. Dann veränderte sich ihr Gesichtsausdruck und sie lachte: „Jetzt bist du schockiert?" „Naja, so richtig weiß ich das nicht. Klar in der Uni ..." „Was studierst du eigentlich?" „Kunstgeschichte und Archäologie. Jetzt habe ich unterbrochen und mache bei einer Grabung mit. Wir erforschen die Lemberger Unterwelt." „Ich will Kinderärztin werden und wenn das nicht klappt, dann wenigstens Krankenschwester. Aber die Ausbildung ist teuer, sehr teuer." Sie hatte sich Wasser eingeschenkt und leerte ihr Glas. „Aber vielleicht habe ich Glück und kann mir meinen Kindertraum erfüllen." Ein neuer Schatten huschte über ihr Gesicht, dann kehrte das Lächeln zurück: „Oder jemand hilft mir dabei." Sie spülte ihr Glas und räumte es weg, dann zapfte sie ein Bier und stellte es ihm hin: „Ich muss jetzt heim. Das Bier geht auf mich, damit du noch ein paar Minuten an mich denkst." Aber..." Bevor er weiterreden konnte, hatte sie ihre Handtasche genommen, war zum anderen Ende der Theke gegangen, wo die Wirtin stand, und verließ nach wenigen Minuten das Café, ohne sich noch einmal umzudrehen. Roman blickte ihr verdutzt nach, verstand den raschen Aufbruch nicht. Er hatte doch nichts gesagt, was sie kränken konnte. Schließlich nahm er sein Glas und ging zum Tisch der anderen. Er setzte sich neben den Regisseur. „Na, schon der erste Ehekrach?" fragte der grinsend „Du nimmst dir aber auch keine Auszeit vom Ärger." Roman antwortete nicht und der Bärtige wollte sich wieder der Sängerin zuwenden, die neben ihm vor einem Wodkaglas saß. Soweit er es beurteilen konnte, war es nicht das erste. „Heute gehe ich früher ins Hotel. Ich will einmal ausschlafen", meinte er schließlich „Wo ist eigentlich dein Assi?" Der Regisseur zuckte mit den Schultern: „Der wird schon im Bett sein. Ich mach es auch nicht mehr lange. Was willst du von ihm?" Roman zog sein Mobil aus der Tasche „Ich habe mein Ladegerät vergessen, ich glaube er hat das gleiche." Er hielt es ihm hin. Der Regisseur schüttelte den Kopf: „Der hat ein Nokia, das ist ein Samsung. Du kannst mein Handy benutzen, wenn du telefonieren willst, aber das liegt im Hotel, ich schlepp diesen Kram nicht fortwährend mit mir herum. Ich will mir noch den zweiten Teil der Show ansehen. Roxana hat uns eine Überraschung versprochen." Er legte seine Hand auf den Arm der Frau und fuhr auf Englisch fort:

„Du willst ein Lied für uns singen, stimmt doch?" Sie nickte und fuhr mit dem Wodkaglas über die Hand auf ihrem Arm: „Das auch." Der Regisseur zog seine Hand zurück und stand auf: „Dann muss ich mal kurz wohin, damit ich die Überraschung nicht verpasse." Er ging Richtung Toilette davon. „Feigling!" zischte sie ihm hinterher und wandte sich Roman zu: „Willst du mit mir schlafen?" Sie fing seinen Blick, er wich aus, sah suchend im Raum umher, linste zu ihr zurück und bevor er antworten konnte, sagte sie spöttisch: „Du hast auch Angst vor mir. Alle haben Angst vor mir. Valentina ist ein wunderbarer Mensch. Verletze sie nicht. Sie ist nichts für dich. Sie braucht jemanden, auf den sie sich verlassen kann. Keinen Großstadtjungen, der ein Abenteuer sucht." Er wollte protestieren, doch sie fuhr fort: „Ich bin auch nichts für dich, aber ich möchte nicht allein bleiben heut Nacht." Gottseidank kam der Regisseur schon wieder zurück zum Tisch und setzte sich umständlich hin: „Soll ich noch was bestellen?" Roman zeigte auf sein halbvolles Glas, die Sängerin schob ihm ihr leeres zu und er erhob sich wieder, um zur Theke zu gehen. „Kennst du ihn schon lange? Ist er verheiratet" „Keine Ahnung. Ich glaube nicht." „Er glotzt mich an, als wollte er mich auf der Stelle ausziehen, und wenn ich ihm in die Augen blicke, hetzt er eingeschüchtert davon, als wäre der Teufel hinter ihm her. Das ist schon ein seltsamer Typ. Solche habe ich in Kiew getroffen, Kerle, die dich an die Wand reden können und dann kneifen. Du bist auch nicht besser, lass die Finger von Valentina!" und leiser dann: „Ihr versteht nicht, wie schön Liebe ist." Der Regisseur brachte ihr den Wodka und ein Bier für sich selber. Sie nahm ihm das Glas aus der Hand und trank es auf einen Zug leer. „So, jetzt werde ich für euch singen", sagte sie, stand auf und ging zur ihrer Garderobe. „Die ist aber heute drauf, mein lieber Scholli", meinte der Kameramann, der sich vom Nebentisch zu ihnen gedreht hatte. Er saß wieder mit der Schwarzen zusammen und paffte an seiner Pfeife, während sie an einer Zigarette zog. Im Rauch vereint, dachte Roman. Auch die anderen beiden Blumenmädchen saßen an diesem Tisch neben ihnen zwei Männer. Der ältere hatte sich vor Roman gebrüstet beim KGB gewesen zu sein. Leider habe man ihn nicht in den elenden FSB übernommen, sondern in Pension geschickt. Doch offensichtlich konnte er auf den Knopf im Ohr nicht verzichten, denn er lief mit einem Cassettenspieler herum und hörte über Ohrhörer ausschließlich „Hotel California" von den Eagles. Dieses Lied hielt er für den besten Song aller Zeiten und jedem, dem er begegnete, bot er einen Knopf seiner Ohrhörer an, damit dieser sich selbst davon überzeugen konnte. Eine halbleere Flasche Whiskey stand vor ihm auf dem Tisch, aus der sich auch der Kameramann bediente. Die Damen begnügten sich mit Wein und unterhielten sich mit dem anderen Mann, der ihnen in gebrochenem Russisch erklärte, dass er Geschäftsmann sei und in der Ukraine Mähdrescher verkaufe und eine Frau suche, die ihm bei seiner Büroarbeit entlasten könne, denn die Geschäfte gingen gut. Als die Hübschere der beiden ihm sagte, dass ihre Mutter eine Arbeit suche, winkte er ab und meinte, dass er eher an eine junge attraktive Frau gedacht habe, wie sie eine sei. Schließlich gehe es auch um Repräsentation und außerdem müsse die Person ihn auch auf seinen Dienstreisen begleiten, denn Mähdrescher ließen sich nicht in der Stadt verkaufen sondern auf dem Land. Er denke daran sein Geschäft bald nach Russland auszuweiten, dort gebe es großen Bedarf an Mähdreschern. Der KGB-Mann mischte sich ein und meinte, da müsse er ihm Recht geben, Russland brauche Mähdrescher, besonders auf dem Land. Während seines aktiven Dienstes sei er einmal mit einem Fall betraut gewesen, bei dem es darum gegangen sei, warum hunderte von Mähdreschern auf dem Weg vom Hersteller zu den Agrarbetrieben verloren gingen. Die seien dort nie angekommen. Nach umfassenden Untersuchungen habe er herausgefunden, dass die verschwundenen Mähdrescher nie gebaut und folglich auch nicht geliefert worden seien. Die hätten nur auf dem Papier existiert und Hersteller und Abnehmer hätten die Gelder untereinander aufgeteilt. Durch solche Geschäftspraktiken sei das Land zugrunde gegangen und der KGB sei in den FSB umgewandelt worden, der den tolldreisten Geschäften der neuen Oligarchen tatenlos zusehe. Deshalb hasse er Geschäftsleute, und Mähdrescher könnten ihm gestohlen bleiben. Er höre lieber „Hotel California" auf seinem Cassettenspieler. Der wunderbare Song tröste ihn über die Einsamkeit hinweg. Auch seine Frau habe Fahnenflucht begangen. Sie arbeite in Italien und besuche ihn höchst selten. Der Kapitalismus habe gesiegt. Daran würde auch der elende FSB nichts ändern. Seine Hoffnung ruhe nun auf den Mohnfeldern von Afghanistan und den synthetischen Drogen der Tschechen. Schon mit der Entwicklung von Semtex hätten sie gute Ansätze gezeigt. „Ein an sich lausiges Volk, doch sehr erfinderisch bei der Vernichtung von Menschen-

leben. Noch ist nicht alles verloren. Veränderungen verlangen Geduld und keine Mähdrescher." Er kippte einen Whiskey in sich hinein, prüfte, ob die Ohrhörer auch richtig saßen, verdrehte die Augen verzückt und schaute den Geschäftsmann giftig an. Dieser wollte den Vorwurf nicht auf sich sitzen lassen, ahnte aber, dass er gegen die Eagles nicht ankam und erklärte deshalb der jungen Frau, dass er eine bedeutende englische Firma repräsentiere, die seit Jahrzehnten Mähdrescher baue und verkaufe. Wenn die Engländer Mähdrescher bauten, dann bauten sie diese auch, und wenn sie welche lieferten, dann lieferten sie diese auch. Er selbst habe erst jüngst einen Mähdrescher an eine Genossenschaft hier in der Nähe verkauft. Es sei noch zu früh im Jahr, doch wenn der zum Einsatz komme, dann könnten sie zusammen hinfahren und er könne ihr seinen Mähdrescher zeigen.
Roman hätte gerne mehr erfahren, doch das Bühnenlicht ging an und Roxana begann ihre Show. Wie gestern sang sie zunächst Lieder, nach denen man tanzen konnte. Der Geschäftsmann forderte seine Nachbarin auf. Sie folgte ihm unter den abschätzigen Blicken des KGB-Mannes. Die Tanzfläche füllte sich, auch der Fahrer und die Blonde fanden sich dort ein. Roman suchte ihren Ehemann. Der, inzwischen schon ziemlich betrunken, blickte böse zu den beiden und tuschelte mit seinem Begleiter. Roman legte die Hand auf die Schulter des Regisseurs: „Vielleicht solltest du Atze sagen, dass der Mann der Blonden dort in der Ecke hockt und es gar nicht so lustig findet, was seine Frau so treibt." Der Bärtige schaute in die gewiesene Richtung. Der Mann spürte den Blick. Er stieß seinen Begleiter an, hob sein Glas und prostete ihm zu. Der Regisseur prostete zurück und trank: „Atze ist alt genug. Er sollte wissen, was er tut." Roman war sich da nicht so sicher, denn die beiden auf der Tanzfläche benahmen sich, als seien sie alleine auf der Welt.

Sie bringt ihm Tee. Den will er nicht. Als sie zögernd gegangen ist, steht der Präsident auf und gießt sich einen Whiskey ein. Der amerikanische Traum. Er hat ihr von seiner jüngsten Reise erzählt. Sie kann die große Demütigung nicht nachempfinden. Nach dem Zweiten Weltkrieg hat Amerika keinen Konflikt mehr erfolgreich lösen können, geschweige denn einen Krieg im asiatischen Raum gewonnen. Das Korea-Debakel, das Desaster in Vietnam. Afghanistan, Doch der sibirische Krieg darf nicht verloren gehen. Die Asiaten überschwemmen sein Land mit ihren Menschen und ihrem Kapital.

Die Gesundheitsreform kommt nicht voran. Die sozialen Konflikte verschärfen sich. Religiöser Wahn landein, landab. Die zweite Amtszeit wird bald enden. Was bleibt? Er leert das Glas und kehrt zum Schreibtisch zurück, starrt auf das Teegeschirr, das sie ihm hingestellt hat. Er wird den Tee in den Blumentopf gießen. Wie ein verwöhntes Kind, das seine Suppe nicht mag.

Viel Papier war über die Jahre zusammengekommen. Abgeschlossene Projekte und solche, die er aus diesem oder einem anderen Grund nicht mehr weiter verfolgt und abgebrochen hatte. Wenn er zuweilen las oder hörte, dass andere Autoren über Schreibblockaden klagten, verstand er dies nicht. Spaziergänge, Abtippen von Tonaufnahmen. Kochen. Gedichte lesen, stundenlanges Ausharren am Schreibtisch, brachen die Blockaden allemal, mussten sie brechen, denn es galt den Lebensunterhalt zu verdienen. Jäh kehrte die Erinnerung zurück und er suchte fieberhaft nach dem alten Manuskript. „Das Gefühl der Freiheit" hatte er es schließlich benannt und es sollte irgendwo hier sein. Je länger er suchte, desto hektischer wurde er. Als fast die Hälfte des Schranks auf dem Boden lag und der Text immer noch nicht aufgetaucht war, hielt er inne. Vor zwanzig Jahren hatte er die junge Frau besucht und mit ihr gesprochen, also noch vor dem Umzug, und ein paar Kartons lagerten noch ungeöffnet im Keller. Dort zu suchen hatte er keine Lust. Vielleicht war der Text auf einer der Disketten gespeichert? Die Disketten waren vorhanden, doch das Lesegerät hatte er verkramt. Verdammte Technik! Er war auf der richtigen Fährte. Am Fenster bauschte die Gardine im Wind. Manchmal fand man den Wald vor lauter Bäumen nicht. Vor der Tür wäre er fast mit einem Radfahrer zusammengestoßen, der den Bürgersteig entlang donnerte. Idiot! An der Kreuzung blieb er stehen. Drüben, wo sich jetzt ein mächtiger Bürokomplex erhob, stand früher ein Geschäftshaus mit angrenzend leerem Gelände zur Bahntrasse. Vor dem Abriss diente es eine Zeit lang als Flüchtlingsunterkunft. Ein profitables Geschäft für den Eigentümer. Beileibe nicht die einzige Immobilie in der Weltstadt mit Herz, mit der sich für einen guten Zweck Geld verdienen ließ. Vielleicht lag hier der Ursprung für die Raffgier der Hauseigentümer nach der Jahrtausendwende. War es nicht gutes Recht und folgte man nicht allein den allseits akzeptierten Gesetzen von Angebot und Nachfrage, wenn man in Zeiten des Mangels herausschlug, was immer auch ging? Wo stand geschrieben, und toller noch, wer konnte erwarten, dass Mietshäuser so zu kalkulieren waren, dass neben den Kosten für den Unterhalt der Gebäude, nur mäßiger Gewinn für die Eigentümer blieb, wenn höherer zu erzielen war? Ein schlechtes Gewissen, falls sie dergleichen überhaupt kannten, brauchten sie nicht zu haben. Tagtäglich lieferten die Medien Schlagzeilen, dass Unterkünfte fehlten und wie schwer es den Kommunen falle, die Flüchtlinge unterzubringen. Da schien jede Immobilie, die angeboten wurde, ein Geschenk Gottes und ihr Besitzer ein Wohltäter.

Er neigte nicht zu Verschwörungstheorien, doch einmal gedacht brachte er den Gedanken nicht mehr aus dem Kopf, dass nach wirtschaftlichem Denken ein knappes Angebot und steigender Bedarf durchaus sinnvoll waren, nicht bloß für den Hausbesitzer, auch für die Behördenvertreter, und er war alt genug, um zu wissen, dass die Fantasie den Erscheinungsformen der Wirklichkeit seit langem hinterher taumelte, und dass Horrormeldungen nicht nur Angst erzeugten, sondern sie sich auch ausgezeichnet nutzen ließen für diverse Machenschaften. Hatten die Denker der Vergangenheit sich eingestehen müssen, dass menschliches Wissen über die göttliche Schöpfung begrenzt war, so mussten heutige feststellen, dass ihre Erkenntnis über die menschliche Erfindungsgabe beträchtliche Lücken aufwies. Die resolute und hochmütige Aussage des Sokrates „Ich weiß, dass ich nichts weiß", war vom „Wir wissen nicht, was wir nicht wissen" abgelöst worden, dem der österreichische Dichter Gerhard Roth lakonisch den Satz hinzufügte: „Die Wirklichkeit ist ein zufälliges Gemisch aus Sichtbarem und Unsichtbarem."

Zwei Lehrstunden hatte er in dieser Hinsicht erhalten. Die erste, als er im Zusammenhang mit dem Zwangsanschluss ans öffentliche Wassernetz, bei dem private Brunnen behördlich zugeschüttet wurden, auch dann, wenn deren Wasser sehr viel besser war, als das kommunale, von einem betroffenen Bauern gehört hatte, dass es bei der letzten Wahl zu gewissen Korrekturen, vermutlich durch die Staatspartei gekommen sei. Er berichtete seinem Radioredakteur davon. Der goss sich einen Whiskey ein, trank und schüttelte den Kopf: „Sind Sie tatsächlich so naiv zu glauben, dies gäbe es in Bayern nicht?" Er nickte empört. Doch bevor er etwas sagen konnte, fuhr der andere fort: „Auf dem Land ist das ziemlich üblich. Da sagt nicht nur der Priester beim Gottesdienst, was die Schäflein zu wählen haben, da wird auch nachgeholfen, wenn einer mal ausbrechen will.

Was glauben Sie, wie die hohen Ergebnisse zusammenkommen?" „Aber..." „Kein Aber, das ist so." Die zweite Lehrstunde erhielt er in einer Münchner Pension, in der Flüchtlinge untergebracht waren. Die Pension und der Umstand, dass die Unterbringung dem Besitzer ein gutes und vor allen Dingen sicheres Einkommen bescherte, war gar nicht sein Thema, das erklärte er auch dem Mann im Büro. Er wollte sich für eine Sendung über Nachbarschaft lediglich mit Polen unterhalten, die dort wohnten. Der Mann musterte ihn ein paar Augenblicke lang, sagte dann, er hätte vorher im Amt eine Erlaubnis einholen müssen, aber es gehe auch so. Er griff zum Telefonhörer und während er wählte schaltete er die Freisprechanlage ein. Er hörte, wie der Gesprächspartner abnahm und der Mann sein Anliegen vortrug. Ein paar Augenblicke lang herrschte Stille, dann war Papierraschen zu hören. „Wie war noch der Name? Ach ja. Also über den Herrn liegt nichts vor, er steht nicht auf der schwarzen Liste. Sie können ihn reinlassen, wenn es lediglich um dieses Thema geht." Sein Gegenüber legte auf, grinste und sagte: „Sie haben es gehört. Geht klar, viel Erfolg!"
In den folgenden Jahren gab es noch einige Lehrstunden dieser Art und er lernte sein Wissen und seinen Zorn mit Humor zu würzen. Ein brauchbares Rezept in einer höchst seltsamen Welt. Bei einer Reise in die neuen Bundesländer und durch Regionen, aus denen viele Bewohner fortgegangen waren, weil sie keine Arbeit mehr fanden, fuhr er im Weichbild mancher Städte an leer stehenden Neubauten vorbei, die von Investoren in Erwartung blühender Landschaften hochgezogen worden waren. Potente Käufer, und wie er hörte, unter ihnen zahlreiche westdeutsche Zahnärzte, die ihr herausgebohrtes Zahngold gewinnbringend anlegen wollten, ließen sich von rührigen Geldberatern zu hohen Anlagen beschwatzen und reagierten dann doch recht empört und beleidigt, als sich die Gewinnerwartungen nicht erfüllten, weil die Immobilien keine Mieter fanden, und sie sich notgedrungen wieder ihrem Kerngeschäft zuwenden mussten, das freilich auch recht einträglich war. Eine Freundin erzählte ihm, als er sie verstört und leidend beim Wein sitzen sah, dass ihr Zahnarzt ihr alle Zähne herausgerissen habe, an diesem Tag gleich fünf Stück auf einmal, weil sie nichts mehr taugten, und ihr nun stattdessen Implantate einsetzen wolle, was nicht nur äußerst schmerzhaft, sondern auch schweineteuer sei, rund zwanzigtausend habe sie schon hingeblättert, sie sei ja Privat-

patientin, dergleichen könne ihm nicht passieren, weil ein Kassenpatient anders behandelt werde. Durchaus richtig, dachte er, doch die Gute weiß nicht, dass die Kassen aus Kostenersparnisgründen vermutlich und von der Öffentlichkeit unbemerkt, die Bestimmung eingeführt hatten, dass für jedes Quartal nur eine gewisse Summe zur Verfügung stehen sollte, danach musste die Behandlung bis zum nächsten Quartal unterbrochen werden. Eine Bestimmung, die vermutlich auch erklärte, warum bei Operationen die Chirurgen zuweilen Scheren und anderes im Körper des Patienten zurückließen. Dies geschah nicht, weil sie schusselig waren, sondern weil sie dachten, dass sie diese bei der nächsten Operation im anschließenden Quartal wieder brauchen könnten. Diese durchaus anerkannte Praxis hatten sie wahrscheinlich von Baufirmen abgeguckt, da wurde auch nicht gleich der Kran abgebaut, weil der Bauherr an Finanzierungsproblemen litt, sondern man wartete, bis er wieder liquide war und man weitermachen konnte. Die Mietkosten für den Kran wurden selbstverständlich verrechnet, das war klar, unklar freilich blieb, warum sich die blühenden Landschaften nicht einstellen wollten und er seinem Redakteur nach dieser Reise von leeren Wohnungen erzählen durfte und von Städten, die immer mehr Einwohner verlören. Dieser, gewitzt und stets das Gute suchend, meinte nur, das sei doch prima, wenn soviel Wohnraum leer stehe, dann könnten jene, die hier keine bezahlbare Unterkunft fänden, weil sie Rentner seien oder anderswie Arme und Bedürftige, dort hinziehen, damit sei das Problem gelöst. Er liebte die verblüffende Logik dieses Schalks. Ein großer Mann. Bis zur Pensionierung steuerte er sein Redaktionsschiff geschickt und erfolgreich an den Klippen des Hauses vorbei und trieb ihn immer wieder zu neuen Sendungen an. Eine von ihnen hatte ihn auf dem Weg zu einem Interview an die Ecke geführt, an der er nun stand und wartete, dass die Ampel endlich auf Grün umschaltete. Damals war die halbe Straße abgesperrt, weil vor einem Blumenladen die Schäffler tanzten. Er blieb stehen, ihren Reigen zu betrachten, und kam mit dem Blumenhändler ins Gespräch, der als Bischof verkleidet im Eingang seines Ladens lehnte und ihm erzählte, dass er, zusammen mit seiner Nachbarin im schmalen Krämerladen nebenan, die Schäffler geholt habe, denn es gelte ein dreißigjähriges Geschäftsjubiläum zu feiern und Dank zu sagen, dass sie heil auch durch schwere Zeiten gekommen seien. Wie ginge das besser in der traditionsreichen Stadt, als mit ihren Tanz. Er zeigte über die Straße und sagte, dass er gegenüber, wo jetzt der Klotz stehe, geboren sei. Dort hätten seine Eltern eine kleine Gärtnerei betrieben und recht und schlecht davon gelebt, denn der Vater habe alles Geld ins Wirtshaus getragen, die Mutter und er hätten die Arbeit gemacht. Im Krieg sei hinten auf dem Gelände eine Baracke mit Zwangsarbeitern gestanden, die von Wehrmachtssoldaten bewacht worden seien. Den ausgehungerten Gestalten hätten die Eltern zuweilen etwas zugesteckt, und einem jüdischen Unternehmer, der am Tassiloplatz vorne seinen Betrieb hatte, habe der Vater einen Unterschlupf auf dem Lande verschafft, so dass er überleben konnte. Damals hätten sie im Laden schon lange keine Blumen mehr, sondern Gemüse und Kartoffeln verkauft, und er könne sich noch gut daran erinnern, wie eine verarmte Adelige aus der Schulstraße bei Dunkelheit klagend zur Mutter gekommen sei, damit sie ihr etwas außer der Reihe und billiger gebe. Nach dem Krieg wollte sie nichts mehr davon wissen, ebenso wie die anderen im Viertel, die während der Notzeiten von ihnen versorgt worden waren. Auch der Unternehmer habe nie ein Wort des Dankes verloren. Nach dem Tod des Vaters habe er dann den Laden hier im Haus übernommen, zunächst einen kleinen Ausschank betrieben und schließlich den Blumenladen eingerichtet. Leicht sei es nie gewesen, Tag für Tag von Sechs Uhr in der Früh bis abends nach Sieben im Laden zu stehen, aber er sei dankbar für alles.

Als die Schäffler ihren Tanz beendet hatten, war er weitergegangen und hatte überlegt, ob das Erzählte einen Stoff für eine Radiosendung abgebe. Von dem Lager hatte er nie gehört und die Firma war in ein anderes Viertel umgezogen. Vermutlich war der alte Inhaber wenig auskunftsfreudig, wenn er überhaupt noch lebte. Warum sollte er in diesen alten Geschichten herumstochern? In den vergangenen Jahren hatte er mehrere Sendungen zu Nebenthemen des Dritten Reiches gemacht und zahlreiche Gespräche mit Zeitzeugen geführt. Er hatte dabei lernen müssen, dass er wohl doch nicht das Zeug hatte zu einem, wie man es nun nannte, investigativen Journalisten. Denn sobald er spürte, dass seine Gesprächspartner sich zu manchen Dingen nicht äußern wollten oder konnten, bohrte er meist nicht weiter nach. Es schien ihm ungebührlich ihr Schutzschild zu durchbrechen. Einmal hatte er mit einer Frau geredet, die während des Krieges als Krankenschwester in einem

Lazarett in Kattowitz gearbeitet hatte. Sie versicherte ihm, dass sie nie vom nahen Auschwitz gehört, geschweige denn mitbekommen habe, was dort geschehen sei. Davon habe sie erst von den Amerikanern erfahren, die alle zusammengetrieben hatten, damit sie sich diesen schrecklichen Film anschauten. Der erste Nachkriegswinter im halbzerstörten Haus ohne Kohlen bei bitterster Kälte und mit ständigem Hunger sei furchtbar gewesen. Solche Erfahrungen wünsche sie niemandem.

Endlich schaltete die Ampel auf Grün. Er umrundete ein schwarzes Monster, in dem eine junge Frau wütend auf ihr Handy einschrie. Der Blumenladen hatte inzwischen eine neue Besitzerin und der Krämerladen war schon verschwunden, als er ins Viertel gezogen war. Dort befand sich jetzt ein Hundesalon. Gedankenverloren lief er die Häuserzeile entlang. Die Fassaden der Bürgerhäuser zeigten Elemente des ausklingenden Jugendstils. Zu Beginn des letzten Jahrhunderts leisteten sich die Hausbesitzer noch dergleichen Fisimatenten, heute undenkbar. Da setzte man kostenbewusst öde Klötze hierhin und dorthin und wunderte sich, wenn die Großstadtwüste unbewohnbar wurde wie der Mond. Am Tassiloplatz stoppte er jäh. Beinahe wäre er durch das halboffene Tor in das abgesperrte Areal des Spielplatzes hineingestolpert. Panische Angst zwang ihn sich minutenlang am Zaun festzuhalten, bevor er Richtung Welfenstraße weitergehen konnte, in der sich inzwischen ein riesiger Neubaukomplex erhob, wo früher zahlreiche kleine Werkstätten in niedrigen Holzhäusern und Baracken zu finden waren und ein Steinbildhauer Geschäft und Ausstellungsfläche besaß. Seit jenem schrecklichen Sommer vermied er es in die Nähe des Spielplatzes zu kommen. Wie viele Jahre war das her? Acht? Sieben? Er wollte es nicht wissen, doch das Erlebnis selbst saß festgebrannt in seiner Erinnerung. War nicht mehr zu löschen. Sein Leben lang. An jenem Tag hatte er sich an einem Sendungstext festgeschrieben, die Sätze klemmten, stimmten nicht, so dass er, wie immer, wenn er mit den eigenen Worten unzufrieden war, sich einen Gedichtband schnappte und in den Park lief. Die meisten Bänke waren besetzt, nur am Kinderspielplatz fand er noch eine Sitzgelegenheit. Er las eine Zeitlang, legte dann den Band auf das Holz und versank ins Grübeln. Starrte blind auf die Kinder, die im Sandkasten hockten und am Klettergerüst herumturnten. Er schreckte auf, als eine junge Mutter ihre Tochter vom Weg vor ihm wegzerrte, wohin deren Ball gerollt war. Sie raffte die Decke zusammen, griff ihre Tasche und zog das widerstrebende Kind quer über die Wiese dem Ausgang zu. Zwei Mal noch drehte sie sich empört nach ihm um. Er schaute ihr verwundert hinterher und griff wieder nach dem Buch, konnte sich aber nicht mehr konzentrieren. Er blätterte durch die Seiten, steckte den Band in die Jackentasche und nahm das Notizbuch und den Bleistift zur Hand. Kein Satz fiel ihm ein. Auch andere Mütter riefen ihre Kinder und rüsteten zum Aufbruch. Das Display auf dem Mobil zeigte halb Zwölf. Es ging auf Mittag zu. Über eine Stunde hatte er auf der Bank verbracht ohne den Ablauf der Zeit wahrzunehmen. Solche Augenblicke äußerster Konzentration waren nicht ungewöhnlich für ihn. Einmal war er frühnachmittags aus dem Schneideraum gegangen, weil der Schnitt sich nicht fügen wollte und weder er noch der Cutter einen Fortgang fanden. Er erinnerte sich, dass er durch die Pforte gelaufen war und am Parkplatz vorbei Richtung U-Bahn. Aufgewacht war er auf der Rolltreppe zum Rosenheimer Platz und wusste nun, wie sie weiter schneiden konnten. Er setzte sich in das Café an der Ecke und notierte den Aufbau der weiteren Szenen. Danach war er zu Paul gegangen. Das wollte er jetzt auch tun. Er stand auf und machte sich auf den Weg. Vor dem Tor fuhr schwungvoll ein Streifenwagen in die Parkbucht. Zwei junge Polizisten stiegen aus und kamen auf ihn zu, hielten ihn an: „Personenkontrolle, können sie uns Ihren Ausweis zeigen!" Verwirrt holte er die Geldbörse aus der Tasche. Der eine Polizist machte einen Schritt zurück und legte die Hand an die Waffe. Er hielt ihm zittrig den Ausweis hin: „Was ist denn los?" „Nur eine allgemeine Kontrolle", antwortete der vor ihm Stehende und ging mit dem Ausweis zum Fahrzeug. Der andere blieb und hielt weiter Abstand. Er versuchte sich zu beruhigen. Wartete stumm. Nach ein paar Minuten kam der Beamte aus dem Fahrzeug zurück und händigte ihm den Ausweis wieder aus: „Können Sie uns sagen, was sie hier auf dem Spielplatz gemacht haben?" Er schaute ihn an. „Ich habe gelesen und nachgedacht." „Wir wurden verständigt, dass Sie auffällig die Kinder angestarrt haben." „So ein Blödsinn!" Die junge Mutter! „Ich habe niemanden angestarrt!" „Kommen sie oft hierher?" „Ich wohne um die Ecke, das wissen Sie ja", er wedelte wütend mit dem Ausweis. „Warum regen sie sich auf?" „Ich rege mich nicht auf, ich verstehe nur nicht, warum Sie mich hier grundlos festhalten." „Wir halten sie nicht fest. Wir führen eine Personenkontrolle durch, nachdem eine

Meldung einging." „Die blöde Gans!", er verstummte und der Polizist fragte rasch: „Kennen Sie die Frau und ihre Tochter?" „Nie gesehen vorher. Die ist mir nur aufgefallen, weil sie hysterisch ihr Kind heimgezerrt hat." Die beiden blickten einander an. Er fuhr fort und erzählte, dass er an einer schwierigen Arbeit sitze und intensiv nachgedacht habe. Er redete ein paar Minuten, dachte, warum rechtfertige ich mich und verstummte, sah, wie sie ihn musterten. Endlich verabschiedeten sie sich und gingen zu ihrem Wagen. Er glaubte, sie würden gleich davonfahren, als dies nicht geschah, lief er los. Die rote Ampel hielt ihn auf. Er spürte ihre Blicke. Endlich wurde es Grün und er zwang sich langsam zu gehen, sich nicht umzudrehen, bis er in den Augenwinkeln den Streifenwagen langsam auf der Straße vorbeifahren sah. Die Tür zum Frisörladen stand offen. Er grüßte und riss hastig die Haustür auf. In der Wohnung fiel er in den Sessel, zitterte am ganzen Leib. Das T-Shirt war durchgeschwitzt. Jedes Mal in den nächsten Tagen, wenn die Türglocke ging oder das Telefon läutete, zuckte er zusammen. Die Angst wich langsam, als er drei Wochen später auf Drehreise ging. Heimgekehrt stellte er fest, dass sie nicht gänzlich verschwunden war. Er mied fortan den Park. Die junge Frau mit ihrer Tochter sah er nie wieder. Vermutlich hätte er sie auch gar nicht erkannt, wenn sie ihm über den Weg gelaufen wäre.

Die Visitenkarte gefiel mir gut. Das gabs also tatsächlich noch: Privatier und daneben Filosof. Und so einer lebte in der alten Isarstadt. Eine wunderbare Entdeckung erschien mir dies nach den einfältigen Sauerkraut- und sonstigen Niederbayernkrimis, die vom Landessender kongenial umgesetzt wurden, und anderen literarischen Ergüssen neuzeitlicher Heimatdichter, die kaum noch an Martin Speers Theaterstücke erinnerten. Die Comicbände der Geschichte von LA hatte ich mir zwar gekauft, aber noch nicht gelesen. In meinem Alter schafft man nicht alles, obgleich mich jüngst ein Vierundsechzigjähriger, wie sich herausgestellt hatte, mit „junger Mann" tituliert hatte. Offensichtlich bekam mein polnischer Freund doch allmählich recht, der schon vor dreißig Jahren prophezeit hatte, nicht die BRD dehne sich bis zur Oder aus, sondern Honneckers Reich erstrecke sich bald bis zu den Alpen und das erste, was mir aufgefallen war, neben der Einfalt der Autoren der Leipziger Schule nach der Wende, war eben, dass, wo immer ich auch ging und solche aus jenem Landstrich traf, sie mich fortwährend junger Mann titulierten. Das war vor zwanzig Jahren schon bescheuert, selbst unter Berücksichtigung dessen, dass viele behaupteten, sie hätten vierzig Jahre in Dunkelheit gelebt, und man folglich von einer gewissen Nachtblindheit ausgehen konnte; oder aber vielleicht hatte der schöne Schein des Westens ihre Augen geblendet, was vorkommen konnte. Aber dass ein Privatier hier in Niederbayern überlebt hatte, das gefiel mir ausnehmend gut. Ich überlegte, ob ich mir den Titel gleichfalls zulegen sollte, er konnte mir schließlich nicht so einfach genommen werden, wie ein Doktortitel, der offensichtlich von den Universitäten recht willkürlich verliehen und wieder aberkannt wurde. Privatier hörte sich zudem auch besser an und die Voraussetzungen glaubte ich zu erfüllen. Ein paar Münzen steckten in meinem Beutel, eine repräsentative Wohnung konnte ich herzeigen, Bücher standen herum, für deutsche Ansprüche reichten sie allemal und weil ich sie auch gelesen hatte, war ein gewisser kultureller Hintergrund demnach vorhanden. Draußen vor dem Fenster von meinem Studierzimmer hing ein Vogelhäuschen, so dass auch biedermeierliche Sozialkompetenz nachgewiesen werden konnte. Der Titel stand mir zu. Er und ich passten in die neue Umgebung. Die Abkoppelung von München mit seiner Halbwelt war endlich vollzogen.

Nach ein paar Liedern machte die Sängerin eine Pause und gab bekannt, dass sie nun für die deutschen Gäste ein Lied singen werde, sie habe es einmal auf einem Festival gehört und ihr so gefallen, dass sie es auf Deutsch singen gelernt habe, und fuhr auf Englisch, zu ihnen blickend, fort, sie hoffe, dass ihre Aussprache verständlich sei. Kaum waren die ersten Takte angeklungen, geriet der Regisseur fast aus dem Häuschen, und als Roxana zu singen anfing, klebten seine Blicke an ihren Lippen. „Beleget den Fuß /Mit Banden und mit Ketten /Dass von Verdruss /Er sich kann nicht retten, /So wirken die Sinnen, /Die dennoch durchdringen. /Es bleibet dabei: /Die Gedanken sind frei. Die Gedanken sind frei /Wer kann sie erraten?/Sie fliehen vorbei /Wie nächtliche Schatten; /Kein Mensch kann sie wissen, /Kein Kerker verschließen /Wer weiß, was es sei? /Die Gedanken sind frei."
Er konnte sich kaum noch auf seinem Stuhl halten: „Das Teufelsweib, woher weiß sie, dass dies mein Lieblingslied ist? Dazu noch singt sie die alte Fassung und nicht die verhunzte der

Burschenschaftler." „Sei still!!" zischte der Kameramann und legte den Arm auf seine Schulter: „Ich will das Lied hören, nicht dein Gerumpel." So blieb er still bis zur letzten Strophe:
„Ja fesselt man mich /Im finsteren Kerker, /So sind doch das nur Vergebliche Werke. /Denn meine Gedanken /Zerreißen die Schranken /Und Mauern entzwei: /Die Gedanken sind frei."
Sie hatte während des Liedes zu ihnen geschaut, nun verbeugte sie sich und der Regisseur stürmt zur Bühne, wollte hinaufklettern, was nicht recht gelang, weil er schon leichte Schlagseite hatte, doch konnte er ihre Hand schnappen und küsste sie tollpatschig. Dann stolzierte er freudestrahlend zu seinem Platz zurück, während Roxana ein neues Lied anstimmte. Er setzte sich und schüttete den Rest seines Bieres in sich hinein: „Da muss ich ans Ende der Welt fahren um „Die Gedanken sind frei" zu hören. Das glaub ich nicht! Bei uns daheim im Radio jammern Lena und Nena und Berta und wer weiß ich noch alle, so dass du nur abschalten kannst." „Hat das Lied nicht auch der Hannes Wader gesungen?" fragte der Kameramann. „Wader wird vom Radio boykottiert, weil er ein Linker ist. Soviel zur Zensur in der freien Bundesrepublik" sagte er zu Roman: „Ich brauche noch ein Bier zur Feier des Tages. Willst du auch noch eins?" Roman nickte: „Dann gehe ich aber." „Ich auch, aber ich will mit Roxana noch einmal reden. Dass die hier in Uman solch ein Lied singt, ist der reine Wahnsinn." Doch sie kam nicht zu ihnen. Nach dem nächsten Lied verschwand sie in ihrer Garderobe und tauchte nicht wieder auf. Schließlich fragte der Regisseur Roman, ob er einmal nachschauen könne. Der klopfte an die Tür, hörte nichts und öffnete. Die Sängerin saß an einem schmalen Tisch vor einem großen Spiegel. Sie hielt ein volles Glas in der Hand und schaute mit trüben Augen auf den Störenfried: „Na hat mein Lied den Deutschen gefallen?" Sie trank und schenkte sich aus einer Flasche vor ihren Füßen neu ein: „Dann ist es ja gut." Roman richtete seinen Auftrag aus. Er betrachtete sie im Spiegel und musterte die zahlreichen CDs im Regal. Sie schwieg, trank und sagte: „Geh! Ich will allein sein." Er mied ihren Blick, schloss leise die Tür und kehrte zum Tisch zurück: „Ich glaube heute wird das nichts." Der Bärtige fragte enttäuscht: „Hast du sie wirklich gefragt?" Roman nickte. „Schade! Weißt du, solange irgendwo auf der Welt dieses und ähnliche deutsche Lieder gesungen werden, bin ich stolz auf mein Land und die Menschen, die solche Verse ersannen", er zögerte: „Das verstehst du nicht. Ist auch

egal. Ich trinke jetzt aus und gehe dann." „Ich komme mit", sagte Roman.

Der Präsident fixiert seinen Besucher: „Ich verstehe das richtig? Sie haben diese Operation gestartet und durchgezogen ohne mich zu informieren?" „Ich informiere Sie jetzt." „Jetzt?" er schlägt mit der Hand auf den Tisch „Jetzt, nachdem die ganze Welt auf Amerika zeigt und nichts mehr zu reparieren ist?" „Das sehe ich anders." „Das sehen Sie anders! Wie anders? Sie haben mich bloßgestellt. Sie haben Amerika bloßgestellt. Sie sind unfähig und unwürdig dieses Amt zu führen." Der Mann lässt sich nicht aus der Ruhe bringen. Er lächelt selbstgefällig: „Herr Präsident, wir erfüllen unsere Pflicht. Wir schützen die Vereinigten Staaten vor terroristischen Angriffen. Dafür haben Sie und ihre Vorgänger im Amt uns mit weitreichenden Vollmachten ausgestattet. Wir müssen nicht jede Kleinigkeit mit Ihnen erörtern." Der Präsident braust auf: „Kleinigkeit nennen Sie das, wenn die gesamte Menschheit über mich herfällt?" Der NSA-Chef fährt unberührt fort: „Kleinigkeit sage ich", er lächelt überlegen „Die Informationen, die Snowdon hat, sind wertlos und längst veraltet. Wir besitzen inzwischen effektivere Mittel, von denen unsere Gegner nichts ahnen. Ziel dieser Aktion war es, herauszufinden, wie die Öffentlichkeit, insbesondere die Medien aber auch die Politiker der mit uns verbündeten Staaten reagieren. Und wir wollten wissen, wo unsere Schwächen liegen. Ich betone, wir haben alles unter Kontrolle, die Aktion läuft nach dem von uns erwartetem Szenario ab." „Und das Szenario ließ nicht zu, Ihren Präsidenten zu informieren? Dieser Snowdon ist also unser Mann?" Sein Gegenüber winkt ab: „Er ist einer von mehreren Kandidaten, denen wir Zugang zu Informationen eingeräumt haben. Falsches und veraltetes Material, wie gesagt. Der Einfaltspinsel hat es in unserem Sinne benutzt. Wie er glaubt mit großem Erfolg. Wie Sie wissen, möchten einige seiner neunmalklugen Unterstützer ihm sogar den Nobelpreis verleihen. Wir leben in einer absurden Welt", er zeigt auf die Urkunde an der Wand „Nun, Sie wissen besser als ich, was solch eine Ehrung wert ist und wie leicht man sie erringen kann." „Das reicht!" der Präsident will aufspringen, den Mistkerl aus seinem Haus jagen, bleibt aber sitzen. Diese Blöße will er sich nicht auch noch geben. Er hört weiter zu und erfährt, dass je weniger Eingeweihte es gibt, desto erfolgreicher manche Aktionen durchgeführt werden können, zudem hätte man ihn und das Amt schützen wollen. „Aus der

Schusslinie nehmen, sozusagen." Der NSA-Chef grinst blöd und es gelingt dem Präsidenten herauszuquetschen, was nun eigentlich von ihm erwartet werde. Das Grinsen erlischt und macht fürsorglichem Troste Platz, als spreche eine Mutter zu ihrem gekränkten Kind: „Lassen Sie den Sturm vorüberziehen! Bleiben Sie selbstbewusst und hart in der Sache. Es ist das Recht der führenden Macht auf diesem Planeten, seine Interessen zu schützen und zu verteidigen. Dazu gehört, dass wir Kenntnis erhalten über alles und jeden." Als er geendet hat, nimmt er einen Schluck Wasser aus dem Glas vor ihm auf den Tisch. „Punkten Sie bei den sozialen Angelegenheiten. Ihre Krankenversicherung steht auf der Kippe. Das ist Ihr Metier, das schätzen auch die Europäer an Ihnen. Überlassen Sie die wichtigen Dinge den großen und bösen Jungs." Er lächelt verbindlich und erhebt sich: „Ich habe noch einen Termin beim Oppositionsführer und auch noch anderes zu tun." Er verbeugt sich leicht und verlässt eilig den Raum. „Bastard!" zischt ihm der Präsident hinterher. Ein Rest Flüssigkeit funkelt im Glas auf das ein Sonnenstrahl fällt.

Durch Sturm, unter wunderbaren Wolkenlandschaften, neben Regenbögen und durch sie hindurch dauerte die Fahrt nach Berlin rund fünf Stunden. Zwei Currywürste ohne Darm mit Brötchen. In Bayern glaubten sie immer noch, Currywurst sei es dann, wenn man eine Bratwurst nehme, Ketchup darüber schütte und massig Currypulver. Bewahre mich Gott vor solcher Einfalt! Nur unter den Arkaden in Landshut gab es einen Stand, an dem Currywurst angeboten wurde, die mit der in Berlin vergleichbar war. Mit der U-Bahn ging's zum Alexanderplatz. Dort am Kaufhaus schlugen junge Leute aus Pankow auf Schottentrommeln ein und malträtierten Dudelsäcke. Es war was los in der Hauptstadt. Wir zwängten uns an zahlreichen Polizeibussen vorbei durch die Menge zum Roten Rathaus zu einem Kellerlokal. Gutes Essen und Livemusik mit Liedern und Chansons aus den zwanziger und dreißiger Jahren erwarteten uns dort. Ein Geheimtipp fürwahr und ein Ort, an dem es sich aushalten ließ, bis das letzte Lied zu Klavier und Bass gesungen und das letzte Glas getrunken war. Am nächsten Tag fuhren wir auf der neuen Autobahn durchs polnische Tiefland zur Weichsel hinüber. Der Sturm war abgezogen, nur schwacher Wind scheuchte graue Wolkenreste übers öde Sonntagsgrau. Die Fahrbahn vor uns, neben uns und hinter uns leer. Kurze Aufenthalte an den Mautstellen unterbrachen das triste Einerlei. Die Ankunftszeit auf dem

Navi veränderte sich nicht. Offensichtlich hatten die Garminleute eingeplant, dass jeder auf polnischen Autobahnen stets die erlaubten hundertvierzig Stundenkilometer fuhr. Am frühen Nachmittag erreichten wir die Weichselstadt. Im Viertel waren die kleinen Lebensmittelläden geöffnet und im Einkaufszentrum am Wilenskiplatz schob eine dichte Käuferschar ihre Wägen durch gläserne Lichterhallen. Wir nahmen die Straßenbahn zur Altstadt hinüber, flüchteten vor den fahnenbewehrten Patrioten, morgen war Nationalfeiertag, in die engen Gassen und liefen zu dem kleinen Wirtshaus hinter einem Mauervorsprung versteckt, das wir stets besuchten, wenn wir ein paar Tage hier verbrachten. Nach dem Essen gingen wir zum Marktplatz vor, der neu gepflastert wurde und abgesperrt im Abendlicht lag. Vor der Kirche stauten sich die Gläubigen, auch am Schlossplatz, wo der Gottesdienst auf Leinwänden zu verfolgen war. Als die Menge zu singen anhob, zog meine Frau mich fort, die Szene in dem Wirtshausgarten aus dem Film „Cabaret" loderte in ihrer Erinnerung. Am nächsten Vormittag fuhren wir im Bus am Nationalstadion vorbei, in dem die UN-Umweltkonferenz tagte. Delegierte aus allen Ecken der Welt hatten sich einfliegen lassen. Mir war klar, dass auch dieses Treffen ohne Ergebnis enden würde, wie alle anderen davor. Zwei Wochen später sollte der deutsche Umweltminister betonen, dass Deutschland wieder im Zentrum der Umweltbewegung stehe. Der Irre hatte vergessen, dass er erst vor wenigen Wochen zusammen mit seiner Kanzlerin ein EU-Abkommen blockiert hatte, dass die Automobilindustrie auf niedrigere Grenzwerte verpflichten sollte. Kurz vor Ende der Konferenz hatten die meisten NGOs endlich und zum ersten Mal, wie die Medien betonten, die Tagung verlassen, nicht ohne zu verkünden, dass sie zur nächsten ge- und verstärkt zurückkehren würden. Warum auch nicht, eine schöne und von der UN und ihren Mitgliedern finanzierte Reise war es allemal! Die schweren Hufe der Wolken standen über dem Sitzungsort am träge vorbeiziehenden Weichselfluss.
Wir kletterten am Dreikreuzeplatz aus dem Bus und schlenderten Richtung Altstadt. Ganz Warschau schien auf den Beinen. Über den Kennedyplatz schob sich die übliche Blechlawine an der künstlichen Palme vorbei, die von den sozialistischen Machthabern einst hier aufgestellt worden war. Die Palme hatte den Zeitenlauf überstanden. Der mächtige Bau der Parteizentrale indessen war neuer Nutzung

zugeführt worden. Entlang des Bürgersteigs empfingen uns Demonstranten mit Spruchbändern und Transparenten: „Keine deutsche europäische Union" und „Euro macht frei. Konzentrationslager Europa". Elf Aufmärsche einander bekämpfender Gruppen waren für den Tag nationaler Einheit angekündigt worden. Die Rechten stellten die größte Marschsäule. Deren Weg sollte quer durch die Innenstadt führen. Da wie im vergangenen Jahr Ausschreitungen zu befürchten waren, hatte der Nachrichtenkanal sich zur Direktübertragung dieses Marsches entschlossen, und die Reporter vor Ort und die Kommentatoren im Studio harrten bereits erwartungsvoll und lange vergeblich, wie wir am späten Nachmittag im Fernsehen verfolgen konnten, denn zunächst verlief alles friedlich, von harmlosen Rangeleien abgesehen, die auch durch ständige Wiederholungen der Bilder nicht heftiger werden wollten. Dann endlich brannte der völkerverbindende Regenbogen, der über einen Platz gespannt war, und es kam zu Schlägereien zwischen Demonstranten und ihren jugendlichen Gegnern. Als anschließend im Garten der von der Polizei gesicherten russischen Botschaft, an deren Gelände vorbei die Behörden den Demonstrationszug weise gelenkt und genehmigt hatten, ein Wachhäuschen in Flammen aufging, was am folgenden Tag in Moskau zu Attacken russischer Nationalisten auf die polnische Botschaft führte, konnte zufrieden und empört Ursachenforschung betrieben werden und großmäulige Politiker gaben ihre Statements ab. Der Nationalfeiertag war ein großer Erfolg wie in jedem Jahr.

Er hatte das Manuskript endlich gefunden. Natürlich lag es auf dem Boden vor dem Schrank, zwischen den anderen, die er herausgezogen hatte. Er lernte nie, dass er nichts fand, wenn er hektisch agierte. Er setzte sich in den Sessel, las und verstand rasch, warum er das Vorhaben seinerzeit abgebrochen hatte. Viel zu nahe war er seiner Interviewpartnerin in dem Gespräch gekommen. So etwas gehörte nicht in die Medien. Er hatte von Anfang an die Grenzlinie gekannt und sie stets eingehalten. Selbst eine fiktive Geschichte dieser Art würde er nicht schreiben. Als ihn damals der Redakteur aus Norddeutschland fragte, ob er eine Radiosendung über eine junge Frau machen möchte, hatte er zunächst gestutzt und sich gewundert, denn die Sendung, derentwegen er zu ihm gereist war, enthielt nur knappe Interviewpassagen. Es handelte sich um eine historische Dokumentation mit O-Tönen aus dem Radioarchiv,

Zitaten aus Dokumenten und Büchern, die er sehr gelobt und von der er gesagt hatte, sie erinnere ihn an die legendären Radiosendungen des Nordwestdeutschen Rundfunks nach dem Krieg. Worte, die haften blieben, denn seit er die Texte von Arno Schmidt oder Ernst Schnabel gelesen hatte, wollte er in deren Tradition arbeiten. Doch fragte er sich, ob es hier oben keine Leute gäbe, die das machen konnten, hatte allerdings verstanden, als der Redakteur ihm erzählte, dass es sich um die Tochter eines guten Freundes handelte, dessen Familie in der Stadt sehr bekannt und einflussreich sei, deren Privatheit es zu schützen gelte, weswegen er keinen einheimischen Kollegen damit betrauen wollte. „Aber wenn wir eine Sendung darüber machen, dann wird es doch öffentlich?" „Da finden wir eine Lösung. Reden Sie erst einmal mit ihr. Das hat jetzt Vorrang und ist wichtig für die Kleine." Drei Wochen später fuhr er wieder in den Norden. Die junge Frau wohnte nicht in der Stadt, sondern in einem alten Haus am Meer, gleich hinter dem Deich. Sie stand am Gartentor und empfing ihn mit den Worten: „Sind sie der Schreiberling aus München? Onkel Werner hat Sie angekündigt." Als Schreiberling hatte er sich bisher nicht betrachtet und gab ihr die Hand. Anfang zwanzig mochte sie sein, die Kleine, hübsch, forsch. Sein Anliegen kam ihm seltsam vor. „Das ist Onkel Werners Haus. Mein Unterschlupf", sagte sie, nachdem sie ihn in einen hellen Raum mit Regalwänden voller Bücher geführt hatte. Gemälde und alte Stiche hingen an den wenigen freien Flächen. Ein massiver Holztisch stand an der breiten Fensterwand, ein hoher Sessel mit Leselampe in einer Ecke. Auf dem Tisch sah er eine Thermoskanne, zwei Tassen auf einem Tablett, eine Schale mit Keksen, zwei kleine Teller. Sie setzte sich mit dem Rücken zum Fenster und zeigte auf einen Stuhl ihr gegenüber. Während er Platz nahm und die Tasche mit den Tonband auf den Teppich stellte, klingelte das Telefon. Sie lief in den Flur zurück. Er nahm die Tasche, holte Recorder und Mikrophon heraus, verband die Geräte und legte eine Anzahl Cassetten auf die Tischplatte. „Sie haben ja schon alles vorbereitet? Das war Onkel Werner, er wollte wissen, ob Sie da sind." „Ich habe verschlafen und mich verlaufen auf dem Weg hierher." „Sie sind im „Goldenen Krug" untergekommen?" „Ich glaube so heißt der Gasthof." „Sie trinken doch sicher Kaffee?" „Klar." Während sie einschenkte, verrutschte der Ärmel am rechten Arm und er sah den Verband. Sie bemerkte seinen Blick, strich die Bluse zurück und setzte die Kanne ab. „Es ist

fast verheilt. Ich habe das nicht richtig gemacht, man muss längs schneiden, wenn man sich umbringen will. Also, was wollen Sie wissen?" „Alles." Alles?" sie lachte: „Die Psychologin im Krankenhaus wollte auch alles wissen. Da kann sie lange warten. Ich habe nichts zu berichten." „Erzählen Sie mir von dem Abend, an dem Sie es gemacht haben." Er schaltete den Recorder ein und schob das Mikrophon zu ihr hin. „Da weiß ich nichts mehr." „Und am Nachmittag davor? Am Morgen?" „Sie sind ekelhaft." „Mein Job." „Ich weiß nicht, ob ich was erzählen soll." Er schwieg. Schaute sie an. Sie wandte die Augen ab, drehte sich zum Fenster und blickte in den Garten. Schließlich fing sie an. Erzählte von dem Tag am Meer. Dem Spaziergang im aufziehenden Sturm, dass sie heimlief, hierher, als es zu regnen anfing, in die Küche ging und das Messer nahm. „Das geschah alles ganz selbstverständlich. Ich habe nicht mehr nachgedacht." Er trank seinen Kaffee, wartete, bis sie fortfuhr. Drei Stunden lang redete sie, stoppte nur, wenn er die Cassetten wechselte. Fragen stellte er kaum, es genügte, dass sie das Gefühl hatte, dass er ihr zuhören wollte. Das war das einzige Geheimnis an einem guten Interview, der Gegenüber musste spüren, dass man interessiert war und gerne zuhörte. Alle Theorien von Aufbau und Technik taugten und brachten nichts, wenn dies nicht gelang.
„Ich bin müde und Hunger habe ich auch. Vielleicht können wir ins Café am Strand gehen und eine Kleinigkeit essen." „Machen wir." „Ich habe wahrscheinlich nur Unsinn geredet." „Sie wissen genau, dass dies nicht stimmt, und ich bedanke mich, dass Sie mir so sehr vertrauen." Er schaltete das Gerät ab. Im Café, zwischen den Urlaubern sagte er, dass er noch nie an der Nordsee gewesen sei, aber sehr oft am Baltischen Meer, wie die Ostsee bei den Polen und Balten heiße, und erzählte ihr von seinem Traum, einmal rund herum zu reisen. Er habe den Vorschlag für vier Fernsehfilme über solch eine Reise an den NDR geschickt und eine abschlägige Antwort erhalten. „Also muss ich es privat machen, wenn ich einmal ein paar Wochen Zeit habe." „Onkel Werner hat erzählt, dass Sie auch Filme machen." „Klar, ich lasse mir meine Erkundung der Welt vom Sender bezahlen. Was denken Sie?" „So schön würde ich es auch gerne haben. Und kann man da mal etwas sehen?" „Ich gebe Ihnen Nachricht, wenn einer meiner Filme hier oben wiederholt wird." Sie blieben nicht lange und kehrten bald in das Haus hinter dem Deich zurück. Diesmal bedurfte es einiger Fragen, bis sie wieder ins

Erzählen kam und die Außenwelt hinter den Fensterscheiben verschwand. „Meine Cassetten sind alle." Sie schaute ihn verwirrt an. „Ich habe noch ein paar im Auto, die müsste ich holen." „Wie viel Uhr ist es denn?" „Halb Sieben." „Der ganze Tag ist vergangen. Das habe ich gar nicht gemerkt." „Ich auch nicht." „Dann machen wir Schluss", sie stand abrupt auf, ging zum Fenster und schaute in den Garten: „Eigentlich wollte ich Ihnen gar nichts erzählen." Sie drehte sich zu ihm um: „Was machen Sie jetzt mit dem ganzen Zeug?" Er zuckte mit den Schultern, während er zusammenräumte und alles in seiner Tasche verstaute: „Ich werde die Bänder abschreiben." „Ich weiß gar nicht, ob ich will, dass irgendjemand das hört." „Ich unternehme nichts, mit dem Sie nicht einverstanden sind." „Ich muss darüber nachdenken." „Ein paar Fragen hätte ich noch, vielleicht können wir uns morgen noch einmal treffen." „Am Nachmittag will ich in Bremen sein." „Am Vormittag. Eine Stunde vielleicht. Ich bin diesmal auch pünktlich." Sie setzte sich wieder, nahm einen Keks vom Teller, knapperte darauf herum. „Können Sie nicht hierbleiben?" Er drehte die Cassettenschachtel in der Hand, die er wegstecken wollte. Sie wich seinem Blick aus. „Ich habe Angst vor der Nacht." Sie schaute auf: „Ich glaube, das war ein bisschen viel. Bitte!"

Roman saß in der Klemme. Als er am Morgen die Augen aufmachte, sah er, dass er drei Anrufe verpasst hatte. Zwei von Lydia und einmal hatte sein Vater angerufen. Das hatte es noch nie gegeben oder fast nie in letzter Zeit. Was wollte der Alte von ihm? Nachdem sie gestern ins Hotel zurückgekehrt waren, war er auf der Stelle eingeschlafen. Er hatte kein Telefon gehört. Er versuchte Lydia zu erreichen, sie nahm nicht ab. Der Alte konnte warten. Am Frühstückstisch saßen der Regisseur und der Kameramann ins Gespräch vertieft. Es ging um den Tagesplan soweit Roman verstand. Er holte sich zuerst einmal ein ordentliches Frühstück. Die Welt sah anders aus, wenn man ausgeschlafen war und kein Kater im Kopf herumknurrte. Das sollte er sich einprägen. Ein ekelhaftes Vieh! Am Büffet traf er den Fahrer, der zittrig mit der Gabel nach Wurstscheiben stieß. Er reagierte nicht auf Romans überschwänglichen Morgengruß. Eine Wurstscheibe schaffte er, einen Klecks Butter, eine Scheibe Brot. Der Arme würde verhungern, denn er gab seine Bemühungen auf und stolzierte zum Tisch zurück. Den hatte der Morgen aber fest im Griff! Roman lud seinen Teller voll, nahm Orangensaft und setzte sich zu den anderen. „Dann machen wir das so", sagte der Regisseur und fuhr fort: „Wir legen den Drehbeginn auf 15 Uhr, schießen ein paar Außenaufnahmen und bereiten dann den Dreh im Café vor. Licht haben wir ja dabei. Alles klar?" Er schaute in die Runde. „Und was machen wir bis dahin?" Roman blickte fragend auf. Der Bärtige zuckte die Schultern und der Kameramann meinte: „Ich geh auf mein Zimmer." Der Fahrer, tapfer auf seinem Brot herumkauend, nickte: „Gute Idee." Zwei Gäste saßen noch im Frühstücksraum. Valentina war nicht zu sehen, offensichtlich arbeitete sie heute nicht. Roman lief noch einmal zum Büffet und als er mit einer zweiten Ladung zum Tisch zurückkam, waren die anderen gegangen. Der Schwung des Morgens verpuffte im Nichts. Er hatte keine Ahnung, was er mit den freien Stunden anfangen sollte. Lydias Mobil war immer noch ausgeschaltet. Der Vater meldete sich sofort: „Wo bist du?" „Unterwegs. Auf Dienstreise." „So so, du machst eine Dienstreise." „Wir drehen einen Fernsehfilm und sind in Uman." „Du drehst einen Film? Mal was ganz Neues!" „Es sind Deutsche. Ich berate sie." „Du berätst die Deutschen beim Drehen eines Filmes?" „Genau, und was willst du jetzt von mir?" „Tja, mein Junge, deine Frau liegt im Krankenhaus." Roman fiel vor Schreck fast das Mobil aus der Hand. „Sie hatte einen Schwächeanfall." „Was redest du? Lydia hatte noch nie einen Schwächeanfall." „Sie ist auch noch nie Mutter geworden." Roman verstand kein Wort. „Sie bekommt ein Kind. Du wirst Vater, mein Sohn." „Aber wieso?" „Nun rede mal nicht so einen Unsinn, wie das geschehen konnte, wirst du ja wohl wissen. Sie hat uns gestern Abend verständigt, weil sie dich nicht erreichen konnte. Deine Mutter ist jetzt bei ihr und holt sie ab. Das ist alles nicht so problematisch und kommt mal vor in den ersten Tagen der Schwangerschaft." „Aber", Roman war komplett durch den Wind „Aber ich kann jetzt nicht so schnell nach Lemberg kommen, ich bin doch in Uman." „Das sagtest du bereits", er hörte die Stimme des Vaters kaum „Herkommen brauchst du auch nicht. Die Frauen schaffen das alleine. Wir rufen dich an, sobald sie hier sind." „Danke" konnte er noch murmeln, dann hörte er nichts mehr. Er schaute aufs Display. Es war dunkel. „Guten Morgen!" Valentina stand neben ihm am Tisch: „Hallo!" Er zeigt ihr sein Mobil: „Der Akku ist leer und ich habe mein Ladegerät vergessen. Kennst du ein Geschäft, wo ich eins kaufen kann? Ich muss dringend zuhause anrufen." Sie betrachtete sein Telefon, lachte: „Du kannst mein Mobil haben." Sie wollte in die

Tasche greifen, doch Roman winkte ab: „Nicht jetzt, in einer Stunde." Er dachte nach: „Vielleicht kann ich vom Zimmer aus telefonieren." „Das ist zu teuer. Arbeitet ihr heute nicht?" „Doch, aber erst am Nachmittag. Wir wollen in deinem Café drehen." „Echt? Da muss ich mir was Hübsches anziehen." „Du bist auch so hübsch." „Schmeichler! Soll ich dir noch einen Kaffee einschenken?" Er nickte: „Kannst du, Kaffee ist gut auf den Schreck." „Was für einen Schreck?" Er stutzte: „Ach nicht so wichtig", und schämte sich. Während sie eingoss und danach das übrige Geschirr zusammenräumte, erzählte sie ihm, dass sie später zum See gehen werde und fragte, ob er mitkomme. Es sei ein schöner Sonnentag. Er wollte ablehnen, sagte aber zu. Was sollte er sonst machen? Es war kaum Neun und er war schon Vater geworden. Ein wunderbarer Tag um ins Wasser zu gehen. Obwohl, vielleicht brauchte Lydia ihn noch. Also krabbelte er in die Wirklichkeit zurück. „In einer Stunde habe ich frei", sagte sie beim Weggehen und drehte sich noch einmal um „Mir fällt gerade ein, dass es in der Rezeption eine Schublade voller Ladegeräte gibt, die unsere Gäste vergessen haben. Frag doch mal, vielleicht passt eines." „ Gute Idee!" er trank seinen Kaffee „Das mach ich sofort." Sie trug das Geschirr in die Küche und er stand auf. Er hatte Pech, keines passte. Scheiß Technik! Im Zimmer betrachtete er das Mobil noch einmal. Auch Schütteln half nichts, es blieb stumm. Er konnte es stationär versuchen, dazu musste er aber erst einmal die Auskunft anrufen, denn er kannte keine einzige Telefonnummer auswendig, die waren alle gespeichert. Es dauerte endlos, bis er endlich die der Eltern erhielt. Keiner nahm ab. Also ließ er sich die eigene Nummer geben. Auch hier vergebliches Läuten. Er konnte nur warten und es erneut probieren. Unmöglich durfte er die Deutschen in Stich lassen und wegfahren. Zwei Dolmetscher zu verlieren würden die Armen nicht überleben. Eine Uhr besaß er nicht mehr, weil das Mobil nicht funktionierte. Das Display des Weckers auf dem Nachttisch zeigte halb sieben. Also war er auch aus der Zeit gefallen. Wieso hatte ihm Lydia ihre Schwangerschaft verschwiegen? Der böse Gedanke schoss ihn durch den Kopf. Er verdrängte ihn rasch, vermutlich hatte sie erst in den letzten Tagen den Test gemacht. Genau, er stopfte den Zettel in die Tasche und lief hinunter zur Rezeption. Eine halbe Stunde noch. Als er sich in den Sessel setzen wollte, rief ihn der junge Mann, er hielt ein weiteres Ladegerät in der Hand. „Das könnte gehen." Oben verband er die beiden Geräte. Gut, dass er sich wenigstens den Pin gemerkt hatte! Kein neuer Anruf und keine SMS. Er wählte Lydias Nummer. Nur die Mailbox. Die drückte er weg. Dann würde er später anrufen. Auf die drei Stunden kam es auch nicht mehr an.

Das Gestöber aus Licht nimmt feste Konturen an. Zu den Melodien der „Ersten Allgemeinen Verunsicherung" drehen sich vier Schemen im Tanz. Die Kanzlerin in ihrem Dirndl erkennt er als erste, dann seinen Freund, den schwafelnden Bundespräsidenten im goldenen Ledergewand. Die blonde Julia tanzt im langen weißen Seidenkleid und schließlich im Frack der unschuldige Russe, der nach zehn Jahren Straflager endlich frei gekommen ist. Die kleine Anstecknadel mit dem roten Schweizer Kreuz funkelt betörend auf seiner Brust. Suchend und ungelenk bleiben die Schritte der Vier die ganze erste Strophe lang. Doch dann, als der Refrain erklingt, stimmen sie übermütig mit ein, und „Tarzan und Jane ham sich lang nicht mehr gesehen" bricht sich ungestüm Bahn. Die unterschiedliche Charaktere zeigen sich bei der zweiten Strophe: wild und verwegen zerrt und wirbelt die Kanzlerin ihren russischen Partner durch den Raum. Der lässt es geschehen, lächelt gedankenvoll, noch nicht ganz zurück in der Menschenwelt. Vorsichtig und etwas tapsig setzt der Präsident seine Schritte. Die blonde Schöne reibt sich katzengleich schnurrend an seinem Leib. Wo ist das Wort, das sonst bei jedem Anlass so leicht zu ihm kommt. Das Wort ist fort. So schluchzt er nur leise sein „Tarzan und Jane ham sich lang nicht mehr gesehen" in ihr hübsches Ohr. Schließlich entsinnt sich der Russe seiner einstigen Macht. Während der nächsten Strophe befreit er sich aus den Armen der besitzergreifenden Frau. Er holt aus unergründlichen Taschen die Ikonen der tollwütigen Welt und streut einem Landmann gleich, der mit zeitloser Geste den Acker bestellt, Münzen und Scheine auf die Fläche aus Marmor und Licht. Die Kanzlerin rennt und rafft. Der eitle Präsident scheut die Blöße, streckt die Hand nur höchst beiläufig aus und versteckt die Beute wie er meint rasch unbemerkt, während die blonde Schöne sich vor seinen Füßen wollüstig wälzt. Wie graziös das ist. Trotz aller Gier. Mit spitzen Fingern züngelt sie an dem bedruckten Papier in Erinnerung an den Ruf des Pirol, in jenem wunderbaren Mai und fällt mit hell jauchzender Stimme in den letzten Refrain. Eine herrische Geste der Kanzlerin löscht dieses Bild. Es bleiben Rauschen und Gestöber aus Licht.

Er hatte kaum geschlafen in der Nacht. Nach dem Abendbrot hatten sie sich vor den Fernseher gesetzt und eine Flasche Wein geleert. Geleert hatte er sie eigentlich allein, denn nach einem Glas war sie zu Bett gegangen. Er war sitzen geblieben und hatte eine Fernsehshow bis zum bitteren Ende verfolgt. Der Kram hatte ihn zwar nicht gefallen, taugte aber dazu seine Gedanken einzulullen. Anschließend folgten Spätnachrichten. Nichts Neues im Westen. Ein Buch hatte er gestern gekauft, als nach der elenden Autofahrt er noch ein wenig durch den Ort gestreift war. „Die Westmark fällt weiter" von Erich Loest. Das musste er geschrieben haben, bevor er nach Bautzen kam. Er hätte gerne weiter darin gelesen. Es lag im Gasthof. Ohne rechte Lust hatte er ein Buch aus der mächtigen Bücherwand gezogen. Spinoza. Wirklich nicht! Er hatte den Rest Wein eingeschenkt. Noch ein Glas. Es war ein gutes Interview gewesen. Er hatte den Gedanken weggeschoben und den Fernseher ausgeschaltet, die fünfte Wand, und war zu seinem Nachtlager auf der Couch gegangen, hatte versucht einzuschlafen, was lange nicht gelang. Eine Tür knarrte und der Duft frischen Kaffees drang in die Nase. Er setzte sich auf, schlüpfte in seine Jeans, zog Strümpfe und Unterhemd an und ging ins Bad. Sie saß bereits in der Küche und wartete auf ihn. „Sie mögen sicher frische Brötchen?" Er setzte sich. „Danke. Erst einmal einen Kaffee." „Ich habe zum ersten Mal seit langem durchgeschlafen. Ich muss Ihnen danken." Sie frühstückten schweigend, dann sagte er, dass er kurz zum Gasthof gehe und die Cassetten hole, wenn sie nichts dagegen habe. Als er nach einer halben Stunde zurückkehrte, sein Auto parkte und klingelte, hörte er keine Schritte. Er drückte noch einmal auf den Knopf. Sie war doch nicht fortgegangen? Sie musste seine Tasche auf dem Stuhl bemerkt haben? Er betrachtete die beiden Cassetten in seiner Hand. Ärgerlich! Endlich kam sie und öffnete: „Entschuldigen Sie, ich war am Telefon und konnte nicht unterbrechen." Sie ging ins Haus zurück und er folgte ihr. So anders wirkte der Raum als vor einer Stunde noch. Er schob eine Cassette in den Recorder und richtete das Mikrophon. Sie war stehen geblieben, schaute ihn unschlüssig an: „Ich weiß eigentlich nicht, was ich noch berichten soll. Sie haben doch sicherlich genug." „Nur ein paar biographische Details, dann lasse ich Sie in Ruhe." Sie zögerte, lenkte ein und setzte sich auf ihren Platz. Ein ganzes Band wurde es noch, nachdem ihr Widerstand überwunden war. Doch er merkte, dass sie lange nicht so frei und offen redete wie am Vortag. Auch seine Gedanken schweiften ab, was sie spürte. Er hätte es wissen müssen. Beim zweiten Mal verlief ein Gespräch stets anders. Er bedankte sich, sagte ihr, dass er ihr den Text zuschicken und nichts unternehmen werde ohne ihr Einverständnis. Fluchtartig verließ er ihr Haus. Beim Wegfahren sah er sie an der Tür stehen und ihm nachschauen. Erst auf der Autobahn beruhigte er sich. Ihm fiel ein, dass er den Redakteur hatte anrufen wollen, vielleicht hätte er bei ihm vorbeifahren können. Wahrscheinlich erwartete er dies. Mit einer kurzen Pause fuhr er bis München durch. Er räumte die Sachen in seine Wohnung und lief vor zu Paul. Erst nach drei Tagen zog er die Cassetten aus der Tasche um sie abzuschreiben. Seit er sich den Mac zugelegt hatte, liebte er diese Arbeit. Er verstand nicht mehr, warum er so lange herumposaunt hatte, dass nichts über seine alte Schreibmaschine gehe, und sich gesträubt hatte, einen Computer zu kaufen. Natürlich, die Mechanik der Schreibmaschine kannte er und konnte sie reparieren. Ein Computer mit seiner Elektronik schien ihm ein Buch mit sieben Siegeln und sollte es bleiben. Doch dann hatte er beim Sommerfest in Nürnberg einen Kollegen getroffen. Dieser schwärmte so überzeugend von seinem Mac, dass sein Vorbehalt ins Wanken geriet. „Du setzt dich hin und arbeitest auf ihm wie auf einer Schreibmaschine. Glaub mir, du wirst es nicht bereuen, im Gegenteil." Den ganzen Abend hatte er ihn belämmert und am nächsten Vormittag in einen Macladen gezerrt, in dem er einen LC und einen Drucker erstand. Vielleicht hatte ihn die Maus überzeugt, wahrscheinlich sogar. Er half ihm das Betriebssystem und Word zu installieren und ab ging die Post, wie er sagte. War in der Tat recht einfach und daheim in München konnte er es kaum abwarten, seine Errungenschaft auf dem Schreibtisch aufzustellen und freute sich fortan jeden Tag, wenn er das Gerät einschalten konnte. Schon nach ein paar Tagen verstand er seine eigene Sturheit nicht mehr und das Fluchen anderer über ihre Maschinen noch weniger.

Diesmal freilich drückte er das Einschalten des Computers hinaus, der Inhalt der Cassetten erschien ihm wie ein Berg, der nicht zu erklimmen war. Seine Abneigung stieg, als er feststellte, dass er vergessen hatte, die einzelnen Cassetten zu nummerieren. Eigentlich kein Problem, denn anders als bei der Schreibmaschine, konnte er nun frühere Passagen problemlos in den Text einfügen. Aber das

behagte ihm nicht, also suchte er herum, bis er die erste fand. Danach kochte er Kaffee. Regen. Scheißwetter! Bei dem Redakteur hatte er sich noch nicht gemeldet. Der hätte auch anrufen können. Das machten die nie. Stimmte nicht, er hatte ihn ja angerufen, weil er von seiner Radiosendung gelesen hatte. Er setzte sich und begann zu schreiben. Die Fragen würde er im Studio nachsprechen müssen, denn sie waren im Schatten des Mikrophons. Vielleicht kam er auch ohne sie aus oder konnte die O-Töne antexten. Sie besaß eine wohlklingende Stimme. Je länger er tippte, desto stärker wurde er in das Gespräch hineingezogen und merkte nicht, wie die Zeit verstrich. Nach der dritten Seite griff er nach seiner Tasse. Der Kaffee war kalt, schmeckte bitter. Grauenhaft! Noch nicht einmal eine halbe Cassettenseite hatte er abgeschrieben. Bei seinem Zweifingerhacksystem würde er Wochen brauchen und noch einmal Tage bis alle Tippfehler ausgebessert waren. Scheiß Orthographie! Für die hatte er noch nie etwas übrig gehabt. Er stand auf und holte sich ein Bier aus dem Kühlschrank, trank die Flasche halb leer. Von jeher hatte er alle Interviews bis zum letzten Wort auf dem Band abgeschrieben. Man konnte nie wissen, welchen Satz man brauchte, hatte er sich eingeredet, außerdem spazierten seine Gedanken während des Abschreibens davon und fingen an die Sendung zu strukturieren. Die Kärrnerarbeit war brauchbar und nützlich. Am Abend hatte er ein Band beendet und speicherte den Text. Er räumte die leeren Flaschen weg und legte sich schlafen.
Wortmetz hatte Arno Schmidt sein Tun genannt. Der Begriff galt auch für sein Schreiben. Aus dem Steinbruch eines Interviews schnitt er Aussagen heraus, fremdes Leben baute sich auf und die Worte der Gesprächspartner verwandelten sich in eigene.
Zwei Tage lang klebte er am Computer, dann fand er den Kühlschrank leer und sah sich gezwungen Essen und Getränke einzukaufen. Bescheuert! Ein Kameramann hatte ihn einmal von einer Kollegin erzählt, die sich lauthals darüber beklagt hatte, dass sie andauernd die Dreharbeiten unterbrechen mussten, weil das Team essen wollte. Überhaupt sei sie fortwährend in Tränen ausgebrochen, wenn etwas nicht nach ihrem Willen lief. Er mochte diese Kollegin, obgleich er sie auch ein wenig schwierig fand. Sie war sehr belesen und klug, wenngleich in ihrem Bestreben nicht ganz von dieser Welt. Wer war das schon? Er ging nach draußen. Es war tatsächlich noch Sommer. Oben am Meer hockten die Urlauber

wahrscheinlich am Strand und schwitzten. Und die junge Frau? Sie hatte ihm gefallen. Sehr sogar. Er wischte die Gedanken fort und machte sich auf zum Ostbahnhof.
Die Rote Zora war auch unterwegs und versorgte ihr hektisches Volk. Ein Flaschensammler stocherte in den Abfallkörben am Weißenburger Platz, und vor dem Norma klagten zwei alte Frauen lautstark über die Unverschämtheiten der Krankenkasse. Am Bahnhofsplatz waren zwei VW-Busse aufgefahren. Die Beamten kontrollierten die Obdachlosen, die es sich auf den Bänken am Brunnen bequem gemacht hatten. Business as usual. Nichts hatte sich verändert in der Außenwelt. Er ging an dem Telekomshop vorbei, in dem er wegen falscher Beratung einen Hunderter hatte liegen lassen, und in den Billigladen. Es war Mittwoch, die neuen Angebote würden erst am Donnerstag zu kaufen sein, so dass sich die Anzahl der Kunden in Grenzen hielt. Allerdings hatten sie es wie üblich geschafft auf den Tischen alle Packungen aufzureißen und deren Inhalte durch die Gegend zu werfen. Er liebte das Gemüt seiner Landsleute. Sie kuschten dort, wo es sich aufzubäumen galt, und schlugen regelrechte Alexanderschlachten in manchen Läden, rümpften aber empört die Nase, wenn es den Frauen und Mädchen in ihrem Billigjob nicht gelang nach Geschäftsschluss die Wallstatt aufzuräumen und herzurichten für den Waffengang am nächsten Tag.
Der eigene Einkaufswagen war rasch gefüllt. Ein Bündel Bananen war auch nicht so schlecht. Daheim, während das Fleisch in der Pfanne brutzelte, rief er den Getränkedienst an, der umgehend zu liefern versprach. Eine Stunde später saß er wieder bei der Arbeit. Als er zwei Drittel der Cassetten abgeschrieben hatte und bei neunzig Seiten angekommen war, läutete das Telefon und der Redakteur wollte wissen, wie es gelaufen sei. Warum er sich nicht melde? Renate sei auch wenig auskunftsfreudig und gestern nach Berlin gereist zu einem Gespräch mit ihrem Anwalt wegen der Scheidungssache. Ob es stimme, dass er bei ihr übernachtet habe, wie seine Zugehfrau ihm berichtet hatte? „Ja, das stimmt, aber machen Sie sich keine Gedanken." „Renate ist alt genug und muss wissen was sie tut, aber Sie wissen ja in einem kleinen Ort..." „Ja ich weiß, in einem kleinen Ort, da läuten die Glocken, wenn einer über die Straße geht. Ich habe im Wohnzimmer geschlafen. Wir haben bis in die Nacht hinein gesprochen und sie wollte nicht allein sein. Am

nächsten Vormittag haben wir uns weiter unterhalten. Das Interview ist klasse. Jetzt schreibe ich die Bänder ab. Sie hören von mir, sobald ich einen Überblick habe, vielleicht schicke ich auch ein Rohmanuskript oder einen Aufbau zumindest. Dauert noch ein paar Tage." Erschöpft legte er auf. Die Haushälterin! „Das Land der Väter und Verräter" hatte Maxim Biller ein Buch genannt. Er wusste, warum er lieber in einer Großstadt lebte, als in solch einem Nest. Natürlich war es ein Fehler gewesen. Doch es war notwendig und richtig. Er hatte kein Unrecht begangen und das Interview war gut, sehr gut. Sogar das letzte Band, in das er kurz hineingehört hatte, war brauchbar. Es geschah oft, dass er während der Aufnahme den Eindruck hatte, sie tauge nichts und später beim Abhören feststellte, dass er sich geirrt hatte. Das Gegenteil war allerdings auch oft der Fall. Ein als großartig empfundenes Gespräch entpuppte sich hinterher als nichtssagend. Diesmal nicht. Sie hatte viel von sich preisgegeben.
Schon als Schülerin hatte sie rebelliert, war zu Demonstrationen und Blockaden nach Brockdorff gefahren. Mit Sechszehn brannte sie ein erstes Mal nach Berlin durch und lebte ein paar Wochen in einer Wohngemeinschaft. Die Eltern erzwangen ihre Rückkehr, doch mit Achtzehn zog sie endgültig aus und wieder nach Berlin, wo sie mit einem älteren Studenten zusammenlebte, ihrem späteren Mann. „Das waren schöne Jahre. Wir hockten jede Nacht in Kneipen herum, beteiligten uns an allen möglichen Aktionen und kämpften und stritten für eine andere Politik und eine bessere Welt." Dann änderte sich was, ihr Freund fing auf Druck der Eltern ernsthaft zu studieren an, sie selbst holte das Abitur nach und im Jahr der Wiedervereinigung heirateten sie. „Danach ging's bergab, ich weiß selbst nicht wieso. Eifersucht, Streit, Studien und Schulstress. Und als mein Mann zu arbeiten anfing, ging alles schief. Linke Sprüche und eine Karriere in einem Industriekonzern passen nicht zusammen." Er habe angefangen an ihr herumzumäkeln, habe sie eingeengt, wollte, dass sie ihre Ausbildung abbreche und nur noch für ihn und seine Wünsche da sei, wenn er abends erledigt und geil in die Wohnung gebrochen sei. Nach zwei Jahren floh sie ins Elternhaus zurück. Ein verhängnisvoller Fehler. Sie wollte eine eigene Wohnung suchen, eine Arbeit. Fiel in ein tiefes Loch, bis sie schließlich zum Messer griff. „Toll, nicht?" hatte sie an dieser Stelle der Erzählung gesagt:

„Ich bin jetzt fünfundzwanzig. Und was? Gerade das Abitur habe ich noch geschafft, mit Hängen und Würgen."

Ein paar Tage später fuhren wir in dichtem Nebel nach Danzig. Landschaft war neben der Autobahn kaum auszumachen. Der Garmin hatte wegen einer Vollsperrung auf der kürzeren Landstraße den Umweg über Lodz gewählt und weil unterwegs entgegen der Programmierung ein Autobahnabschnitt noch nicht fertiggestellt worden war, das Navi aber unverdrossen von 140 Stundenkilometern ausging, kletterte die Ankunftszeit beständig nach oben. Aus viereinhalb Stunden Fahrtzeit wurden sechs, die im Grau liegen blieben. Nicht völlig, denn ein paar Kilometer vor der alten Hansestadt krochen Schimmer von Sonnenglanz aus der Nebelsuppe und die Freunde warteten am Gartentor. Die beiden lebten vor der Stadt im Tiefland der Weichsel in einem kleinen unscheinbaren Ort. Ein paar Neubauten, hergerichtete Einfamilienhäuser, Baracken daneben, ein Kiosk, ein neuer Supermarkt und kleine Betriebe. In einem zerrissenen Park stand ein halbverfallenes Herrenhaus in dem früher ein Kinderheim untergebracht war. Im noch intakten Nebengebäude wohnte eine Anzahl von Familien. Ihr Bleiben war ungewiss, denn es gingen Gerüchte, dass die Erben des früheren deutschen Eigentümers, das Anwesen zurückforderten. Und nachdem in der letzten Zeit solchen Ersuchen in vielen Fällen stattgegeben wurde, fürchteten auch sie ihr Zuhause zu verlieren. Ala arbeitete als Lehrerin in Danzig. Andrzej war Ingenieur, angehender Professor und beriet die Verantwortlichen von Städten und Gemeinden bei der Entwicklung und Gestaltung ihrer Orte. Seine Aufträge führten ihn weit im Land herum und gaben ihm tiefen Einblick in bautechnische und organisatorische Angelegenheiten und machten ihn mit dem Denken und Verhalten von Menschen aus unterschiedlichen Gegenden vertraut. Er konnte anschaulich und mit hintergründigem Humor die haarsträubendsten Geschichten erzählen. Diesmal hatte er Danzigs Werft und den Hafen ins Visier genommen und fuhr am nächsten Vormittag mit mir dorthin. Bei unseren zahlreichen Besuchen hatten wir den Hafen nie besichtigt. Wir waren durch die hübschen Gassen der alten Hansestadt geschlendert, hatten den Dom und den prächtigen Stadtplatz gesehen, waren auf dem Dominikanermarkt gewesen und hatten in einem der Restaurants an der Weichsel Kaffee getrunken. Nur wenn wir in den Tierpark von Oliwa fuhren oder nach Sopot, tauchten in der Ferne die Bauten und Lastkräne der weitläufigen Hafenanlage auf. Natürlich wusste ich, dass die Stadt und die Leninwerft durch die Solidarnosc-Aktionen zum Symbol des Endes des Ostblocks und der nationalen Wiedergeburt Polens geworden waren. Auch war mir bekannt, dass die Werft schon Anfang der neunziger Jahre in wirtschaftliche Turbulenzen geriet wie andere europäische Werften, die der Konkurrenz aus Fernost kaum Paroli bieten konnten. Wir hielten auf einem unbefestigten Parkplatz neben einer Grünanlage. In dessen Mitte ragten die Stehlen des Solidarnosc-Denkmals hoch in den grauen Himmel. Doch nicht dies, sondern ein klotziger, mächtiger, rostbrauner Bau zog meine Aufmerksamkeit auf sich. Beim Näherkommen sah ich, dass die Fassade offensichtlich mit Stahlplatten für Containerschiffe oder andere Riesen verkleidet war. „Das wird das neue Solidarnosc-Center. Hübsch nicht?", fragte Andrzej schmunzelnd. Ich fand den noch im Bau befindlichen Koloss höchst absonderlich. Er erinnerte mich an die Freimanner Schlucht, deren Schönheit sich mir ebenso wenig erschloss. Eine Betonmauer entlang des Baues zierten Gedenktafeln. Sie erinnerten an die Opfer der Kämpfe und drückten Dank und Glückwünsche lokaler Gruppen der Gewerkschaft Solidarnosc aus. An einem unbesetzten Kassenhäuschen vorbei gelangten wir auf das Gelände der Werft. Rechterhand erstreckte sich hinter einem Maschendrahtzaun eine riesige Brachfläche. „Da ist alles schon platt gemacht", meinte mein Freund nur. Links standen Bagger, Kräne und lagen Baumaterialien. Auf einem alten Wegstück rostete ein Mannschaftswagen der Miliz. Offensichtlich waren nicht alle Stahlplatten verbaut worden. Aus einigen hatte ein Bildhauer ein Monument der Erinnerung an die Werft geformt. Diese Verwendung der Platten gefiel mir besser als jene am Center daneben. Vor uns wurde an einer breiten Straße gebaut. „Die geht noch einen Kilometer weiter und endet dann im Nirgendwo. Keiner weiß, für wen die Straße von Nutzen sein soll", kommentierte Andrzej mit bitterer Ironie. Das einzige erhaltene Gebäude war ein Flachbau, die ehemalige Kantine, in der das Solidarnosc-Museum untergebracht war. An Schulkindern vorbei, die Getränke und Andenken kauften, kamen wir in einen halbdunklen Raum voller Stuhlreihen wie in einem Kinosaal. Auf der Empore befand sich der lange Tisch, an dem damals die Vereinbarung zwischen den Werfarbeitern und der Regierung verhandelt und unterzeichnet worden war. Schautafeln und Bilder

hingen an den Wänden. Alte Transparente, Zeitungsausschnitte und zahlreiche andere Relikte der Ereignisse.
An der rückwärtigen Wand fielen mir zwei Karikaturen auf. Beide zeigten einen zerlumpten Mann mit Hut, Wanderstock und einem Bündel mit seinen wenigen Habseligkeiten. „Macht nichts, wir haben Sozialismus" las ich auf einem der Blätter und auf dem anderem „Macht nichts, wir haben Kapitalismus."
„Der Niedergang der Werft ist ein Bubenstück und Beispiel dafür, wie Geschäfte gemacht und Reichtum erworben werden kann. Dreist und raffiniert im Geflecht aus Beziehungen, Macht und irrwitzigem Umgang mit Recht und Gesetz", erzählte Andrzej später, als wir am Meer beim Mittagessen saßen. „Alles begann um 2000, als ein Wojewode sich an die Regierung wandte, die händeringend Investoren für die seit Jahren dahindämmernden Werften in Gdingen und Danzig suchte. Er versprach einen Fond zu gründen um dem Schiffsbau wieder auf die Beine zu helfen. Allerdings benötige er dafür einen Kredit über 500 Millionen, für den er als Sicherheit eine Zweizimmerwohnung im vierten Stock eines Hauses in Radom anbieten könne. Seine Argumente überzeugten den Finanzminister. Ein kleines Problem gab es: der Wojewode musste eingestehen, dass er wegen wirtschaftlicher Vergehen vorbestraft sei und folglich die Leitung des Fonds nicht selbst übernehmen könne, doch dafür wisse er eine höchst geeignete Person, nämlich seine Ehefrau, die ihre Kompetenz und Fachkenntnis bei der Erziehung der gemeinsamen Kinder unter Beweis gestellt habe. Der Deal gelang und die Gdinger Werft wechselte den Besitzer. Nun musste noch die Danziger Werft dem Fonds zugeschlagen werden, bei der damals rund zehntausend Menschen beschäftigt waren. Es wurde eine Aufsichtsratssitzung einberufen, die beschließen sollte, dass der Betrieb insolvent sei. Dies entsprach zwar nicht ganz den Tatsachen, aber der Beschluss wurde gefasst und ein günstiger Kaufpreis festgesetzt: 100 Millionen unter dem Barvermögen der Werft. Der alte Vorstand legte bei Gericht Beschwerde gegen den Verkauf ein und erhielt recht. Es gab nun zwei Eigentümer der Werft mit unterschiedlichen Vorstellungen. Doch auf der Fahrt nach Warschau verunglückten die drei Herren des alten Vorstands bei einem Verkehrsunfall tödlich. Die neuen Eigentümer sahen in diesem tragischen Ereignis eine Korrektur des Urteils durch eine höhere Instanz und ließen sich bei ihren Geschäften nicht weiter beirren. Sie verkauften Teile des Geländes

an dubiose neu gegründete Gesellschaften, die bald wieder verschwanden, strichen Subventionen ein, rissen ein und ab, und weil bald auch Trockendocks fehlten, kam der Schiffsbau allmählich gänzlich zum Erliegen. Weil aber noch Verträge für den Bau von zehn Schiffen bestanden, wandte man sich Hilfe suchend an den Fernsehboss von Polsat. Dieser hatte seinerzeit in München als Kleinunternehmer gelernt, war nach der Wende nach Polen zurückgekehrt und über Nacht Chef des größten Privatsenders geworden. Er half und ließ die Schiffe bauen." „Du erzählst eine Posse", wandte ich ein. Er stutzte, nickte versonnen und sagte: „Es ist eine Kurzfassung. Die Wirklichkeit ist noch komplizierter, denn auch die Werftarbeiter besaßen nach früheren Beschlüssen Anspruch auf Teile der Vermögens der Werft." „Aber die war doch angeblich pleite und wieso ...?" Andrzej unterbrach mich: „Ja und nein. Außerdem tauchten Gelder aus Altverträgen auf, die dem Konto der Werft gutgeschrieben wurden und auch die Arbeiter wähnten sich als Millionäre." „Ein ziemlicher Wirrwarr. Und wie ging das weiter?" „Was denkst du? Die neuen Eigentümer strichen die Gelder ein und ließen sie verschwinden." „Ja toll, aber dagegen konnte man gerichtlich vorgehen." Nun lachte er: „Alles geschah so rasch und selbstverständlich, dass angestrengte Gerichtsprozesse sich als wirkungslos erwiesen, weil die Fakten längst andere waren, wenn die Urteile ergingen." Bevor ich weiterfragen konnte, kam die Kellnerin zu uns, eine ältere Frau, die schon länger an den Nebentischen, wir waren die einzigen Gäste im Raum, Blumen gerichtet, die Tischdecken glattgestrichen und die Stühle hin- und hergeschoben hatte. Während sie uns das Essen servierte, sagte sie, sie habe nie verstanden, wie man das alles habe zulassen können. Sie habe in der Küche gearbeitet, habe dort ihren Mann kennengelernt, der sei Arbeiter gewesen. Mehr als dreißig Jahren hätten sie in der Werft verbracht. Ein ganzes Leben. Und dann seien sie von heute auf morgen entlassen worden. Aus, vorbei, ohne Dank, ohne alles. Ihr Mann sei daran zerbrochen, habe keine neue Arbeit gefunden. Er sitze daheim, helfe manchmal einem Bekannten auf dessen Parkplatz aus. Sie habe Glück gehabt und vor ein paar Jahren hier angefangen. Küchenpersonal brauche man immer. Sie arbeite wochentags, und am Wochenende fahre sie heim nach Danzig. „So kommen wir über die Runden. Aber ein Leben ist das nicht." Sie wollte fortgehen, drehte sich dann noch einmal um: „Wissen Sie, wie stolz wir damals waren, mein Mann und ich, dass wir zur Werft gehörten? So stolz, weil wir wertvolle und wichtige Arbeit für die Gesellschaft leisteten. Das versteht heute keiner mehr. Selbst damals noch, als die Streiks begannen. Ohne diesen Stolz hätten wir die Zeit nie durchgestanden. Das muss man wissen, wenn man alles richtig beurteilen will. Und jetzt?" sie drehte sich um und ging. Wir schwiegen, begannen mit dem Essen. Es schmeckte gut. Schließlich fragte ich Andrzej, wieso das alles still und heimlich geschehen konnte, ob denn in der Presse...?" Er schnitt mir das Wort ab: „Natürlich gab es in den Medien Meldungen über die tollen Geschäfte, doch die politisch Verantwortlichen und ihre Helfershelfer hatten wenig Interesse an Aufklärung. Die Werft galt als nationales Symbol, dessen Ansehen nicht beschädigt werden durfte. Das machte man auch den vorwitzigen Journalisten klar. Die stocherten ohnehin im Nebel herum und durchschauten das Spiel nicht. Wie auch?" fragte mein Freund und blickte vom Teller auf: „Alles war so unglaublich und ist es immer noch. Kein Außenstehender hat Überblick oder kann die Mauer des Schweigens durchbrechen." „Aber", wollte ich einwenden. Er winkte ab: „Weißt du, die Werft ist nur ein Beispiel. In ganz Danzig ist die Hölle los. Schau dir den Hafen an: Ruinen, Ödland, wohin du schaust. Alles wird scheibchenweise verscherbelt. Die Dänen haben sich ein Stück unter den Nagel gerissen. Die Chinesen besitzen ein riesiges Areal. Die Tschechen sind in Polen groß ins Rohstoffgeschäft eingestiegen. Sie kaufen eine Mine nach der anderen und verschiffen von ihrem Terminal aus Schwefel und andere wohlriechende Güter, dass du besser einen weiten Bogen um ihre Anlage machst. Jüngst wurde sogar der Schwiegersohn eines früheren ukrainischen Präsidenten von der Regierung eingeladen sich gleichfalls am Ausverkauf zu beteiligen. Er besitzt inzwischen in Innenstadtnähe eine ordentliche Fläche, auf der er Müll und Schrott aus ganz Europa lagert. Ein wunderbarer Anblick, den ich dir ersparen will. Danzig ist ein Tollhaus, durch das Touristen stolpern, weil sie nicht wissen, dass die Stadt längst im Meer versunken ist." Er hatte sich in Rage geredet, so dass ich um das Stück Fleisch fürchtete, das aufgespießt an der Gabel hing, mit der er wild hin und her fuchtelte. Ich legte meine Hand auf seinen Arm und fragte: „Und was ist mit dem neuen Solidarnosc-Center auf dem Weltgelände?" Er hielt inne, schaute auf die Gabel, führte sie zum Mund und sagte kauend und grinsend: „Das ist der größte Schwachsinn. Den hat ein

Deutschpole sich einfallen lassen. Der hat Stadt, Staat und die EU beschwätzt, damit sie Gelder in dieses Projekt stecken, das keiner braucht und keiner haben will." Es gäbe in Danzig wichtigere Infrastrukturmaßnahmen, als dieses potthässliche Monster mitten in der Stadt zu errichten, fuhr er fort und spießte ein neues Stück Fleisch auf seine Gabel. Potthässlich war auch mein Eindruck gewesen. Außerdem sei es an der Zeit, die Geschichte der Solidarnosc einmal aufzuarbeiten und neu zu schreiben, anstelle sie fortwährend zu verklären. Ob ich die Bücher von Mariusz Wilk kenne? Der sei seinerzeit dabei gewesen und lebe jetzt oben am Onegasee in der tiefsten russischen Provinz. Wenn Wilk über Polen schreibe, über die Ereignisse damals und was aus den Träumen geworden sei, dann lasse er kein gutes Haar an der Gegenwart und ihren Akteuren. „Ja, aber..." Mein Freund kaute, schluckte und zog seinen iPad aus der Tasche, den er immer mit sich führte, tippte auf der Tastatur herum und schob das Gerät zu mir rüber. „Lies selber, was hier über das Zentrum steht. Da gibt es auch Sätze auf Deutsch oder Englisch." Ich überflog die paar Seiten und verstand, da hatte sich ein Geschäftsmann, Publizist und Politologe mit Hilfe der Deutsch-Polnischen Gesellschaft und seines Freundes Tusk, der seit ein paar Jahren polnischer Regierungschef war, ein kleines Imperium aufgebaut. Sein Name sagte mir nichts, seine Bücher und Artikel hatte ich nicht gelesen. Allerdings las ich ohnehin lieber Belletristik, doch gerade über Polen besaß ich auch eine beachtliche Bibliothek mit anderen Texten. Seine waren nicht dabei, waren mir vielleicht nicht aufgefallen. Nach dem Tod des großen Dedecius galten meine Vorlieben Polack oder auch Schlögel, deren Beobachtungen meinen eigenen Eindrücken entsprachen. Ich blätterte durch die Internetseiten, blickte auf die Links der Gesellschaft und des Solidarnosc-Centers, rief mir die Bilder des braunen Monsters ins Gedächtnis und jene der angrenzenden Straßenzüge, wo die Reste der Werftarbeitersiedlung verrotteten. In halbverfallenen Häusern wohnten noch Menschen, wie auch in den Gebäuderuinen auf der anderen Straßenseite. Dort hatte ich auf einer Hausfassade die alte Inschrift eines „Willy Iskraut Kolonialwaren und Delikatessen" gesehen und was er seinerzeit im Angebot hatte: „Caffee, Cacao, Div Weine, Rum, Cognacs, Conserven". Die Brandmauer zum fehlenden Nebengebäude zierte ein Graffito: eine wilde Tatarenhorde ritt zu einem Fleischerladen. Darunter auf einem Mauerrest war eine

feuchtfröhliche Runde Jugendlicher gesessen. Sie hatten den vorbeifahrenden Autofahrern zugewunken und gesungen: „Trink keinen Wein, noch trinke Bier, ein Fahrrad aus der Ukraine kaufe dir."
Mein Gegenüber hatte recht, der Komplex war unnötig wie ein Kropf und kein Erinnerungsort an den opfervollen Kampf der Werftarbeiter, sondern ein weiteres Beispiel für eine alles gleich machende Kulturindustrie, deren Beteiligten und Profiteuren es egal war, womit sie sich beschäftigten, solange Beziehungen, Ruhm, Macht und Einfluss gewährleistet waren. Ich musterte meinen Freund, der hastig aß und darauf wartete, dass ich meine Lektüre beendete, damit er mir neue Geschichten erzählen konnte. Ich schaltete den iPad aus und schlug ihm vor, spazieren zu gehen. Eine Stunde oder mehr hatten wir noch Licht.

Nachdem er alles abgeschrieben hatte, bastelte er zwei Tage lang an einer Sendefassung herum. Lustlos und ohne großem Erfolg. Ihm wurde klar, dass er die Sendung nicht machen wollte. Zuviel von ihrem inneren Wesen hatte sie ihm offenbart. Das Geheimnis achten. Es als kostbaren Schatz bewahren und verteidigen. Auch dies hatte er im Laufe der Jahre gelernt. Nicht alles gehörte in die Öffentlichkeit. Auf die Biographie zurückschneiden ging nicht, war langweilig. Er druckte zwei Fassungen des gesamten Textes aus. Eine schickte er an den Redakteur mit einem langen Brief, in dem er seine Entscheidung begründete. An sie wollte er nicht bloß schreiben und versuchte anzurufen. Erst nach zahllosen Versuchen gelang die Verbindung. Er redete lange, ohne dass sie ihn unterbrach. Dann sagte sie ein paar Worte. Sie schien enttäuscht zu sein. Er redete noch einmal auf sie ein, sagte, er werde ihr den Text zuschicken. Sie bedankte sich und legte auf. Nachdem er auf der Post gewesen war, ging er bei Paul vorbei und trank ein paar Bier. Starrte leer vor sich hin. Schließlich fragte er ihn, ob er telefonieren könne. Paul zeigte auf den schmalen Raum hinter der Theke. Er verriegelte die Tür und rief beim Fernsehen an. Er hatte Glück und machte mit seinem Redakteur einen Termin für den nächsten Vormittag aus. Er fuhr hin und nach einer Stunde hatte er einen Auftrag für einen neuen Film. Schon eine Woche später konnte er zum Recherchieren nach England reisen. „Das gab's damals noch", sagte er laut und erwachte aus seinen Grübeleien. Der Raum lag im Dunkel. Er stand auf und zündete die Schreibtischlampe an. Statt des LC stand jetzt ein iMac auf dem Tisch. Er zweifelte nicht daran, seine geheimnisvolle Unbekannte war die junge Frau von damals. Ihren Brief erhielt er kurz vor seiner Abreise nach England. Sie hatte den Text gelesen. Bedankte sich, dass er die Sendung abgesagt habe und schrieb, dass sie ihr Treffen nie vergessen werde. Es habe ihr unglaublich geholfen. Schon als er damals weggefahren sei und nun erst recht, nachdem sie sich jetzt durch die vielen Seiten durchgekämpft habe, wisse sie um ihren neuen Weg. „Ich bin voller Zuversicht. Endlich einmal wieder. Danke!" Er hatte sich über den Brief gefreut, war erleichtert gewesen. Doch blieben Fragen, blieb Unbehagen. Der Redakteur rührte sich nicht. Er wollte, musste die Geschichte aus seinem Gedächtnis löschen. Gut, dass er eine neue Arbeit in Angriff nehmen konnte. „Du erinnerst dich nicht?" hatte sie gefragt und ihn angesehen, gelacht, wie in der Nacht auf der Fähre: „Frag nicht! Ich bin hier und dort. Lebe in Irland zwischen Büchern und in einer Computerwelt." Nun war sie aufgetaucht und wieder fort. Er hatte nicht gefragt. Vielleicht hatte er eine Antwort gefunden. Warten. Ausharren. Vertrauen auf sein Glück, den Schutzengel sowieso.

Sie nahmen den Bus und gingen in ein Waldstück am See. Ein paar Jugendliche lungerten im Gras herum, tranken Bier und hörten Diskomusik. Eine Familie mit Kindern hatte ein Lagefeuer angezündet, zwei Picknickkörbe standen wohlgefüllt. Sie zog ihn fort auf einen Pfad, der wohl hundert Meter durch Ufergestrüpp führte und an einer kleinen Bucht endete. Auf einem Rasenfleck, unmittelbar am träge schwappenden Wasser, breitete sie die beiden Handtücher aus, die sie aus dem Hotel mitgenommen hatte. Dann zog sie sich aus und drehte sich lachend im Badeanzug. „Schade, dass du keine Badehose mitgenommen hast." Er musterte sie grinsend und zeigte zum Wasser. „Vermutlich ist es eiskalt. Voller Schlangen, Frösche und grünglitschiger Seeungeheuer." „Gerade richtig." Sie drehte sich weg, ging forsch zum Ufer und weiter, bis sie schwimmen konnte. „Es ist herrlich", hörte er, als er sich hinhockte. Während Valentina fröhlich im Sonnenschein ihre Kreise drehte, dachte an Lydia, die vermutlich blass und elend auf dem Sofa der Eltern lag. Er hatte sie nie über die Nacht ausgefragt, in der sie erst gegen vier heimkam. Ohnmächtig und rasend vor Eifersucht war er wach gelegen, täuschte Schlaf vor und konnte auch weiterhin nicht einschlafen, als sie leise schnarchend neben ihm lag. Drei Stunden später stand sie auf, machte sich zur Arbeit fertig und zog behutsam die Tür hinter sich zu. Kaum war die ins Schloss gefallen, rappelte er sich hoch, ging in die Küche und trank den Kaffee, den sie übrig gelassen hatte. Seit sie bei den Amerikanern arbeitete, gab es Kaffee zum Frühstück statt des vorher üblichen Tees. Er stopfte sich eine Scheibe Brot in den Mund und stürmte in Jeans und Hemd nach draußen. Betäubt raste er durch die Gassen zum Stadtplatz vor. Am Theater standen bereits die ersten Touristen herum. Ein paar stöberten nebenan in den Antiquitätenbuden und schlenderten an den zahlreichen Bildern der Maler vorbei. Alle starrten und sahen ihm seine Schande und seinen Wahnsinn an. Er lenkte seine Schritte zum Markt, wich dann seitwärts in eine Gasse und hetzte ins frühere Zentrum der Stadt und von dort zu den Ruinen des Schlosses hinauf. Oben kannte er eine Stelle mit Ausblick auf das Häusermeer. Stunden verbrachte er auf der Bank mit Gedanken an die Hölle der Nacht. Irgendwann am späten Nachmittag kehrte er in die Wohnung zurück. Lydia war noch nicht da. Als sie endlich auftauchte, saß er im Sessel und las. „Die Wächter der Nacht" von Lukianenko. Er reagierte nicht auf ihren Gruß. Hörte sie in der Küche herumhantieren. Dann ging sie an ihm vorbei ins Schlafzimmer. Stumm. Es war ein dickes Buch, das er in einem Zug durchlas. Es dauerte ein paar Tage, bis sie zum Sprechen zurückfanden. Alltagsworte. Sie verhielten sich, als sei nichts geschehen. „Was bist du so in Gedanken versunken?" Valentina stand vor ihm und trocknete sich ab. „Es ist einfach wunderbar. Wann immer ich Zeit habe, komme ich hierher." Sie setzte sich auf das Handtuch und lehnte sich an ihn. „Es ist schön, dass wir uns getroffen haben", sagte er und legte seine Arme um ihren Leib, schob die rechte Hand in den Ausschnitt ihres Badeanzuges um ihre nasse Brust. Sie schmiegte sich fester an ihn und er begann zu erzählen, sagte, dass er verheiratet sei und am Morgen erfahren habe, dass sie ein Kind bekamen. Er redete sich alles von der Seele und erst, als es nichts mehr zu sagen gab, nahm er wahr, dass sie weinte, und er verstummte. Ihre Brust brannte in seiner Hand. Nach endloser Zeit sagte sie: „Du hast recht. Es ist wunderschön, dass wir uns kennen gelernt haben." Sie richtete sich auf: „Hast du ein Taschentuch?" Er reichte ihr die Packung aus seiner Jackentasche. „Jetzt bist du enttäuscht?" Sie putzte die Nase und rieb sich die Augen aus. „Wir werden erwachsen. Ich habe gedacht, dass du nicht frei bist und ich bin glücklich, dass du es mir gesagt hast. Ich habe mich nämlich in dich verliebt." „Ich ..." „Sprich nicht, ich weiß, dass es dir ebenso geht." Sie lehnte sich wieder an ihn. Nahm seine Hand und legte sie auf ihre Brust zurück. „Ich habe mich gestern entschieden nach Kiew zu gehen. Mein Onkel will mir das Studium finanzieren und auch Mutter und Bruder unterstützen. Er hat in den letzten Jahren viel Geld verdient. Mutters Schwester ist vorigen Sommer verstorben und seitdem ist er krank. Er hatte einen Infarkt, ist halbseitig gelähmt und braucht jemand, der sich um ihn kümmert. Ich weiß, was du denkst und es stimmt. Ich war zwölf Jahre alt, als er Nacht für Nacht zu mir gekommen ist, einen ganzen Monat lang, als ich in den Ferien bei ihnen war. Du bist der erste, dem ich davon erzähle. Danach habe ich ihn zehn Jahre lang nicht mehr gesehen. Wenn sie uns besuchten, lief ich zu meiner Freundin hinüber und nach Kiew bin ich nicht mehr gefahren. Vor zwei Jahren, als die Tante krank wurde und erfuhr, dass sie sterben musste, hat sie mir einen langen Brief geschrieben und mich eingeladen. Er hatte ihr alles erzählt. Ich wollte nicht fahren, nach vier Wochen setzte ich mich dann doch in den Bus und blieb drei Tage lang bei ihnen. Geredet haben wir erst am letzten Abend. Der Onkel sagte, dass er für mich sorgen wolle. Ich denke, er bereute tatsächlich, was er mir und seiner Frau angetan hatte. Sie sprach kaum ein Wort, umarmte mich fest, als ich sie am nächsten Morgen verließ. Damals lehnte ich das Angebot ab. Ich wollte es alleine schaffen. Ich erzählte meiner Mutter nichts davon. Ich weiß nicht, ob sie etwas ahnte, ob sie vielleicht sogar Bescheid wusste. Wir haben nie darüber gesprochen, nicht als ich klein war, nie später. Letzte Woche, als der Brief vom Onkel kam, hat sie ihn mir schweigend gegeben, nachdem sie ihn gelesen hatte. Ich habe lange überlegt und alleine entschieden. Ich werde sein Angebot annehmen. Sag nichts. Ich kann auf mich aufpassen. Das Leben ist nicht immer fair, aber man hat Einfluss auf seinen Lauf und darf sich nicht von der Vergangenheit lähmen lassen." Sie verstummte. Sie schwiegen beide. Schwiegen lange. Schließlich löste sie sich aus seinem Arm. „Ich gehe noch einmal schwimmen und du rufst deine Frau an." Sie reichte ihm ihr Mobil und lief in den im Mittagslicht glitzernden See.

Die junge Frau erhob sich schwankend aus dem Liegestuhl, mit beiden Händen die Giftspritze umklammernd. Sie sah ihren Vater hinter der Hecke herumwandern. Den Walkman mit dem Italienischkurs in der Hand, die Kopfhörer im Ohr, hörte sie ihn die kurzen Sätze nachsprechen. „Daddy, bitte hilf mir?" brachte sie hervor, sank zusammen und blieb leblos liegen. Er lernte ahnungslos weiter, kehrte dann ins Haus zurück ohne nach ihr zu sehen. Der Präsident betrachtet seine Tochter neben ihm vor dem Fernseher. Sie hat ihn noch nie um Hilfe gebeten. Brauchte es hoffentlich auch nicht. Ein anderer Film fällt ihm ein. Er hatte ihn während seiner Studentenzeit gesehen. In einem verlassenem Dorf am Rande der Welt war eine übermütige Rangelei in eine blutige Messerstecherei umgeschlagen. Ein junger Mann hockte auf seinem Kontrahenten und hob das Messer zum Stoß. „Bitte nicht ins Herz!" flüsterte der Unterlegene. Diese Szene hat sich ihm eingebrannt. Nun hält er selbst das Messer in der Hand. Er vernimmt keine Bitte um Gnade. Mahnungen, die Kette der Logik von Gewalt und Gegengewalt zu zerreißen, zerschellen an der Mauer aus seinem Trotz.

Das Wetter hatte umgeschlagen, Wolken zogen auf, Regen, ein Gewitter brach über die Stadt herein. Dem Regisseur gefiel das und er redete auf den Kameramann ein, dass er die Bilder vom Stadtplatz noch einmal bei dieser Stimmung drehen solle. Der grummelte zunächst unwillig, doch weil der andere beharrlich darauf bestand, gab er schließlich nach. Sie schleppten zunächst die Lichtkoffer und anderes in das Café, damit der Fahrer mit dem Aufbau beginnen konnte und gingen wieder nach draußen. Tatsächlich zuckten ein paar Blitze aus dem schwarzen Wolkengebirge und dicke Tropfen klatschten auf das Pflaster. Sie holten zwei große Regenschirme aus dem Wagen und Roman musste den seinen über die Kamera spannen. Zunächst drehten sie den Caféeingang, die leeren Tische und Stühle im Regen. Dann machten sie die gestrige Runde noch einmal. Alle wurden nass, und als sie sich endlich ins Café flüchteten, plapperte der Regisseur höchst zufrieden auf den muffigen Kameramann ein: „Ist doch wunderbar, viel besser als die langweiligen Sonnenbilder gestern. Man muss solche Stimmungen einfangen. Das sagst du doch immer. Wirst sehen, das Konzert kommt ganz anders rüber, wenn ich die Gewitterbilder davor schneide." „Du zahlst die Runde." „Klar und ich besuche dich im Krankenhaus, falls du dir doch eine Lungenentzündung geholt haben solltest." „Ja, ich weiß, was ich an dir habe." Roman fror und war zufrieden, als er hörte, dass der Assi noch einmal ins Hotel fahren wollte um Akkus und eine zweite kleine Kamera zu holen. Dort zog er sich um. Zurück im Café stürzte der Regisseur auf ihn zu: „Wo bleibt ihr denn? Du musst mit der Sängerin reden, sie soll ein paar

Lieder zwei Mal singen, sonst kann ich die Aufnahmen nicht vernünftig zusammenschneiden." Er zog ihn in die kleine Garderobe, in der die Sängerin und Valentina beieinander saßen und unwillig aufblickten. „Wir besprechen was!" Die Sängerin zeigte resolut zur Tür. „Was ist?" fragte der Regisseur. „Die beiden wollen nicht gestört werden. Keine Ahnung." „Weiber!" schnauzte der Regisseur. Sie kehrten zum Tisch zurück und sagten es dem Kameramann. „Na toll!" Zunächst kam Valentina aus der Garderobe und verschwand in der Küche. Dann tauchte die Sängerin auf, steuerte auf sie zu und setzte sich. Roman sagte ihr, was sie wollten. Sie überlegte, nickte: „Wir haben eine Überraschung für euch." „Überraschungen liebe ich", meinte der Kameramann. „Eine habe ich heute schon erlebt. Und welche hast du dir ausgedacht?" „Warts ab", sagte sie und lachte ihn an. „Ich habe nur eine Kamera, da liebe ich keine Überraschungen. Geht's genauer?" Sie zuckte mit den Schultern: „Dann wärs ja keine Überraschung mehr", stand auf und verschwand wieder in ihrer Garderobe. „Ich bringe die Schnapsdrossel um." „Dein Vorschlag, du hast den Dreh vorgeschlagen", meinte der Regisseur. „Habe ich. Jetzt brauch ich noch ein Bier. Das klappt nur mit Alkohol." „Alles wird gut." „Nina Ruge kann ich aber auch gar nicht brauchen." „Ich trink ebenfalls ein Bier, wenn dich das versöhnt." „Du zahlst, das geht noch auf den Regen." „Sowieso, genau." „Ich hasse den Beruf."

Allmählich füllte sich das Café. Offensichtlich hatte sich herumgesprochen, dass die Deutschen hier einen Film drehten. Auch die Blumenmädchen kamen und der Fahrer wurde von seiner neuen Liebe sofort in Beschlag genommen. Er schaute hilfesuchend zu Roman, den er zuvor gebeten hatte, ihr zu sagen, wenn sie auftauche, dass es nach dem gestrigen Abend so nicht weitergehen könne. „Warum" hatte Roman wissen wollen „Was war denn los?" „Der irre Ehemann ist mir nach. Ich konnte gerade noch ins Hotel entwischen," Roman redete mit ihr, doch seine Worte fruchteten nicht. Sie schaute ihn treuherzig an und schmachtend zum Fahrer. Nach ein paar Minuten saßen sie wieder engumschlungen in der Ecke. Ihren Ehemann sah Roman nirgendwo im Lokal. Auch egal! Gegen Neun begann das Programm und Roxana sagte ihnen, dass sie sich erst einmal einsingen wolle und dann könnten sie drehen. Sie gebe ihnen ein Zeichen. Der Kameramann, inzwischen beim vierten Bier, freute sich. Der Regisseur, weil man ihm das Zepter aus der

Hand genommen hatte, wirkte ein wenig konsterniert, beruhigte sich aber, nachdem der Kameramann ihm jovial erklärt hatte, er habe die kleine Kamera für die Totale in die Ecke geklemmt und den Rest schaffe er schon. „Wär ja gelacht!" Nachdem sie ihr erstes Lied gesungen hatte, stand der Kameramann auf und wanderte im Raum umher, suchte Kamerapositionen. Er lief auch zu der kleinen Kamera und prüfte die Einstellung der Totalen. Er schien zufrieden zu sein, kehrte zum Tisch zurück, trank einen Schluck und meinte zum Regisseur: „Alles im Griff." Auch der Assi, der an einem kleinen Mischpult saß und für den Ton zuständig war, nickte: „Klingt bescheiden. Aber geht. Mehr haben wir nicht, wir sind ja nicht von der BBC, die für solche Produktionen ein Team von zwanzig Leuten losschicken kann. Wir machen's zu dritt." „Dann harren wir der Überraschung", sagte der Bärtige. Nach drei Liedern kam die Sängerin zur Rampe vor und sagte, dass sie eine Extrashow für das deutsche Fernsehen vorbereitet habe: „Ich singe und Valentina tanzt. Viel Vergnügen und benehmt euch ordentlich, damit die Deutschen sehen können, dass unser Uman sich durchaus mit den Metropolen der Welt messen kann und kein Ort im vergessenen Nirgendwo ist. Seid ihr klar Jungs?" Sie blickte zu ihnen und nachdem der Kameramann aufgestanden war, der Assi den Ton eingeschaltet hatte und der Fahrer sich aus der Umarmung befreit und ans Stativ neben die kleine Kamera gestellt hatte, drückte sie den Knopf um das Playback zu starten. Das Gitarrenvorspiel begann und Valentina kam aus der Garderobe zu ihr auf die Bühne, im langen blauen Kleid, hell geschminkt mit leuchtend braunem Haar. Sie schauten einander an, die Sängerin nahm ihr Mikrophon und Valentina fing an sich im Rhythmus der Melodie zu wiegen, zu drehen und hob ihre Arme, Töne und bald Worte zu fangen. „Das kann ja heiter werden", hörte Roman den Regisseur murmeln. Ein altes Volkslied. Roman kannte es nicht. Leise, zart lief die Melodie, von der Stimme der Sängerin umrankt, gefangen in den Bewegungen von Valentinas Tanz. Unvorstellbar, dass jene Frau dort auf der Bühne eben noch mit ihm am See gelegen hatte! Er nahm nicht mehr wahr, wie die Zeit verstrich. Sah diesen betörenden Leib im Scheinwerferlicht und hörte wie ein kleiner blauer Vogel über Städte, Dörfer, Flüsse, Wälder und grenzenloses Steppenland flog, auf der Suche nach jener blühenden Wiese in der Weite der Krim. Dort freilich fingen die Chumacks ihn ein, die wandernden Händler auf der Schwarzen Straße. Sie warfen ihn in ihren Suppentopf, sich zu stärken, für ihren langen und gefahrvollen Weg zurück in die Heimat. Die Melodie verklang und ging über in jene des Lieblingsliedes des Bärtigen, und wieder verschwand die Außenwelt ein paar Minuten lang, bis Bass und Schlagzeug eines grollenden Rocksongs in den Raum hereinbrachen, Valentinas Leib sich spannte und sie verwegen über die Bühne wirbelte. Dem Bogen des Zaubergeigers Papageno gleich, der nach wildem Tanz auf den Saiten zersprang, fiel sie leblos zu Boden nach dem letzten Akkord. Valentina tanzt, dachte Roman und wachte aus seiner Betäubung auf. Die beiden verschwanden in der Garderobe. Der Kameramann kehrte an den Tisch zurück, setzte sich, langte nach seinem Glas. „Was ist?" hörte er den Regisseur fragen, „Wolltest du nicht, dass sie jedes Lied zwei Mal vortragen?" Der schaute in den Raum: „Bringt nichts, ist auch nicht nötig", er drehte sich zu dem Regisseur: „Ich habe gute Bilder, die du schneiden kannst." Er wandte sich an den Assi: „Bei dir alles klar?" „Konzertreif, wie immer mit solch einer Ausrüstung." „Dann passt alles. Wir drehen nachher noch ein paar Sequenzen, wenn die Leute tanzen. Dann war's das."

Ein paar Jahre lang waren wir nicht mehr in diesem kleinen Ort auf der Nehrung kurz vor der Grenze nach Kaliningrad gewesen. Vieles hatte sich verändert. Der große Neubaukomplex war fertig geworden und hier und dort wurden auch andere Feriendomizile herausgeputzt. Verschwunden waren die Budenstraßen, an denen wir früher an den Sommerabenden entlangpromenierten, uns in kleine Gärten setzten, tranken, aßen, miteinander redeten, den Schlagermelodien lauschten oder einfach nur still auf den hell leuchtenden Sternenhimmel warteten. Der Zugang zum Strand war nun gepflastert, mit Laternen versehen und mit Blumenkästen an beiden Seiten. Nur das Meer hinter der Sanddüne schien vom Zeitenlauf unberührt und schwappte im Zwielicht des Herbstes dem Ufer zu. Ein paar Wanderer verloren sich auf dem Strand. Scharen von Möwen fielen schreiend vom Himmel und stürzten den Wellen zu. Stiegen mit Fischen im Schnabel wieder hoch, zerhackten sie nach kurzem Flug im Sand. Ein weißer Retriever tollte herum und suchte eine der Möwen zu schnappen. Sie stob schimpfend auf und rettete sich in ihr Luftrevier. Der Hund bellte und trottete enttäuscht zu seinem Besitzer, der dickvermummt durch den November schritt. Ein paar Meter entfernt hatte eine Nonne die vergebliche Jagd

beobachtet. Ihr schwarzer Mantel bauschte im Wind. Draußen, schon fast am Horizont, kämpfte sich ein Fischkutter durch die Wogen. Winzig und ein wenig verloren im rauschenden Nass.
Seit unserem ersten Sommer hatte ich mein Herz an das Baltische Meer verloren. Viel schöner war hier die Sommerfrische, als in den Grillzonen des Südens. Sturm, Wind, Regen und Sonnenschein wechselten einander ab. Manchmal war das Wasser kühl, fünfzehn, sechzehn Grad und hohe Wellenberge brachen sich am Strand, ein anderes Mal lag das Meer matt und träge in seinem Bett. Nach wenigen Tagen mit über fünfundzwanzig Grad Wassertemperatur sehnten wir die Frische zurück. Bei sechzehn Grad in und unter die Wellen zu tauchen, sich von ihnen peitschen zu lassen, blieb unvergesslich für alle, die es einmal gewagt haben.
Die Urlaubstage in dieser kleinen Welt zwischen Haff und Meer brachten die Stille zurück. Selbstverständliche und nicht mehr wahrgenommene Unrast erlosch im Gleichmaß der Ordnung des Stundenlaufs: Frühstück im Esssaal. Faule Stunden am Strand. Aufbruch zum späten Mittagessen. Noch einmal zurück zu Decke und Liegestuhl oder ein langer Spaziergang durch den Kiefernwald. Verweilen in einem Restaurant, am schmalen Tisch einer Imbissbude, vielleicht auf der Terrasse eines der vielen Strandcafés, bis zum Versinken der Sonne im Meer. Gemeinschaft stiftete nicht die Unterkunft, sondern der Platz am Strand. Jeden Morgen lenkten wir unsere Schritte an den gleichen Ort und suchten vertraute Gesichtern. Da war der junge Vater mit seinem zweijährigen Sohn, der Tag für Tag an der Wasserkante eine Sandburg baute, die über Nacht von Wind geglättet und von der Gezeitenströmung weggewaschen wurde. Da war die verhärmte Frau, die stets alleine mit Tochter und Sohn erschien. Sie blieb abrupt stehen, knallte ihre Tasche auf den Boden, nahm ein einfaches Handtuch heraus und hockte sich darauf. Die Arme um die Beine geschlungen versank sie blicklos in sich selbst. Die sechsjährige Tochter stand unschlüssig neben ihr, dann gab sie sich einen Ruck, ließ ihr Handtuch fallen und lief zum Wasser. Der achtjährige Junge nahm seine Kappe vom Kopf, hielt sie in der einen Hand, dann in der anderen, ging ein paar Schritte hin und her. Als die Frau sich zu ihm drehte, verschwand er in Richtung Wasser. Nach einer Weile öffnete sie ihre Tasche, zog behutsam ein Smartphone heraus und betrachtete das Display. Nun tauchte der Sohn wieder auf, holte gleichfalls ein Telefon hervor. Er

setzte sich ein paar Meter entfernt von ihr in den Sand und versuchte jemanden anzurufen. Die Tochter kam, legte Muscheln auf ihr Handtuch, spielte damit. Der Bruder rutschte zu ihr. Sie redeten miteinander. Die Mutter, zwei Meter daneben, löste sich nicht aus ihrer Starre, auch nicht, als ihr Ehemann auftauchte. Er schleppte einen prallen Seesack und stellte ihn neben die Drei. Er blieb stehen, reckte sich, schaute zum Wasser, zum Himmel und musterte die Umgebung. Schließlich kramte er einen kleinen Spaten aus dem Sack und begann ein Loch zu graben. Nach kurzer Zeit stand er bis zu den Knien im Sand und schachtete unverdrossen weiter. Als er die Grundwasserlinie erreichte und nur noch Hals, Kopf und Schaufel zu sehen waren, hielt er kurz inne und wischte sich den Schweiß von der Stirn. Dann war klatschendes Klopfen zu hören, offensichtlich befestigte er die Wände, danach flog wieder Sand an die Oberfläche, er schnitt Stufen aus und bald darauf verließ er seine Grube. Er legte die Schaufel in den Sand, reckte sich und schlug sich auf die Oberarme. Er bückte sich zum Seesack, kramte eine Bierdose heraus, riss den Verschluss auf und trank genussvoll und lang. Zufrieden setzte sich danach und betrachtete sein Werk. Ich legte den Krimi zur Seite, in dem ich währenddessen gelesen hatte und blinzelte gegen die Sonne. Ein Satz tanzte in meinem Kopf herum. Ich sah ein Parlament voller Politiker um irgendeine Entscheidung ringen oder doch eher um einen Kompromiss. Sie umschlangen einander, warfen ihre Widersacher zu Boden. Gläser klirrten, Notebooks und Smartphones zerbarsten an Köpfen und Bänken. Ihr Verlust spornte alle zu verstärkter Anstrengung an, ging es doch jetzt nicht mehr allein um das Ergebnis, sondern auch um die, zwar vom Staat bezahlten, doch lange schon lieb gewonnenen, eigenen Habseligkeiten, auf und in denen nicht bloß Geschäftliches festgehalten wurde, sondern auch Privates, was nun als Folge ihres unermüdlichen Ringens im Dienste des Volkes abzuschreiben war.
Diese und andere Sommerbilder begleiteten mich auf unserem zwei Kilometer langen Spaziergang am Strand. Wasserzungen nagten am Sand, wischten vereinzelte Fußspuren fort. Bernsteinsucher waren vor uns gelaufen und hatten das schmale Band aus angespülten Algen, Muscheln und Treibholzstücken nach den begehrten Steinen durchwühlt. Vermutlich mit geringem Erfolg, denn große Brocken aus dem Schatz Bernsteinpalastes, den der erzürnte Meeresgott mit seinem Donnerkeil zertrümmert hatte, nachdem er erfuhr, dass die

Tochter mit einem Fischerjungen die Ehe eingegangen war, wurden nur bei Sturm ans Ufer gespült. Wir kletterten die Düne hinauf, wandten den Blick noch einmal zurück auf die allmählich im Dämmer versinkende, nun horizontlose Welt, in der Himmel und Meer ineinander glitten, und stiegen hinab zu dem Weg zwischen Düne und Hügel, auf den wir in den Ort zurücklaufen wollten. Der mit Kiefern und Birken bewachsene Hügel der Nehrung war hier rund einen halben Kilometer breit. Er trennte die Danziger Bucht vom Stillen Haff. Zahlreiche Wildschweine hatten hier ihr Revier. In den Ferienmonaten verließen die Rotten ihr Versteck und trotteten gegen Abend zu den Häusern hin. Sie warfen die Abfallkörbe um, durch-stöberten ihren Inhalt, kosteten Blumen und Ziersträucher am Wegesrand, und schnappten nach Brotscheiben und Äpfeln, die ihnen von den Balkonen aus zugeworfen wurden.
Anfang der neunziger Jahre des letzten Jahrhunderts war ich einmal von der Konrad Adenauer Stiftung eingeladen worden. Bei der Tagung ging es um die Öffnung der Grenzen nach Osteuropa und ein Russlandkenner der Uni München warnte eindringlich vor der Visafreiheit mit der damals noch bestehenden Sowjetunion. Er sah Millionen von Russen Westeuropa überschwemmen. Ich versuchte zu widersprechen und ihn zur Vernunft zu ermahnen und zu erläutern, dass es für die meisten Menschen nicht so einfach sei, die vertraute Heimat zu verlassen, wies auf die deutschen Vertriebenen hin, die nach Jahrzehnten noch immer ihrer verlorenen Heimat nachtrauerten und nun nach den Umbrüchen verstärkt ihre Häuser, Fluren und Gärten zurückzufordern anfingen, mit putzig verkleideten Enkelkindern an ihrer Seite, die ihre Patschhändchen nach dem verlorenem Gut ausstreckten, das nun die Tschechen besaßen, die Polen und Russen, auch sagte ich ihm, dass ich das deutsche Trauma nicht teile, das nach dem Ruf „Die Russen kommen!" bei allen eine Schreckstarre auslöse, und wies auf einen jüngst erschienenen „Spiegel" hin, der mit seinem Titelbild tollwütig und dumm die deutsche Russenangst weiter in die Gegenwart zerrte. Vergeblich, meine Einwände zerschellten an der professoralen Autorität. Aber weil ich nicht klein beigeben wollte, zog ich ein gerade gelesenes Buch von Kuby aus der Tasche, in dem beschrieben stand, wie in der Adenauerzeit die Russenphobie geschürt und von dem Alten gesteuert wurde, damit die junge Republik nicht vom rechten Weg abkomme, versuchte sogar sein zischendes

Soffjett zu imitieren. Meine Worte fruchteten nichts. Für die Russen gab es keinen Weg nach Europa zurück. Sie hatten in der Vergangenheit Invasoren aus Schweden, Frankreich und Deutschland geschlagen und würden nicht ablassen von ihrem Eigensinn, den schon der junge Arno Schmidt in seinen frühen Romanen beklagt hatte. Allerdings empfahl er seinen übermütigen Landsleuten, zuweilen einen Atlanten in die Hand zu nehmen, damit sie sich darüber klar wurden, dass Westeuropa nur ein kleines Anhängsel der großen eurasischen Landmasse war, auf der die Russen sich breit gemacht hatten.

Der Professor irrte, soviel war mir inzwischen klar, nicht Millionen von Russen, sondern Tausende von Wildschweinen machten sich auf den Weg nach Westen und begannen unsere Auen und Haine zu verwüsten. Dies ließ sich durch das Studium einschlägiger Medienberichte belegen, denn immer mehr Meldungen über Wildschweine tauchten in der letzten Zeit auf und Bauern, Jäger und nächtliche Autofahrer konnten ihrer nicht mehr Herr werden. Dramatisch wurde die Situation in Rüsselsheim. Dort in diesem beschaulichen Ort am Rhein wurde an einem 4. Mai gegen Mittag eine Wildschweinrotte gesichtet. Die Tiere zogen randalierend durch Vorstadtstraßen, rissen Zäune um und drangen in Hausgärten ein. Erst nach verzweifelten Anrufen von Augenzeugen, stellte eine Polizeieinheit das Schwarzwild. Ein AP-Bericht, der kurz nach dem Ereignis um 16.32 Uhr die Welt erreichte, machte mir auf erschreckende Weise klar, wie instabil die Ordnung in unseren Städten war, wie bedroht unser Leben. Insbesondere der letzte Absatz der Meldung zeigte dies: „Kurz danach brach die restliche Wildschweinrotte in Richtung Innenstadt aus. Von 12.50 Uhr bis 13.45 Uhr lieferten sich die verbliebenen sechs Tiere eine Verfolgungsjagd und Schießerei mit der Polizei, der schließlich alle Wildschweine zum Opfer fielen." Offensichtlich war alles gerade noch einmal gut gegangen.

Zu den Hintergründen gab es wenig Einzelheiten und auch eine Recherche im Internet brachte mich nicht entscheidend weiter, doch verfestigte sich bei mir die Vorstellung, dass die Rotte, vermutlich mit Kalaschnikows ausgerüstet, zurückschoss und erst, so hieß es in dem AP-Bericht: „durch das beherzte Eingreifen einer jungen Polizeianwärterin konnte die Rotte entscheidend zurück geschlagen werden." Damals wurde mir klar, dass hier auf der Nehrung eine der

Einfallspforten lag, durch die Wildschweine auf westeuropäisches Gelände vordrangen. Jetzt, während wir bei zunehmender Dunkelheit zum Ort zurückeilten, sah ich die Tiere nicht, doch hörte ich ein bedrohliches Rauschen im Kiefernwald. Sie waren da, befanden sich in ihrem Ausbildungscamp und bereiteten die nächste Invasion vor. Ich war froh, als wir endlich unser Auto erreichten und uns in Sicherheit bringen konnten. Mein Freund musste ähnlich empfunden haben, denn mit halsbrecherischer Geschwindigkeit raste er die schmale Waldstraße entlang zum Ausgang der Nehrung und weiter quer durchs Land, bis wir endlich die Weichsel überqueren und den Wagen in seinem umzäunten Hof abstellen konnten. Die Frauen hatten das Abendbrot gerichtet und schauten Nachrichten an. Letzteres war höchst ungewöhnlich, doch nachdem wir uns dazu gesetzt hatten, verstanden wir, dass ein Ereignis von nationaler Tragweite die Sendung beherrschte: Ein amtierender Minister hatte gedankenverloren sein Armgelenk entblößt und dabei den Blick auf eine, wie investigative Journalisten blitzschnell recherchiert hatten, rund sechzehntausend Zloty teure Armbanduhr freigegeben. An sich nichts Weltbewegendes, Armbanduhren galten seit jeher als das einzige Schmuckstück bei modebewussten Männern. Ich selbst freilich hatte davon Abstand genommen, nachdem ich nach Bayern gekommen war und festgestellt hatte, dass dort unmäßig viele Kirchtürme herumstanden, von deren Uhren abzulesen war, was die Stunde geschlagen hatte. Wir wurden von einem Reporter belehrt, dass der Minister erst neulich seiner Frau einen mehrere Hunderttausende teuren Volvo geschenkt, den Besitz dieser Uhr aber verheimlicht hatte, obgleich dies nach dem Gesetz, dass Politiker alle ihre Vermögenswerte offenzulegen hatten, vorgeschrieben war. Ein Sturm der Entrüstung brach über ihn herein und alle paar Minuten war der verräterische Augenblick der Bloßlegung im Bild. Vergeblich suchten Reporter, Kommentatoren, Experten und Amtskollegen nach einer Erklärung für diese törichte Tat und ihre ruchlosen Hintergründe. In einem Augenblick der Stille, als Werbung lief, das Wetter angesagt und erneut Werbung ausgestrahlt wurde, das Programm des polnische Fernsehens besteht weitgehend aus Werbesendungen, erläuterte mir mein Freund den Sachverhalt, nicht ohne freilich darauf hinzuweisen, dass dergleichen Vergesslichkeit schon oft vorgekommen sei: So konnte sich ein anderer Politiker nicht daran erinnern, dass er ein Flugzeug besaß, und einem Bürgermeister waren sieben Eigentumswohnungen entfallen. Als man ihn darauf aufmerksam machte, fielen sie ihm wieder ein, doch stellten sich erneut Erinnerungslücken ein, als er erklären sollte, wie er sich diese bei seinem Gehalt habe leisten können. Erst nach längerem Grübeln meinte er, es könnte sein, dass seine Mutter ihm einige geschenkt habe. Recht sicher war er sich dessen freilich nicht, doch müsste es wohl so gewesen sein. Auch der Minister dachte lange nach und verkündete dann, dass es in seinem Freundeskreis üblich sei untereinander die Armbanduhren auszutauschen und abwechselnd zu tragen, so dass er arglos in jenem verhängnisvollen Augenblick gerade dies teure Exemplar übergestreift hatte. So ganz wollte ihm diese Erklärung niemand abnehmen und zur anschließenden Sondersendung über diese Affäre, zu der eine Anzahl kompetenter Diskutanten ins Studio geladen worden waren, setzten wir uns nach dem vorzüglichen Abendbrot, die Freundin hatte sich Mühe gegeben, mit unseren Gläsern wieder vor den Fernseher. Sehr bedächtig und verantwortungsvoll wählten die fünf Männer und eine Frau ihre Worte. Sie waren sich des Ernstes der Lage bewusst. Ab und an wurde die verhängnisvolle Aufnahme eingeblendet und, unabsichtlich oder auch nicht, reckte einer der Studiogäste den Arm, so dass man sehen konnte, welche Uhr er sein Eigen nannte. Bei uns wollte sich keine Ernsthaftigkeit einstellen. Je länger das Tribunal andauerte, desto ausgelassener wurde unsere Stimmung, bis wir schließlich beim Anblick der immer besorgten werdenden Mienen der Diskutanten und erst recht bei jeder sich irgendwie ins Bild gerückten Uhr, in unbändiges Gelächter ausbrachen und uns kaum wieder beruhigen konnten und wollten. Seit ich vor einigen Jahren den Fernsehfilm „Der jähe Glanz des Lachens" über den englischen Schriftsteller Laurence Sterne gesehen hatte, anschließend seine Bücher gelesen und mich in der Welt von Onkel Toby und seinen Mitstreitern verloren hatte, wusste ich, dass Lachen die einzige und wirksamste Waffe gegen die Unbill des Alltags und die Tollheiten der Mächtigen ist. Sterne hatte seine Bücher im 18. Jahrhundert geschrieben. Sie hatten nichts an Frische verloren in der heutigen Welt, in der die Fantasie dem Irrsinn der Wirklichkeit nur mühsam hinterherhinkte. Ein paar Sätze von Börne fielen mir ein an jenem vergnüglichen Abend, der schrieb in seinem Nachruf auf Jean Paul, den deutschen Geistesverwandten des Engländers: „Nicht allen hat

er gelebt! Aber eine Zeit wird kommen, da wird er allen geboren, und alle werden ihn beweinen. Er aber steht geduldig an der Pforte des zwanzigsten Jahrhunderts und wartet lächelnd, bis sein schleichendes Volk ihm nachkomme."
Der Minister trat am nächsten Morgen zurück und der Regierungschef entließ in den folgenden Tagen noch weitere sieben Kabinettsmitglieder, allerdings nicht wegen irgendwelcher Uhren, sondern weil sie nichts taugten und die Umfragewerte der Partei, welcher er vorstand, miserabel waren. Wir fuhren wieder heim in unsere neue Isarstadt und in die Wohnung im Schatten der Burg. Im Radio gab es Kommentare zur jüngst abgehaltenen Bundestagswahl. Irrsinn herrschte auch hier, ebenso schamlos wie im Nachbarland trieben die Mächtigen ihr dreistes Spiel. Und das Volk? Nun, es schlich töricht noch immer und hinterher und kam nicht voran.

Als Roman in der Nacht erwachte, lag sie schlafend neben ihm. Nach der Pause war sie zu ihm gekommen, während er noch immer traumverloren herumgestanden und zugeschaut hatte, wie die ersten Pärchen zur Tanzfläche gingen und das Team seine zusätzlichen Aufnahmen machte. Sie hatte sich umgezogen. Nichts erinnerte mehr an die junge Frau, die alle mit ihrem Tanz in Bann geschlagen hatte. Sie nahm ihn an der Hand und führte ihn zur Tanzfläche. Sie blieben beieinander und als Roxana ihren Auftritt beendete und das Team zusammenpackte, half er die Sachen zum Bus zu tragen. Danach fand er sie an der Theke sitzen, er stellte sich neben sie. Kaum ein paar Worte sprachen sie miteinander. Sie holte ihre Jacke und sie liefen in die Nacht hinaus, ganz selbstverständlich. Sie wusste, wie sie unbemerkt am Hotelportier vorbeikommen konnte und trat ein paar Minuten nach ihm ins Zimmer. Er legte seine Hand auf ihr Haar, leise, damit sie nicht erwachte, schlief wieder ein. Es war hell, als er wieder die Augen aufschlug, auch sie lag wach, musterte ihn, lachte und sagte: „Wir können nur Liebe machen." Es dauerte, bis er verstand und auf ihr Streicheln reagierte. Das Mobil ratterte und das Bett neben dem seinem lag verlassen und kalt. Er drückte den Knopf und legte sich wieder zurück, wollte noch nicht zurück in die Welt. Lydia huschte durch seine Gedanken, leicht und unbeschwert konnte er an sie denken. Das sollte so bleiben. Sollte so sein. Valentina hatte ihm erzählt, dass auch Roxana nach Kiew gehen werde und sie miteinander auftreten würden. „Du siehst, ich bin nicht allein." Er schloss die Augen und erlebte noch einmal ihren Tanz. „Valentina tanzt", sagte er laut und erhob sich vom Bett. Im Frühstücksraum saßen die Deutschen beieinander. Der Fahrer fehlte. „Du bist ja früh verschwunden", empfing ihn der Bärtige. „Ja", sagte er nur und holte sich am Büffet sein Essen. „Dabei hätten wir dringend deine Dienste gebraucht, besonders Atze." „Wo ist der denn?" Er setzte sich hin. „Atze liegt wieder im Bett und kühlt seine Wunden." Roman schaute den Regisseur fragend an und dieser berichtete ihm, dass der Fahrer mit seiner Blonden, als das Café geschlossen habe, zum Hotel aufgebrochen sei. Dort an der Auffahrt habe ihm der Ehemann mit seinem Kumpan aufgelauert, ihm eine verpasst und die Untreue ins Auto gezerrt. Anschließend seien sie laut hupend davongebraust. Der Kameramann mischte sich ein: „Ich habe das von weitem gesehen, wir sind nämlich gemeinsam gegangen, aber ich konnte nicht so schnell, weil ich hackedicht war und die beiden es fürchterlich eilig hatten. Als ich hinkam, hockte Atze an der Mauer neben dem Eingang, schimpfte und hielt sich den Kopf. Ich versuchte ihn hochzuziehen, was ausgesprochen schwierig war, weil ich mich selber kaum auf den Beinen halten konnte und schleppte ihn zum Portier. Der holte einen Eisbeutel und wollte die Polizei anrufen. Das haben wir ihm ausgeredet." „Und, ist er schwer verletzt?" „Sein Auge ist zugeschwollen. Aber er hat ja zwei. Freilich fahren wird er heute nicht können." „Und was heißt das?" „Das überlegen wir gerade" sagte der Regisseur „Uman ist kein gutes Pflaster für Deutsche. Hast du nicht erzählt, dass hier schon mal eine große Schlacht stattgefunden hat?" Roman starrte ihn verwirrt an: „Aber das war im Zweiten Weltkrieg und die Deutschen haben gewonnen und hunderttausend Russen kamen in Gefangenschaft." „Das muss beim Vormarsch gewesen sein, da waren wir recht erfolgreich und die Generäle hatten die große Klappe. Beim Rückzug waren sie ein wenig kleinlaut und gaben dem überlegenen Gegner die Schuld. Ich..." „Das Fass wirst du jetzt nicht aufmachen", brauste der Kameramann dazwischen „Ich weiß, dass du zwei Bücher gelesen hast." Der Bärtige schaute ihn herablassend an: „Zwei? Tausende, mein Freund." Der winkte ab: „Mir egal, auf jeden Fall können wir Atze in diesem Zustand nicht im Sender herzeigen und haben überlegt, erst einmal in die Karpaten zu fahren und dort in Kolymea ein oder zwei Nächte zu bleiben und dann über Ungarn heimzufahren. Ist mir eh lieber, weil da die Straßen besser sind als in Polen." „Das bedeutet", sagte der Regisseur „dass wir nicht über Lemberg fahren. Aber du kannst mitkommen, vielleicht machen wir noch ein paar Bilder in den Bergen." Roman schüttelte den Kopf: „Ich muss nach Lemberg zurück. Meine Frau ist schwanger und es geht ihr nicht so gut." „Möchtest du Kaffee?" Valentina war an den Tisch gekommen. Sie sah toll aus. Er stotterte: „Kaffee? Ja klar!" Sie schenkte ihm ein, ging wieder. Er starrte ihr nach, bemerkte wie der Bärtige ihn musterte und sagte dann: „Ich kann den Bus nehmen, wenn du nichts dagegen hast." „Ist okay, wir kommen alleine klar." Roman nickte. Lydia wartete in Lemberg und Valentina tanzte in seinem Kopf herum. Es war gut von ihr Abschied zu nehmen und heimzufahren. Sie wussten es beide. Wir haben nichts miteinander gemein und können nur Liebe machen. Sie schaute zu ihm herüber, während sie den Fenstertisch abräumte und lächelte ihn an. Er winkte, lachte auch.

Ich sah Jean Paul oft auf seinem Weg zur Rollwenzelei draußen vor der Stadt. Dort im ersten Stock hatte die Wirtin ihm eine Schreibstube eingerichtet. Tag für Tag saß er an seinem schmalen Tisch und schrieb. Zuweilen hob er den Blick zum Fenster und schaute zu den blauen Heimatbergen am Horizont. Er trank von dem Bier, das ihm die Magd hingestellt hatte, und tunkte wieder die Feder ein. Nach "Titan" und "Flegeljahre" hatte er über ein Jahrzehnt den Plan zum Roman „Der Komet" im Kopf herumgewälzt, der sein Hauptwerk werden sollte. Doch der Entwurf einer „rabelaischen" Weltbeschreibung veränderte sich zur Erzählung über den Kleinstadtapotheker Marggraf, der sich für einen wirklichen Markgrafen hielt, und mit einem wunderlichem Hofstaat zu einer Reise durch alle Provinzen Deutschlands aufbrach. Im komischen Spiel mit Wirklichkeit und Wahn wollte er seiner Zeit den Spiegel vorhalten und Aspekte der Menschennatur beleuchten, die von den Zeitgenossen kaum wahrgenommen wurden. Nicht mehr die Vielheit menschlicher Persönlichkeit im Reifen eines Einzelnen galt es zu beschreiben sondern einen Einzelnen hatte er in zahlreiche Einzelpersonen aufgeteilt. Die Menschen hatten Maß und Mittelpunkt verloren und die Vorstellung einer gereiften, weiten Persönlichkeit war zur Illusion zerronnen und mit ihr die Idee positiver Weltveränderung. Lediglich törichte, wenn auch liebenswerte Masken schienen ihm zukünftig möglich. Bei jenen, die er mit dem Apotheker auf die Reise schickte, beschrieb er die Narrheiten, mit denen sie einander traktierten, und erzählte von ihrem vergeblichen Streben die

Masken abzustreifen um zu sich selbst zu finden. Nicht jeden Tag liefen die Worte leicht aus der Feder. Als er sich am Abend auf den Heimweg machte, überlegte er den „Komet" im dritten Sternbild ruhen zu lassen. Er wollte sich wieder der „Levana" zuwenden. Seine „Erzieh-Lehre" hatte er dem Cotta schon lange versprochen.

Zehn Uhr. Der erste Winter in LA. Kein Schnee. Wochenlang trocken und Sonnenschein. Frühling im Februar. Baumfällarbeiten entlang der Isar. Auf dem Freitagsmarkt in der Neustadt herrscht buntes Treiben wie an Sommertagen. Die Alten schieben ihre Rollatoren über die Bürgersteige. Ein paar wild gewordene Autofahrer lassen die Motoren aufheulen und steigen postwendend ins Eisen. Zweihundert Meter Altstadtpflaster reichen nicht aus um auf Touren zu kommen. Verstört schrecken sieben Tauben auf. Noch auf Fellen und in Decken gewickelt sitzen Gäste in den Straßencafés. Jets schreiben Kondensstreifen ins Blau. Sie zerfasern im Höhenwind. Auf der Isarbrücke verschiebt ein Zweijähriger die Schlösser der vielen, die wiederkommen wollen und einander die Treue versprechen. Ein Blässhuhn schwimmt gegen den Strom von zwölf Möwen umflattert. Die Fassaden der Häuser am Ufer schimmern im Gegenlicht. Da, wo die Strahlen über die Dächer kommen, blitzen im Wasser tausend Sterne auf. Eine junge Frau lehnt am Fenster. Sie schaut versonnen auf ihre Welt. Kehrt in die Wohnung zurück. Bäume zeigen Knospen und junge Blätter und versprechen, dass bald wieder Sommer wird. Die Apokalypse lässt auf sich warten. So sehr ihre Befürworter geifern und rasen. Das Echo einiger Worte aus einem Film gestern Nacht verhallt leise im Wind, der vom Burgberg herab aufs Häusermeer fällt: „Da kam mir das mit der Apokalypse noch einmal. Besprechen wir es nachher bei einem schönen Glas Wein."

Ende